天定良緣

4 完

風文創 589

水暖 著

目錄

第八十章

東屋內，長平大長公主安撫好陸靜怡，留下段氏和邱氏陪伴她便出了屋。

看見她走出來，坐在圈椅上的太后和皇帝都是一怔，下意識坐直了身子。

大長公主也不客套，開門見山道：「來的路上我已經聽人說了，皇上和太后都覺這只是個意外？」說話時她的目光落在錢太后身上。

錢太后面上一燙，捏了捏手心道：「姑母，承恩公夫人真是無心之失，哀家已經罰她去妙音庵為那苦命的孩兒誦經祈福三年。」

皇帝垂著眼不敢直視大長公主的雙眼，誰的兒子誰心疼，哪怕他已經相信承恩公夫人不是故意的，他還是覺得這個懲罰過輕了。可錢太后發了話，他得顧忌母后顏面。

大長公主一扯嘴角，頗有深意道：「意外？因承恩公夫人痛哭流涕說是意外，於是你們就覺得是意外了？還是徹查過後才斷定這是個意外？」

皇帝和錢太后皆是一愣，皇帝的臉青紅交錯，他已經意識到自己哪兒犯了錯。

錢太后慢了一拍後也明白過來大長公主話裡深意，頓時脹紅了臉。之所以這麼快就下結論，就是因為要趁著陸家人反應過來之前了結此事，如此陸家也不好駁了她的面子繼續追究下去。

大長公主垂了垂眼，皇帝沒想到不奇怪，先帝為什麼一心想廢了他，大半是因為他愚鈍、耳根子軟，容易受人影響幹出荒唐事。要不是當時除了皇帝就只剩下與他們勢同水火的福王，她和凌淵也不會支持他。

可錢太后這人，先帝在位時還算可靠，否則也不能和鄭氏鬥了這麼些年。然而大長公主發現自從她做了太后，行事越發不知分寸了，先是孝期裡就把娘家姪女養在慈寧宮，再是這一回。

就算這只是個意外，可皇后失去了一個已成形的男胎是事實，去妙音庵三年就想交代過去，天下哪有這麼便宜的事，當他們陸家都是死人不成？

呵，沒了先帝和鄭氏女這兩柄懸在頭頂的劍，以為高枕無憂，於是想做隨心所欲的太后娘娘了？她還活著呢！

「不徹查一番就下定論，陛下，您讓後宮眾人和滿朝文武怎麼想？」大長公主語氣平淡，卻字字如刀。

皇帝便覺臉火辣辣地燙起來，羞愧難言。

錢太后也面上發燒。

就在此時，凌淵帶著去而復返的錢家母女到了，身後還帶著被反綁了手腳、堵著嘴的秀娥和宮人。

見到凌淵，皇帝就覺臊得慌。

凌淵神色淡然，不疾不徐地見過禮後開口。「當時這四人站在承恩公夫人身旁，其中最有可能碰到佛珠的就是這個丫鬟，陛下不妨派人審問一番。」

承恩公夫人是長輩，無憑無據不好審問，幾個宮女和丫鬟卻沒這顧忌，他怎麼就沒想到這一點？皇帝懊惱極了，有著說不出的挫敗，他搓了搓手詢問地看著凌淵。

「太傅看……交給祁皇叔可好？」祁王掌管宗人府。

凌淵道：「讓陸家和錢家各派一人旁聽，陛下意下如何？」

皇帝忙道：「還是太傅想得周到。」兩家各派一人參與，也省得事後扯皮說什麼包庇誣衊。

於是這事就這麼定下了，皇帝派人去請祁王過來，商議一番之後，各自行禮散去。

大長公主隨著凌淵去看洛婉兮，也是這時才知道洛婉兮可能懷了雙胎，望著他素來清雋面龐上的淺笑，大長公主眼神也溫和了些。他苦了十幾年，眼下算是甘來了。

「懷孕本就艱難，懷雙胎更是加倍辛苦，你多體諒一下她……」說著說著大長公主自己就說不下去了，凌淵待婉兮的心意，她還不清楚嗎？

凌淵道：「您放心，我會照顧好她的。」

大長公主便點了點頭，閒話著就進了屋，在宮裡並不適合說正事。

正躺在床上閉目養神的洛婉兮聽說大長公主來了，立刻睜開眼就要坐起來。

桃露搶步過去，扶著她慢慢起來。「夫人慢點兒。」

洛婉兮不好意思地笑了笑，赧然地望著門口的大長公主。

大長公主溫和一笑，抬手壓了壓。「不必行禮了。」

在床前的玫瑰椅上坐下後，大長公主問：「身體好些了嗎？」

「都好了。」隨後輕聲道：「皇后之事，請您節哀，不要太難過了。」

看清她眼底的孺慕和關心，大長公主心頭一暖，點了點頭。「妳也別太擔心皇后了。」

她一貫疼陸靜怡。

她都聽說了，之前在園子裡她為了拉住陸靜怡，差點也讓自己栽下去，幸好沒出意外。

洛婉兮點了點頭。

略說幾句話後，凌淵便送大長公主出去，回來就見洛婉兮神情中還殘留著不捨。每一次和大長公主的相處都能令她心花怒放，比跟自己在一塊兒還珍惜。

凌淵挑了挑眉，承認自己有些吃醋了。於是他走過去，扶住她的後腦勺，吻了吻她的眉心。

這一吻來得莫名其妙，不過洛婉兮早就習慣他時不時的親暱，壓根兒想不到他是在吃醋，順勢拉著他問那邊的情況。

另一頭，離開的大長公主回到東屋時，錢太后和皇帝都已經走了，大長公主心下一哂，這是沒臉繼續待下去了！

屋裡正在收拾，打算把陸靜怡抬回坤寧宮，畢竟玲瓏閣到底比不得坤寧宮舒服。

「祖母去看洛姑姑了？」陸靜怡側過臉看著進來的大長公主問。

大長公主輕輕嗯了一聲。

陸靜怡笑了笑，祖母還真把洛婉兮當成女兒看了。除了閨名，她是真的看不出來洛婉兮哪兒像姑姑，不過她老人家高興就好。

「洛姑姑還好嗎？」陸靜怡問。她恍惚記得她拉了自己一把，倒是個心善的。

「她還好。」卻沒說洛婉兮可能懷了雙胞胎之事，免得刺痛了她。

陸靜怡頓了頓，下意識將手覆在小腹上，一片平坦，那種身體空了一塊的感覺再一次席捲而來，她深深吸了一口氣，緩緩道：「那就好，姑父好不容易有了後，要是因我之故出了意外，我於心難安。」

一旁豎著耳朵的邱氏目光一閃。姑父？看來皇后心結解開了。

大長公主也留意到她稱呼上的變化，心下甚慰，抬手摸了摸孫女兒的頭頂，緩聲道：「好孩子，妳的罪不會白受的。」

當年害了婉兮的人都付出代價，如今害了陸靜怡的人也必須付出代價。

碧空白雲之下，粉牆黛瓦綿延無止境，巍峨壯觀。

祁王站在宮門前，把玩著手心裡的兩個玉球，望著莊嚴的紫禁城幽幽一嘆。「瞧瞧這天，又要起風了！」

站在他身旁的江樅陽望著不遠處紋絲不動的楊樹，沈默不語。

皇后流產一事若是不能處置妥當，兩個后族就要結仇，最後會造成什麼影響，誰也不能預料。

祁王斜睨一眼木頭疙瘩似的準女婿，也不明白寶貝閨女究竟看上他哪點了。

「走吧，去審人嘍！」剛才他向皇帝討了江樅陽過來幫忙。

皇帝繼位這一個月來，幹的最大一件事就是撤除了東廠。於此滿朝文武都是贊同的，他們還想讓皇帝連同錦衣衛一塊兒廢除了。

當初太祖設立錦衣衛是為了駕馭、監視群臣，藉此鞏固皇權，因此皇帝怎麼可能答應廢除錦衣衛？少了錦衣衛無異於斷了一條臂膀！

最後君臣各退一步，錦衣衛不撤除，但是要廢除內外獄，其內囚犯盡數交給刑部處理。從此以後收回錦衣衛審問權，只有三法司可審理案件，錦衣衛再無權過問。

換言之，以後錦衣衛依舊可偵查、可逮捕，卻無法審問定罪，所緝捕罪犯都要移交刑部，如此一來，錦衣衛的權力被大大限制了。

不過哪怕被限制，那也是錦衣衛，直接向皇帝負責，其他部門無權過問。所以祁王還是讓江樅陽繼續留在裡面，且因他在暢春園之亂中護駕有功，江樅陽還升到了指揮同知，再往上一步就是指揮使了。

這樁案子雖然棘手，可要是處理得好，就是個露臉的機會，於是祁王思量過後便把未來女婿給捎帶上了。

江樅陽應了一聲，恭恭敬敬地扶他上轎。

祁王正要彎腰進轎，忽而聽見請安之聲，當下就抬起頭來轉過身。

江樅陽的眼神微不可見地動了動。

凌淵扶著洛婉兮下了軟轎，慢慢走過來。

祁王向前走了幾步，江樅陽頓了下，抬腳跟上去。

雙方見過禮後，祁王看一眼洛婉兮，目光一掠而過，恪守禮數。「凌夫人無恙了？」

洛婉兮微微欠身。「多謝王爺關心。」

「還好虛驚一場。」祁王笑笑，看著凌淵道，不然這事更沒法善了了。

說著又輕嘆一聲，低低抱怨。「你說怎麼就不消停一下，好歹讓我喘口氣啊！」先帝駕崩，新君登基，後宮宗室封賞……都是宗人府的事，祁王忙得不可開交，連個囫圇覺都睡不好。

凌淵嘴角一掀。「能者多勞。」

祁王翻了個白眼。「站著說話不腰疼！」他滿臉鬱悶，一副頭疼極了的模樣，斜睨凌淵。「你更能，要不你來？」

「我得避嫌。」

祁王輕嗤了一聲，閒話了兩句，兩廂這才分開。

凌淵扶著洛婉兮上了一旁的馬車，隨後跟了上去。

見狀，祁王頓覺好笑，都說凌淵對他這小嬌妻愛不釋手，還真是！不過要是祁王妃給他懷個雙胞胎，他也能寶貝疙瘩似的寸步不離。

祁王笑著搖了搖頭，進了轎子。

江樅陽翻身上馬，揚鞭之時，鬼使神差地回過頭。

入眼的是漸行漸遠的馬車，他面無表情的轉過頭，甩下馬鞭。

她比上一次見到時瑩潤豐腴不少，應該是懷孕的緣故。方才跟在祁王身邊時，他也聽見了宮人的回稟，她懷的是雙胞胎。

凌淵膝下荒涼，她一下子就懷了兩個，哪怕是兩個女兒，凌淵肯定也會愛逾珍寶。若是兒子，從此她在凌家的地位便穩若磐石。

這樣挺好，她親緣單薄，早年受了那麼多苦，眼下總算是苦盡甘來。

江樅陽緩緩吐出一口氣。若說不遺憾是騙人的，不過他依舊由衷希望她能過得好。

她過得幸福，自己也就能徹底放心了。

想著，他微微側過臉，看向身旁的王轎。祁王事無鉅細地提點他，視他若親子，而福慧郡主天真活潑，待他一腔熱忱。

那是個難得的好姑娘，江樅陽硬朗的五官不知不覺柔和下來。

坐在轎內的祁王轉著手裡的玉珠，忽然彎了彎嘴角，而後閉上眼養神。

不一會兒，馬車就在衛國公府門前停下，凌淵小心翼翼地擁著洛婉兮下了馬車。

洛婉兮覺得自己在他眼裡就像是陶瓷做的。

正眼巴巴候在門口的德坤趕緊迎了上來，確認洛婉兮好好的，才覺吊在嗓子眼裡那顆心落回原位。

他盼小主子盼得眼珠子都綠了，這好不容易給盼來了，若是再叫人害沒了，德坤覺得他殺人的心都有了。

請過安後，德坤彙報。「承恩公府送了重禮過來，道是向夫人賠禮的。」

凌淵掃了一眼，錢家動作倒快。

竇府醫動作也不慢，一聽說人回來了，趕緊跑來，一看洛婉兮臉色就放了大半的心，再伸手摸脈，徹底安心。

凌淵對他道：「太醫院孫御醫說可能是雙胎，您老人家怎麼看？」

竇府醫吃了一驚，收回來的手又搭了過去，眉頭慢慢皺緊。片刻後無奈承認自己摸不出來，要不早就先提醒了。

「孫英洲最善婦科，他若是說了五五之數，那就是有九成把握了。」一個圈子的，私下沒少交流經驗，竇府醫還會不知道孫御醫那本事和謹小慎微的性格？

洛婉兮登時歡喜，有他老人家這句話，她就更安心了。

竇府醫再檢查了孫御醫開的安胎藥，點頭道好，便開開心心地走了，一路上還在想凌淵這媳婦娶得好，雙胞胎可不是誰都能懷上的。

前腳竇府醫剛走，後腳凌老夫人就帶著隔壁女眷浩浩蕩蕩地過來，先是關切又是恭賀，最後心滿意足的離開。

一波剛走，另一批人就來了。下人前來稟報，陸承澤和岳氏、洛郅和蕭氏來了，都是聞訊趕來慰問的。

在客廳寒暄幾句，洛婉兮便迎著兩位嫂子去了後院。

岳氏年近四十，生得溫和可親，育有三子二女，眼下長媳即將臨盆，經驗十分豐富，見到洛婉兮和蕭氏兩個孕婦就忍不住好為人師，與她們唸叨起孕期保養。由於她態度和藹可親。很快就讓一開始有些不自在的蕭氏放鬆下來。

三個女人便聚在一塊兒交流起孕婦經來，其樂融融。

不過男人們那頭就沒這麼和樂了，洛郅察言觀色，起身道：「我去看看鄴兒功課。」凌淵便命人帶他去看洛鄴。

陸承澤看一眼凌淵，下巴一抬，率先抬腳去了書房，比凌淵這個主人家還像主人家。

到了書房，陸承澤就沈了臉。「皇后之事你怎麼看？」

他們家金尊玉貴養大的女孩，被人差點弄了個一屍兩命，這事要不查個水落石出，討回公道，陸家的爺們以後也別在朝上立足了。

「不大可能是錢家做的。」凌淵道。

這一點他們家想法和凌淵一致，錢家還沒這麼蠢。錢家把女兒送進宮，若說沒和陸靜怡別苗頭，爭下一任皇位的念頭，那是騙人的。可正因為有這念頭，他們就更不會用這種粗暴的手段，如此得罪了陸家，於他們弊大於利。

陸承澤問：「那你覺得是誰？」

「不知。」凌淵放在書桌上的雙手交叉而握，他已經派人去查錢家那丫鬟，可尚未查到結果，便是宗人府那邊也估計才剛開始審問。

「猜一個？」

「福王餘孽、後宮嬪妃，想做嬪妃的……能在此事中得利的人多得去了，無憑無據的猜測又有何意義，等調查結果吧！」凌淵淡淡道：「你們派誰去宗人府旁聽？」

「阿鐸。」陸承澤道。陸鐸是陸家小一輩的老大，個性沈穩有謀算。「不過我估計宗人府那邊不會有結果，那丫鬟怕是知道得不多。」

凌淵沈吟了下。「有一點線索是一點，對方既然動手一次，肯定會有第二次，動作越多，留下的破綻也就越多。」他低聲道：「是狐狸遲早會露出尾巴！」

也只能如此了，實在是掌握的線索太少。沈默了一會兒，陸承澤道：「之前還商量著往後退一步，眼下看來這計劃要緩一緩了。」

為了和先帝鬥，他們不斷擴張。眼下新君登基不足一個月，尚未意識到功高蓋主這個問題，可不代表以後不會察覺到。若是他們不識時務，幾年後又是君臣相爭的局面，便是再贏了，換一個皇帝還是得面對同個問題。

本來這皇帝還算仁厚，皇后又是自己人且懷有龍子，正兒八經的嫡長子，他們退下來正好。

可如今錢太后把錢家女接進宮，雖然皇帝注定要三宮六院，然這和太后把姪女弄進宮完全是兩碼子事。只看世家豪門裡，但凡靈醒的主母都不會把親戚弄去給兒子當妾，因為誰都知道這無異於埋下家宅不寧的禍根。

太后那行為等於是挑釁陸靜怡和陸家，若是等錢家女生了兒子，太后的偏向一清二楚。大慶以孝治國，皇帝又是耳根子軟的孝子，只看他今天怎麼處理承恩公夫人就知道了，錢太后說什麼就是什麼，丁點不顧忌陸靜怡和陸家的感受。先帝一門心思廢太子、立福王的例子才過去多久，辛辛苦苦替別人做了嫁衣，這口氣誰嚥得下？

手上有權，心中不慌，還是先看看情況再做決定吧！

凌淵的神情依舊淡淡的，但眸色已經黯下來，他食指輕輕敲著桌面，半晌後才道：「且緩緩吧！」

第八十一章

承恩公府的丫鬟秀娥死了！

秀娥的死頗為戲劇化，祁王審了她三天，各種大刑都用了，她還是喊著冤枉。調查她的家人也沒查出什麼可疑之處，這麼看來弄斷承恩公夫人佛珠的人真的不是她。

這下子，前來旁聽的錢廣志坐不住了，根據現場宮人的口供，當時有機會接觸到佛珠的只有秀娥和承恩公夫人，而和秀娥一起被送到宗人府的那三個宮女已經洗脫嫌疑了。

若不是秀娥，那就只剩下兩個可能，要麼是承恩公夫人故意弄斷佛珠，要麼是佛珠不小心斷了。不管哪個可能，陸家都得恨上他們，外人也要對他們指指點點！除非能揪出一個幕後黑手，否則錢家和陸家這仇會比海還深，妹妹進宮之路也徹底被阻斷。

一想到這後果，錢廣志就坐不住了，他霍然站起來衝過去，指著秀娥聲色俱厲地喝問：「妳快說，到底是誰指使妳害皇后娘娘的？我娘都說了是妳扯斷了她的佛珠！」

事後回到家，承恩公夫人猶猶豫豫的說，她仔細回想了下，事發時好像覺得手上感覺不對勁。到了今天，承恩公夫人已經一口咬定有人扯了她的佛珠。

對此，錢家人是信的，他們還想讓別人一塊兒信。

「奴婢沒有……奴婢冤枉……」躺在地上的秀娥氣若游絲，哭著搖頭。「王爺明鑑……奴婢真的沒有！」

聞言，錢廣志怒火中燒，這幾日為了這樁事，承恩公府上上下下都寢食難安，眼下再聽她不要臉的喊冤枉，就覺一股火往頭頂竄。「妳個背主的東西，妳到底說不說被誰收買？再不說我要妳不得好死，還要妳全家不得好死！」

上首的祁王和陸鐸眉頭一皺，陸鐸冷聲道：「錢五，你是在威脅嫌犯嗎？」話音未落，他臉色遽變，騰地一下從椅子上站了起來，如同離弦的箭般衝出去。

可還是晚了！

氣急攻心的錢廣志想也不想一腳踹在秀娥背上，還想再踹第二腳就被反應過來的衙役阻止，錢廣志忍不住往後踉蹌一步，又被飛奔而至的陸鐸一把推開。

被踹了一腳的秀娥「哇」的一口鮮血吐了出來，像是被傷到要害，臉色發青。

陸鐸臉色微變。「傳大夫！」

被推得險些栽倒的錢廣志一聽到「大夫」，心裡咯噔一響，臉色唰地白了，立刻扭過頭來。

然見秀娥大口大口地吐著血，頭髮嚇得都快立起來了，這麼多刑具用上去都沒見她要死要活，自己不過是踹了她一腳，怎麼就吐血了呢！

可養尊處優的錢五少爺哪裡知道衙門裡用刑的人手上都是有功夫的，能疼得你死去活來，可就是死不了，讓你活受罪。

在宗人府大刑之下堅挺了三天都沒死的秀娥被錢廣志一腳踹死了，內臟破裂。

宣佈秀娥死訊那一瞬，錢廣志身上冒出冷汗，他哆嗦著抬頭去看陸鐸，就見陸鐸臉色鐵青的盯著他，恨不得掐死他的模樣。

陸鐸是真的想殺了這個成事不足、敗事有餘的東西，為了防止秀娥自殺或被殺，他安排了多少人明裡暗裡保護，可萬萬沒想到就在他的眼皮子底下被錢廣志一腳踹死。

錢廣志忍不住打了個冷顫，又顫巍巍地扭頭去看主座上的祁王。

祁王一雙眼瞪得都快要脫眶而出，神情一言難盡，自己活了大半輩子都沒遇見過這種事。他頗為同情地看一眼呆若木雞的錢廣志，可真夠蠢的。

現在問題來了，這丫鬟三天也沒審問出什麼可疑之處，卻被惱羞成怒的錢廣志一腳踹死，如今有多少人願意相信皇后流產一事跟錢家無關？

祁王當場就讓人把呆到傻住的錢廣志拿下，這案子他沒法審了，還是讓皇帝去頭疼吧！

承恩公尚且不知自己兒子的「神來之筆」，他正高興著，調查了三天終於從幾個下人那裡查到一點蛛絲馬跡——秀娥的家人沒有發橫財，也沒有突然遇難的，但是她有個相好是錢家護衛。

承恩公正要尋過去，卻是人去樓空，把他氣得不行，正跳腳的當口，祁王派來的人到了，通知了他這個噩耗。

他的親兒子把唯一能洗脫他們家嫌疑的關鍵人物秀娥一腳踹死了。

承恩公簡直不敢相信自己的耳朵，像根木頭似的傻在原地。

「公爺！」管家小心翼翼地喚了一聲。

承恩公眼珠子一動，一把捂住胸口，狠狠抽了兩口氣，咬著牙道：「進宮！」走出幾步後又道：「讓老夫人進宮找太后！」

承恩公的父親仙逝，老母親還在，那是太后的親娘，思及此，承恩公方覺冰涼的手足回暖一些。無論如何，他們是后族，皇帝身上還流著他們錢家的血。

宮裡，皇帝頭都大了，聽完事情來龍去脈之後，第一個念頭就是掐死錢廣志這個混蛋。

錢廣志縮了縮脖子，跪地喊冤。「皇上聖明，臣真不是故意的，臣那是無心之失，肯定是有人設計臣。」接著眼睛一亮，疾聲道：「許是秀娥本就被人下了毒手，臣是剛好遇上了！臣怎麼會殺她呢，臣還等著她指認幕後黑手，還我錢家清白呢！」

祁王臉色頓時不好看了，皮笑肉不笑。「早就被人下了毒手？你這是想暗示本王辦事不力，還是本王指使人下的毒手？哼，除了你自己，誰知道你那會兒會衝過去，誰又能設計得了你？」

錢廣志頭皮一麻，忙道：「王爺恕罪，臣不是這個意思，臣……」張了張嘴，忽然就瞥見站在一旁的陸鐸。「是他！他跑過去後，秀娥就死了，是他想乘機害我，想讓我們錢家背上謀害皇嗣的罪名，絕了我們家女孩進宮的後路！」

祁王嘆為觀止地看著瘋狗一樣胡亂攀咬的錢廣志，這是嚇傻了吧！

「夠了！」皇帝重重一拍御案，氣得胸膛劇烈起伏。

錢廣志被嚇得住了嘴，心驚肉跳地看著臉色發黑的皇帝。

皇帝吸了吸氣，想讓自己冷靜下來，可都是徒勞。他腦子裡一片空白，下意識看向凌淵，正要開口詢問，宮人就稟報承恩公和陸承澤來了。

皇帝頭更大了。

承恩公一進來就跪下，痛聲道：「陛下，老臣剛剛查到，秀娥這賤婢與一護衛私通，在老臣正要去捉拿這護衛時，這護衛卻是失蹤了。陛下，那秀娥定然被人收買了，這背後之人想離間我們和陸家，讓我們兩家鬥起來，他們好坐收漁翁之利啊！」

皇帝心念一動，他也傾向於這種可能，不由去看陸承澤。

陸承澤冷笑連連。「證據呢?唯一的證人被你兒子一腳踢死，現在什麼都是你們錢家上下嘴皮子一碰的事，要人證沒有，要物證也沒有。」

「我已經派人去捉拿那護衛了！」承恩公連忙道。

陸承澤瞥一眼錢廣志。「要是那護衛不肯認罪，是不是又要被令公子不小心弄死了？」

承恩公被他奚落得臉都綠了，嚥了口唾沫道：「那是個誤會，我們錢家比貴府更想知道幕後黑手是誰。」

「幕後黑手？」陸承澤輕嗤一聲，扭頭問祁王。「王爺，那丫鬟承認自己是受人指使的了嗎？」

祁王道：「沒有，審了三天，不管用什麼刑罰，都在喊冤枉。」

承恩公的臉由綠轉白。

「推個丫鬟出來就說有幕後黑手了，那丫鬟不肯認罪就把人『不小心』弄死，然後再推個護衛出來，這一環扣一環的，」陸承澤擊掌而笑。「可真是高招啊！」

承恩公的臉瞬間被氣紅，他老淚縱橫地看著皇帝。「陛下英明，臣等真是冤枉的！」錢廣志也跟著喊冤枉。

皇帝左右為難，腦子裡一團亂麻。

其實聽陸承澤這麼一說，他也覺得太巧，巧得讓皇帝看母族的眼神中都染上一抹懷疑，他扭頭看著神色平靜的凌淵。「太傅怎麼看？」

凌淵行了行禮後道：「陛下，臣與陸家乃姻親不便開口。此事涉及皇嗣，攸關國本，何不召集內閣與六部重臣群策群議，商討出一個結果。此事已經鬧得沸沸揚揚，若是再懸而不決，恐會招惹非議，尤其八方使臣陸續到達了。」言下之意，再這麼鬧騰下去，臉就要丟到國外去了。

皇帝初登基，正是立威之時，哪裡願意讓外使看了笑話？他自己正茫然無措，凌淵便提議讓重臣來商議，他立刻就答應了。在皇帝眼裡，他的這些大臣們都是能人。

一道響雷頓時打在承恩公頭上，這些重臣多是和凌家或陸家交好，便是不與兩家交好的，也未必會偏幫他們錢家。

如果把這事侷限在宗人府內，還只是皇家自家的事，可若是讓朝臣參與進來，這就是國事了，皇帝便是想偏袒都難。

承恩公瞪著雲淡風輕的凌淵，眼珠子都紅了。

凌淵不以為然地掀了掀嘴角。幕後之人不就是希望他們和錢家鬥起來，那便如他所願吧。反正他們不出手對付錢家，錢家也會對付他們，錢家可是心懷野心的，正好也可乘機試一試皇帝的態度。

內閣重臣被召來之後，聞得事情詳細始末，皆都難以淡定，這都什麼事啊！

玩政治的都喜歡陰謀論，不怎麼相信意外，便是證據確鑿也得翻來覆去找破綻，因此這事上他們有志一同地認定是人為。

區別就是有些人覺得錢家是主謀，雖然這招數太蠢，可有沒有可能是承恩公夫人腦子一熱做的糊塗事？抑或者錢家內部其他人犯蠢，畢竟這世上從來不缺蠢蛋。

誰讓錢家把女兒塞進慈寧宮，狼子野心昭然若揭，動機十足。

大部分人則是覺得另有他人，問題是人證、物證一個都沒有，唯一的人證還被嫌疑人一腳踢死。哪怕它再合情合理都沒用，總不能告訴天下人他們根據經驗猜測另有凶手吧！

最後商量出來的結果，承恩公夫人剃度出家，在妙音庵為流掉的小皇子祈福。如此也是震懾後人，省得東一樁意外西一樁意外，後宮還能不能安寧了？哪怕錢家是無辜的，可那丫鬟畢竟是承恩公夫人帶進宮的，她實在不冤。

而錢廣志則流放西北，在宗人府都敢動粗，誰給他的膽子？

承恩公的眼神都能殺人了，可他根本辯不過這些人，人家一個就能頂他三個，何況是一群？

眼看著皇帝就要蓋印，一宮人在此時飛奔而入。「陛下，太后暈倒了！」

皇帝握著印璽的手瞬間僵直，再也按不下去。母后為何暈過去，他心知肚明，這一刻皇帝心亂如麻，便覺有兩股力量在拉扯他。

一邊是含辛茹苦養大他的母親，飲泣吞聲說著錢家的無辜；另一邊則是憔悴蒼白的陸靜怡，神情哀婉地默默流淚。

皇帝覺得自己整個人都要被撕成兩半，他該怎麼辦？

承恩公見皇帝面露掙扎，陷於兩難，知道這是錢家唯一的機會，一旦發出明文，就再也沒有轉圜的餘地。

他再一次跪倒在地。「陛下，您趕緊去看看娘娘吧，娘娘身體向來不好啊！」錢太后應能讓皇帝回心轉意，且那兒還有老母親在呢！

聲若響雷，震得皇帝倏爾回過神來，到底是對母后的擔憂占了上風，皇帝含糊道：「諸位卿家，此事容後再議，朕先去瞧一瞧太后。」說著快步從御案後走出來，垂著眼不去看諸人的臉。

承恩公趕緊跟上，經過兒子身邊時還拉了他一把。「還不去看看你姑母！」

錢廣志大喜過望，立刻站起來，頓時有一種逃出生天的慶幸，以及不可為人道的得意。

「恭送陛下！」在場大臣不約而同道。皇帝要去當孝子，大家能怎麼辦？只能讓行了。

皇帝的腳步有那麼一瞬間的凌亂，可沒有回頭，反而越走越快，像是逃難似的。

皇帝走了，錢家父子也走了，被召來的大臣們就這麼站在上書房內，誰也沒有開口說話，屋內陷入了詭異的寧靜，落針可聞。

祁王清咳一聲，打破凝滯，尷尬地看了一圈。「諸位大人散了吧，這事明兒再議。」身為王叔，不得不為皇帝打圓場。

在這一瞬，祁王想到了先帝期間的鄭家，他敢打賭不止他一個人這麼想。經過此事，必定有人對皇帝失望了吧！皇帝初登大寶，威望不足，老臣們本就有些輕視他，他不好好表現拉攏人心，反而去寒人心。

「散了吧！」說話的是凌淵，聲色平平，讓人聽不出他心情如何。

說著凌淵帶頭往外走，他一動，其他人才動了起來。

見狀，祁王目光一閃，復又笑了笑。

皇帝與錢家父子匆匆忙忙到了慈寧宮，錢太后正虛弱地躺在床上，錢老夫人則在一旁抹眼淚。

但見母親和白髮蒼蒼的外祖母面上皆是淚痕，皇帝心就這麼揪了一下，難受得慌。

「母后如何？」皇帝問御醫。

御醫垂著眼恭敬道：「回陛下，太后娘娘是傷心過度所致。太后年事已高，早年又虧了身子，萬不可再大喜大悲，否則有傷壽元。」

聞言，皇帝臉色越來越蒼白，搖搖欲墜。

這時，錢廣志撲通一聲跪下來，膝行向錢太后。「姑母，都是志兒不孝，闖下如此彌天大禍。可姑母，我真不是故意的，我怎麼會想殺她，我巴不得她活得好好的，把幕後黑手供出來！」

皇帝嘴唇顫了顫。

錢太后突然抓緊了他的手，哀哀地看著皇帝的眼睛，哽咽道：「皇帝，母后只問你一句話，你真的覺得皇后流產之事是你外家做的嗎？你若真認定是他們做的，你要殺要剮我都不會反對。」

錢老夫人敲了敲床榻，老淚縱橫。「陛下，皇后懷的可是你的嫡長子，咱們家便是再鐵石心腸，也不會去謀害皇后啊！」

承恩公悲聲道：「老臣知道他們都認為我們家舜華在宮裡，所以我們有動機。可別人不知道，陛下還不知道？舜華打小就喜歡陛下，非陛下不嫁，我們也是拗不過她，只得成全她。送她進宮只是想全了她一片女兒家心思，並非是要與皇后爭什麼，皇后娘娘出身顯赫，又是正宮嫡妻，我們怎麼敢呢？再退一步說，就是要爭，舜華能不能進宮都是兩說，進宮後有沒有皇子也尚未可知，現在就害皇后娘娘，對我們有什麼好處？陛下明鑑啊！」

接著便是錢廣志。他痛哭流涕，狠狠甩了自己一巴掌。「陛下，都是微臣莽撞，請陛下降罪！」

連番攻勢之下，皇帝已是潰不成軍，他支支吾吾。「朕自是相信外家，可……」

錢太后截過話頭。「既然皇帝相信外家，那為何要如此重懲承恩公府？」說到傷心處，頓時淚流滿面。「你舅母十五歲嫁進錢家，孝順恭謹，送走了你曾外祖父母，又送走了你外祖父，這些年照顧你外祖母無一不妥帖。又為錢家生兒育女，打理上上下下，井井有條，沒有功勞也有苦勞。臨老卻要被她外甥送進庵堂剃髮出家，你讓她情何以堪？

「還有你表哥，他是魯莽犯了錯，可何至於要流放西北？西北那是什麼地界，你表哥養尊處優慣了，只怕沒到西北人就沒了。」錢太后痛哭流涕地捶著床榻。「你明知他們無辜，怎麼還能如此狠心啊！」

見母親傷心欲絕，皇帝六神無主，手足無措道：「可大臣們說……」

「大臣們還不是看凌淵和陸承澤的臉色行事！」錢太后見自己都說到這分上，皇帝還是不改口，又是在家人面前，頓覺顏面無存，怒氣沖沖地打斷兒子的話。「這天下到底是你在做主還是凌家和陸家?!」

第八十二章

此言一出，屋裡霎時靜得可怕。

這問題太誅心了！饒是皇帝都變了臉色。至於錢家人則是屏氣凝神，不想錢太后會說出這樣的話來。

話一出口，便是錢太后自己都嚇了一跳，然出了口就不可能再當沒說過。之前沒想過，或者說是不敢細想，可經此一事不得不考慮了，這事如此棘手，不就是因為凌、陸兩家權柄太過嗎？

錢太后一個眼色下去，宮人便退了出去。

「政兒，」錢太后喚起皇帝小名，一臉肅容。「功高能蓋主，權大也能欺主。這事明眼人都知道和你外家無關，可為什麼他們都逼你重罰錢家？因為他們畏懼凌、陸兩家，哪怕錢家是你外家。這次你依了他們，下次呢？長此以往，你的威望何在？」

錢太后咬了咬牙。「你正可藉此事立威，叫他們知道，你才是皇帝，才是這天下之主！」

皇帝心裡掀起了驚濤駭浪，這是他第一次和兩家出現分歧。說實話，皇帝也感受到了那種壓力，在上書房面對慷慨激昂的大臣，他深深感覺到自己的無能為力。

知子莫若母，錢太后知道皇帝已經意動，看一眼錢老夫人後，慢慢說道：「皇帝，那護衛已經被抓到了，他說他是奉福王之名行事，目的就是為了挑撥陸家和錢家的關係，讓兩家鬥起來，他們便可混水摸魚。」

皇帝登時一喜，這事鬧成這樣，不就是因為說有幕後黑手，可又找不到證據？眼下抓到了真凶，如此錢家能保全，他也能給皇后一個交代。

正高興著，皇帝撞進錢太后眼裡，霎時心頭一涼，瞠目結舌，良久才問道：「母后，那護衛真的抓到了？」

「你說抓到了，就是抓到了！」錢太后一字一頓道。

皇帝張了張嘴，半晌說不出話來。

皇帝一直以為，當他宣佈罪魁禍首是福王餘孽時，必定會有人跳出來發難，可卻沒有。事情比他想像中順利得多，順利到他都有點不安了。

可縱是不安，皇帝還是照常宣佈了對承恩公府的懲罰。承恩公夫人因為失察，誥命降了二等，並且要去妙音庵為不幸流產的小皇子誦經祈福三年。至於錢廣志，則被以擾亂公堂的罪名杖責二十大板。

皇后流產一案就這麼結束了。

洛婉兮派去書房打探的丫鬟回來了。

「夫人，客人們都走了。」

凌淵一回來就進了書房，與他一道回來的還有陸承澤，接著又來了幾位相熟的大人。朝上的事她也聽說了，若是沒有錢太后那一鬧，說是福王餘孽做的，她還是肯信的。可錢太后鬧了那麼一齣，福王餘孽就跑出來了，審訊時也不讓陸家旁聽，這是把所有人都當傻子哄了。

皇帝此舉著實有些寒人心了。

洛婉兮秀眉輕蹙，皇帝尚未及冠，犯一、兩次錯不打緊，怕就怕他一錯再錯，還不知道自己錯在哪兒，把好不容易穩定下來的局面又攪得一塌糊塗。

洛婉兮揉了揉眉心，披上湖綠色披風，然後帶著宵夜前往書房。

院裡的下人見了她，忙殷勤地迎上來，又有人飛奔而去通知凌淵。

橘黃色的燈火下，凌淵眉目瞬間舒展開來，凝在眉宇間的沈鬱不翼而飛。他起身過去親自打開書房門，便見洛婉兮俏生生地立在門口。

她梳了個簡單的髮髻，只插了一支碧玉簪，粉黛不施，清麗無雙。

凌淵伸手擁著她入內。「風這麼大，怎麼就過來了？」

洛婉兮含笑道：「這個時候我想著你可能餓了，就讓人做了碗麵條。」

喜歡做麵條當宵夜，這習慣還真是十幾年都沒變。凌淵問她：「妳吃了嗎？」

「我剛剛吃了一大碗。」懷孕以後，她的胃口越來越好了，洛婉兮忍不住捏了捏自己的胳膊，果然胖了。

看見她的小動作，凌淵忍俊不禁，捏了捏她的臉，溫軟柔膩如絲綢。「不胖，再長些肉就更好了。」豐腴些抱起來也舒服。

洛婉兮嗔道：「我不要再長肉了，去年做的衣服，今年都穿不上了。」發現自己穿不進去那一瞬，簡直是晴天霹靂，她都想哭了，決定生完孩子就開始修身。

聽她語氣悲憤，凌淵眼底笑意更濃。「妳還在長身體，去年的衣服自然穿不上了。」

洛婉兮嘴角一揚，不覺笑起來。

兩人說著閒話，不知不覺一碗麵就吃完了。凌淵便給洛婉兮披上披風，擁著她回漪瀾院。

回去的路上，凌淵便說了李四舅後天出獄之事。

二月裡，皇帝就大赦天下，因為各種程序和公文的緣故，李四舅要後天才能被赦免。比起旁人，這已經是加快之後的結果了。

就著路旁的燈火，洛婉兮看著他英俊的側臉，想了想道：「希望四舅能記取教訓。眼下四房家產充公，我想給四舅他們送一些銀錢過去，再安排人送他們回山東。」如此全了親戚的情分，也省了麻煩。那一家子，她瞧著就不是省心的，留在京城指不定又要鬧出么蛾子。

凌淵頷首。「我讓人安排。」

洛婉兮彎了彎眉眼。「好。」

李四舅出來那一天正好是休沐日，凌淵在書房裡處理公務，洛婉兮就坐在窗戶旁的羅漢床上吃鳳梨。這東西是琉球送來的貢品，中原罕見，運到京城只剩下六筐了，皇帝十分大方地賞了衛國公府一籮筐。聽說長平大長公主那裡也有一籮筐。

洛婉兮覺得皇帝這是在補償呢！他自個兒也知道自己之前做得不厚道了。

這水果酸酸的，凌淵不喜歡吃，洛婉兮倒是吃得合胃口。

眼見她已經吃了半盤，桃枝著實看不下去了，再好吃也不能把水果當主食吃啊！正要開口勸一勸，就見一個小丫鬟弓著身進來。

「大人、夫人，李家舅老爺前來拜訪。」

書桌後的凌淵停了筆，抬頭看向洛婉兮。

洛婉兮擦著手指，纖細白嫩的手指襯著翠綠色的錦帕，說不出的好看。「去見一見吧！」到底是嫡親的舅舅。

凌淵便陪著她去前廳見李四舅。

不可避免的，李四舅吃了不少苦。洛婉兮上次見他還是在他剛入獄那會兒，雖有些頹廢，但還是個風度翩翩的男子，看起來比實際歲數年輕不少。眼下再看倒是比實際歲數還老了，鬢角都有華髮了。

看得人怪不忍的。

李四舅先是鄭重感謝凌淵的救命之恩，再是關心了洛婉兮幾句，接著神情便猶豫起來，一副難以啟齒的模樣。

洛婉兮看著他，突然皺緊了眉頭。

桃枝登時慌了。「夫人您怎麼了？」

凌淵已經跨到她面前，手指搭在她的手腕上，岐黃之術他也略懂一二。

「我肚子有些不舒服。」洛婉兮擰著眉，虛弱道。

凌淵低頭看著她，突然一把抱起她。洛婉兮霎時一驚，撞進他漆黑無邊的眼眸裡，心虛地低了頭。

「恕不能招待四舅了。」凌淵對傻了一臉的李四舅微微頷首，隨後抱著洛婉兮離開。

見人走了，李四舅這才回過神來，不由苦笑。這麼巧就肚子疼了，回想外甥女的模樣，他哪裡還不明白這是拒絕。

外甥女猜到他想求什麼，她不想答應，他是不是還該感謝外甥女給他保留了最後一點面子？

外頭，洛婉兮小小聲道：「我沒事了，放我下來吧！」

凌淵置若罔聞，繼續抱著她往漪瀾院走。

洛婉兮輕輕一咬唇，望著他淡淡的面容，好像知道他為什麼生氣了，語氣乖得不得了。

「我錯了，我不該拿孩子當藉口的。」

說著還輕輕摸了摸小腹，一本正經道：「寶貝兒，對不起！」

她悄悄抬頭看他，恰好凌淵也低頭看著她，神色比方才柔和一些。

洛婉兮再接再厲。「四舅一心一意想做官，他大概是想讓你幫他翻案。他不害臊，我都覺沒臉聽。」

一旦李四舅開口，最後那個做壞人的肯定還是凌淵。李四舅一事已經麻煩他這麼多了，她不想繼續讓他費心，況且他現在又那麼忙。

「這會兒四舅應該也知道我的態度了，若是知趣，他便不會再開口。萬一他還是不死心，你也不用顧忌我的面子，直接回絕他即可。」

凌淵看著她的眼睛，嘴角的弧度一點一點擴大，低頭親了親她的額頭。「不許再拿自己的身體開玩笑。」

洛婉兮點頭如搗蒜，又拉了拉他的衣袖道：「那你放我下來，我自己走。」青天白日的被抱著，洛婉兮都看見沿途好幾個丫鬟臉紅心跳了。

凌淵淡淡掃了她一眼，意思不言而喻。

洛婉兮立刻明白過來，這大概就是自己撒謊的懲罰吧！她臉紅了紅，埋在他胸口，眼不見為淨。

三月中旬，李四舅便帶著妻兒返鄉，洛婉兮沒有去送。

早幾日她就派人送了些銀兩並一座位於山東的田莊過去。一大家子幾十口人沒了家產，生計都是難題。雖然有李家在，吃飽穿暖自然不難，但是想恢復到之前的生活怕是難了。

凌淵又安排了護衛相送，確保他們一路的平安。

轉眼就到了清明節，朝廷放了三日假，凌淵便帶著洛婉兮和洛鄴出了城。

他先是帶著洛婉兮去祖墳掃墓，接著又帶著他們去白馬寺為凌家和洛家長輩作了一場法事。

見洛婉兮眉間染上輕愁，凌淵握了握她的手道：「等孩子大一些，我找機會帶你們回臨安一趟。」親自在洛老夫人和洛家三房夫婦墳前上一炷香。

雖然不知道這個機會何時才到，不過他有這份心就好了。洛婉兮眉眼舒展開來，朝他點了點頭。

便是洛鄴也忍不住露出一絲喜色。

法事結束後，他們並沒有在白馬寺久留，而是去了附近的清泉山莊小住。

自從懷孕以來，洛婉兮就沒好好出門散過心，且凌淵早前答應過洛鄴讓他在郊外跑馬，遂有此安排。

到了外頭，素來內向的洛鄴像是出了籠子的鳥兒，快活得不行。

在河邊釣魚的洛婉兮望著馬背上興高采烈的洛鄴，覺得自己這一陣是真的忽略這個弟弟了，便盤算著日後起碼每個月讓他出城玩一次。

正想著，忽覺手上的魚竿動了動，洛婉兮登時大喜，飛快提起魚竿，就見一條肥美的大魚正掛在魚鈎上掙扎著。

她喜出望外，趕緊收回魚竿，防止到手的魚溜了。

一旁的桃露笑吟吟地取下魚放進水盆裡。「夫人這條魚得有小兩斤重，是迄今為止最大的一條！」

洛婉兮興沖沖地跑過去看自己的戰利品，單看不明顯，可和其他魚放在一塊兒，差距立刻就出來了，頓時得意地睨了凌淵一眼。

他們在比賽，比一個時辰內，誰釣到的魚最大。

「迄今為止而已，離結束還有半個時辰。」凌淵輕輕一笑，點了點波光粼粼的湖面，大魚總是最後才上鈎的。

洛婉兮鼓了鼓腮幫子，正要反唇相稽，忽然聽見一陣喧譁，頓時一驚，扭頭望過去。

遠處有兩批人正在對峙，認出一方是洛鄴後，當下臉色就變了。

從馬背上摔下來的錢廣志覺得自己簡直就是倒楣透頂，之前一腳踹出一個大禍，幸好有太后姑母在，他才有驚無險地度過，可還是挨了二十大板，將將養了一個月才養好。

傷勢一好，他就帶著妹妹去妙音庵看望承恩公夫人，兄妹倆陪母親用了午膳才告辭。

回城途中，他想起向來愛華服美飾的母親一身灰色長袍，那妙音庵更是簡陋，哪裡能和承恩公府的正院相提並論？母親雖然說自己很好，可神色間卻有掩不住的鬱色。

想那整日吃齋唸佛，和一群尼姑打交道，這日子能好才怪。

他越想越是心疼母親，忍不住狠狠一揚馬鞭。胯下寶馬吃痛，撒開蹄子飛奔起來。

風馳電掣的痛快感讓錢廣志好受不少，不想樂極生悲，岔路口突然跑出一名騎著小馬駒的少年，那少年和那馬駒像是嚇傻了，一人一馬都愣在那兒不動，他想勒馬卻是來不及了，暴喝一聲。「閃開！」

眼看著就要撞上時，斜旁飛出一人，抱走了被嚇呆的洛鄴，而錢廣志就沒這麼好運了，直直撞了上去。一陣天旋地轉之後，他被甩到地上，摔得他頭暈目眩。

承恩公府的奴僕見錢廣志摔得滿頭滿臉的血，嚇得魂飛魄散。那可是錢老太君的寶貝，回去後老夫人一定會扒了他們的皮！

思及此，錢廣志的小廝就衝過去，指著被這一連串變故嚇得呆住的洛鄴，疾言厲色道：「你沒長腦子是不是！見馬來了不會跑嗎?!」

他已經想好要把事情都推到對方頭上，越想越是理直氣壯，要是這小子反應快一點，他家少爺哪能撞上去？會摔成這樣，都是這小子的錯！

雖然這小子衣著金貴，顯然是富貴人家的孩子，可再金貴還能貴得過他們承恩公府不成？他們可是太后的娘家，便是陸家不也得避其鋒芒！

「不會騎馬就待在家裡，幹麼出——」那小廝還想倒打一耙，可話才說到一半就被一腳踹飛了出去。

他就像一片落葉似的在空中打了幾個旋，然後砰一聲落地，滾了好幾圈才停下。

那小廝「哇」一聲吐出一口鮮血，整個人蜷縮成一團，不住地打滾。

在同伴慘絕人寰的哀嚎中，其他人回過神來，怒火中燒，喝道：「你們知不知道我們少爺是誰？我們少爺可是太后娘娘的姪兒，承恩公府的五少爺！」

聞言，救下洛鄴的凌風冷笑。「來頭可真大！」

錢家雖是世家，可在景泰帝期間被清算了一回，能人早就死絕了。眼下還活著的就沒一個成器的，早就今不如昔。

先帝還在世那時，他們家大人怕錢家成為第二個鄭家，只會抹黑扯後腿，遂讓錢太后和皇帝好生壓著，免得被福王一系利用來攻訐皇帝。而錢家倒也識趣，安分了小十年。

萬萬不想，先帝一死，太子登基沒幾個月，錢家便開始得志猖狂起來，像是要把前面幾年的憋屈一股腦兒找回來。

滿朝文武都看在眼裡呢！

聽出其中的譏諷之意，錢家奴僕頓時怒了。一人得道，雞犬升天，他們跟著錢廣志，也沒人敢給他們臉色看！當下胳膊一揮，就要開始打群架。

其中一人眼尖，發現了漸走漸近的凌淵，瞬間白了臉，聲音都變了。「凌、凌、凌閣老！」

正熱血上頭的錢家人一聽，全身血液瞬間涼冷下來，就像被人兜頭澆了一桶冰水。

第八十三章

洛婉兮心急如焚，要不是凌淵扶著，她都要飛奔過去了。

她一把摟過驚魂未定的洛鄴，上上下下打量他。「鄴兒你怎麼樣，有沒有傷到？」

「阿姊，我沒事。」洛鄴猛地回過神來，還道：「妳別擔心，小心嚇到了小外甥們。」因為前面幾樁事情的緣故，洛鄴總覺得自家姊姊很容易動胎氣。

確定他除了小臉嚇得有點白，其他都好好的，洛婉兮一顆心才落回肚子裡，方問怎麼回事？

錢家人早已嚇得噤若寒蟬，事到如今哪裡還不明白，這小孩就是凌淵內弟。聽聞凌淵十分寵愛他這小嬌妻，這般一想，不少人便覺寒意順著腳底襲上心頭。

凌風一五一十將事情說了，包括錢家人事後的跋扈也沒落下。

這兒並非大道，而是小道，因為這一帶風景秀麗，達官顯貴都喜歡在這兒修築別莊，因此這條小路就是修出來給人行走的。

有腦子的都知道不能縱馬飛馳，可錢廣志卻在這兒奔馬，下人還耍起了后族威風。是可忍孰不可忍！

洛婉兮著實氣得不輕，看著一灘爛泥似的錢廣志，暗道一聲活該！

落在後頭的錢舜華將將趕到，正好把始末聽了個正著，這一刻打死這群狗奴才的心都出來了，連帶著躺在地上半死不活的錢廣志都想罵一頓。

都告訴他這條路上不要跑馬，他把自己的話當耳邊風，果然出事了吧！

已經得罪一個陸家了，他還想得罪凌家不成？幸好洛鄴沒事，這也是唯一差可告慰的事了。

錢舜華定了定神，鄭重其事地向凌淵和洛婉兮道歉。「家中下人無狀，請凌閣老和凌夫人見諒，回去我一定重罰這群奴才。眼下我五哥情況不明，待他好了，便讓他親自上門向小少爺賠禮道歉。」

洛婉兮看她一眼，這位錢姑娘倒是個有成算的。

反正洛鄴無礙，她便點了點頭。

凌淵也略一頷首，便擁著洛婉兮回去。

錢舜華心頭一鬆，福了福身便去看躺在地上的錢廣志。

他已經失去知覺了，下人也不敢隨意移動，只草草給他止了血。見她過來，頓時有了主心骨。「已經差人去找大夫了。」

雖然已經離得遠，可還能聞見空氣中淡淡的血腥味，洛婉兮不禁皺緊了眉頭，頓覺胃裡隱隱有些不適。

一直留意著她的凌淵豈會沒發現。「怎麼了？」

「受不得這個味兒。」孕婦總是格外嬌氣些。

凌淵緊了緊胳膊。「先回去休息，明天再出來散心。」

也只好如此了，出了這一茬，本就沒多少遊興了。

且說受傷的錢廣志，傷得比眾人想像中嚴重不少，宮裡御醫、民間神醫，能請的承恩公府都請來了，都表示無能為力。

承恩公不得不接受自己兒子瘸了的事實，可這還不是最慘的。

妙音庵的承恩公夫人聽說兒子瘸了，買通了庵堂裡的尼姑後，隔三差五就去看兒子。因為不宜搬動，錢廣志一直住在郊外的別莊內，這正好方便了承恩公夫人探視。後來錢廣志身體好一些後，為了讓母親能看望他，也沒回城，就一直住在別莊裡。

承恩公夫人看兒子這事偷偷摸摸進行了一個月，承恩公雖覺有風險，萬一被人知道了又是一樁是非，可瞧老妻憔悴的模樣，再看看兒子，又被錢老夫人說了一通，只得睜一隻眼閉一隻眼。

誰想到就出事了！

承恩公夫人每次來看兒子都是乘著夜色而來，天亮前趕回妙音庵。這次也是如此，天一黑，她就出了庵堂，等候在外頭的錢家婆子迎著她下山，誰知將將走到山腰處，承恩公夫人突然崴了腳，直直滾下山坡。

夜色中響起淒厲的慘叫聲，驚得樹林、草叢的鳥蟲都驚飛而起。

待兩個婆子急赤白臉地追下來一看，承恩公夫人一臉的鮮血，已是進氣少出氣多了。

待被緊急送到別莊救治時，承恩公夫人私出妙音庵的事該知道的也都知道了。等第二天天亮，承恩公夫人三不五時就跑去看兒子的事也傳開了。

這下子京城又熱鬧了起來，承恩公夫人在妙音庵為不幸流產的小皇子誦經祈福，不得外出，這是皇帝親自下的旨意，大家都知道這是懲罰，可眼下承恩公府顯然沒把它當回事，陽奉陰違。

不少人已經等著看陸家的反應了，說來，承恩公夫人出事會不會和陸家有關呢！在錢太后的哭訴下，皇帝不得不派了刑部和大理寺調查，調查結果發現沒有任何可疑之處，這事瞧著就是個意外。想想半夜趕路摔下山坡也正常，若要說不正常，也就是這個人剛好是之前「害」皇后流產的承恩公夫人罷了。

於這個結果，皇帝是鬆了一口氣的，他還真怕背後有陸家的影子。

錢太后卻不滿意，她堅信這事有陰謀，區別就是到底是陸家幹的，還是凶手另有其人？可這個「其人」找不著，錢太后一腔怒火只能衝著陸家去了。

其實莫說錢太后，外頭不少人也覺得是陸家的手筆，奈何陸家手段高明，一點蛛絲馬跡都沒留下，不像錢家弄得一身騷。

這些流言蜚語傳到錢太后耳裡後，把她氣得不行，因此更恨陸家。可沒有證據，她便是貴為太后也拿陸家莫可奈何，皇帝都不站在她這邊。

越想越憤怒的錢太后終於把自己給氣病了。太后一病，後宮嬪妃少不得要去侍疾。

陸靜怡也不能例外，理所當然的，陸靜怡在慈寧宮遭到了刁難，甚至還被錢太后潑了一碗藥汁，幸好這藥不燙。

整個慈寧宮上上下下凡是看見這一幕的都呆了，包括錢太后自己。她也不知道自己怎麼就動手了，她瞧見陸靜怡那張如花似玉的臉就來氣，皇帝中意她，泰半是因為她這張臉。等她反應過來時，自己已經動手了。

太后跟前的老嬤嬤連忙打圓場，陸靜怡神色淡淡的。「母后鳳體欠佳，心情不好，兒媳知道。兒媳就不打擾母后靜養了。」說著恭敬一福身，步履如常的離開。

錢太后望著她挺直的脊背，內心深處湧出一股寒意。都說忍字頭上一把刀，她寧願陸靜怡跟她哭、跟她鬧，也不希望她這樣平靜。

聞訊而來的皇帝在半路遇上了陸靜怡，皇帝從來沒見過這樣狼狽的她，心頭一刺，連忙走過去，張了張嘴，不知道該說什麼才好。

陸靜怡淡淡一笑。「錢家連番遭遇不幸，母后心情不好，臣妾都明白，何況母后還生著病，病人總是格外難以控制脾氣些。」

聞言皇帝更難受了，動容地握住陸靜怡的雙手，聲音中帶上十二萬分的歉意和心疼。「委屈妳了！母后也不知怎麼回事，近來脾氣越發古怪，妳別往心裡去。」

「臣妾身為人媳，這些都是應當的。」陸靜怡抬眼看著皇帝，溫聲道：「母后怪罪臣妾不要緊，只要陛下相信臣妾、相信陸家便好。」

「朕自是相信妳和陸家。」皇帝大為感動，想也不想道。不由慶幸陸靜怡知禮識大體，要是她也和錢太后似的不講理……皇帝忍不住打了個哆嗦。

皇帝又溫言軟語的安撫了陸靜怡一番，才與她分開，命人好生送她回坤寧宮，而他自己則去了慈寧宮。

一回到坤寧宮，陸靜怡先去淨房，洗去那一身令人作嘔的藥味。她靜靜坐在白玉砌成的水池中，盯著水面上的花瓣慢慢出了神。

裊裊升騰的熱氣中，明豔端莊的面龐上，神情晦暗不明。

良久後，大宮女金蘭才輕聲喚道：「娘娘，時辰差不多了。」

陸靜怡眨了眨眼，垂著眼嗯了一聲，濃密鬈翹的睫毛在她眼底投下一片陰影。

更衣過後，陸靜怡被宮人簇擁著出了淨房，在窗前的雕龍鳳呈祥紫檀羅漢床上坐下。

金蘭捧著一碗烏黑的湯藥過來，放在她眼前，柔聲道：「娘娘，該喝藥了。」

陸靜怡抬眸望了望那散發著刺鼻味道的藥汁，輕輕一笑，拿起勺子慢慢舀著，良藥苦口，越苦越刻骨。

金蘭和幾個從小就伺候她的宮女不忍地別過眼，金蘭私底下偷偷喝過這藥，比吞了一把黃連還苦，還有一股說不出的酸味，喝過一次絕不敢再喝第二次。

可娘娘喝了整整一個月，從一開始悶頭喝完到這幾日一勺一勺慢慢喝，就像是故意折騰自己似的，任她們怎麼勸都沒用。

陸靜怡卻像是不覺苦，眉峰不動，拿著勺子的那隻手又平又穩，另一隻手輕輕地覆在腹部，她且得養好了身子。

錢太后潑了前來侍疾的皇后一身湯藥的消息不脛而走，陸家自然也知道了。

哪怕後來皇帝和錢太后都賞賜了皇后，各色珍寶流水似的進了坤寧宮，陸承澤依舊氣得不輕。

「打一棍給顆棗子，太后和皇帝這是把我們陸家人當奴才訓了！」之前可是拉著陸靜怡滿臉慈愛的說自己把媳婦兒當女兒看的，這才多久前的事，這臉變得可夠快的！

陸承澤眼底浮現冷光，全無人前的放浪形骸，聲音發寒。「錢家多囂張你也見識過了，眼下皇帝還沒手握大權呢，這家人尾巴就翹上天了，皇帝也一味縱容著。真要等皇帝大權在握了，還有咱們的活路？」

凌淵輕輕敲著案几，沈聲道：「錢家所倚仗的是陛下，若是陛下能狠下心剜掉這塊腐肉，錢家不值一提。」皇帝心軟糊塗，但是還不算太糊塗，本性尚可，所以他覺得還能教一教。

換一個皇帝可沒想像中那麼簡單，當年廢景泰、扶先帝上位，他們準備了四年。這還是在先帝做了十四年皇帝而景泰倒行逆施的前提下才成功的。

之後能順利扶太子繼位，和先帝想廢嫡長、立庶幼有莫大關係。福王一系又不爭氣，陳忠賢帶頭的廠衛羅織罪名、陷害忠良，惹得朝野內外怨聲載道，鄭家更是爛泥扶不上牆，皇帝還一味包容，令朝臣對先帝大失所望。

目下皇帝雖然糊塗了點，可才登基幾個月，尚未磨滅文武百官對他的耐心和希望。朝中除了他們這一派外，還有以祁王為首的宗室，以及楊炳義等各方勢力，他們尚未到隻手遮天的地步。

最棘手的是先帝一脈除了皇帝外，就只剩下還被關在皇陵的福王，難道廢了皇帝讓福王上位嗎？

凌淵再一次想起皇后流掉的那個男胎，若是這孩子保住了，他們也不至於如此被動。

「當務之急是讓皇后早日生下嫡子，」凌淵看著陸承澤的眼睛。「你明白嗎？」

陸承澤當然明白，眼下家裡女眷都在為皇后的身體忙活，要不也不會在這當口，出手對付承恩公夫人。

動手前就知道錢家會懷疑他們，可他們還是動手了。本來他們還派人守在妙音庵附近，想著那個幕後黑手若是意在挑撥陸、錢兩家，那麼他必不會放過承恩公夫人，他們想守株待兔，哪想等了一個月都不見對方出手。也不知是他們露出了馬腳，還是對方太過小心謹慎，抑或者對方的目標真的只是皇后……

考慮一個月，都不見對方動手，反而發現本該在庵堂為小皇子祈福的承恩公夫人是如何違反皇命。

是可忍孰不可忍，於是他們出手了。

承恩公夫人不死，陸靜怡恨難平，陸家長輩心疼她，也希望她能放寬心調養身子。

可惜承恩公夫人命大，這樣都沒死，不過據消息稱她也是時日無多，左右是苟延殘喘一陣，想想也許還不如當場死了來得痛快。

凌淵合了合十指，往後一靠。「明天我會安排御史參承恩公抗旨不遵。」他倒要看看當著滿朝文武的面，皇帝如何處置不拿聖旨當回事的親舅舅？

翌日的大朝會上，御史針對承恩公夫人抗旨不遵的罪名對承恩公發難。

承恩公夫人違背聖旨，擅自離開妙音庵是不爭的事實，承恩公百口莫辯。這幾日都沒有人提及此事，他以為大家看在錢太后的面子上打算睜一隻眼閉一隻眼，畢竟老妻摔成那樣，已是命懸一線，他們怎麼好意思落井下石。

承恩公恨恨地瞪一眼對面的陸承澤，肯定是陸家搞的鬼。但他除了咬牙切齒外，唯一能做的也只有跪下請皇帝恕罪，乾巴巴說承恩公夫人是關心則亂。

可御史們顯然不想口下留人，還說得一個比一個嚴重。

「承恩公夫人抗旨不遵，若不嚴懲，從此以後旁人都要有樣學樣，對聖旨陽奉陰違，屆時陛下旨意形同虛設，威望何在？」

「皇子犯法尚且與庶民同罪，何況外戚！」

一頂頂大帽子扣下來，成功讓承恩公白了臉，這是要把他們錢家往死路上逼啊！

皇帝的臉色也不好看，因為承恩公夫人生死未卜，遂他都沒留意到她擅自離開妙音庵這一點，旁人更是不敢提醒他了，以至於懵了好一會兒。

懵完後，皇帝頗有些不得勁。自己下旨讓她在庵堂裡誦經，她倒好，見天兒跑去看兒子，是什麼意思！皇帝覺得臉上有些發燒，不由怨怪起錢家來，怎麼就不能消停下呢？一樁又一樁的，都不給人喘口氣的機會。

可再厭煩，那也是自己的外家，想起錢太后，皇帝就頭大如牛，散了朝就把重臣們召到上書房商議。

在錢家的事上，凌淵因避嫌保持了沈默。率先開口的是次輔楊炳義，他和凌淵兩人因政見不同，一貫不和，不過楊炳義並沒有偏袒錢家。

他在錢家身上隱隱看到了先帝時期鄭家的影子，皇帝要是繼續縱容錢家，誰也說不準錢家會不會成為第二個鄭家。先帝的人心是怎麼丟的，鄭家「功不可沒」，因此作為老臣，他不能眼睜睜看著皇帝步上先帝的後塵。

再說私心上，楊炳義也有些瞧不上錢家，先帝才走了幾天，錢家就迫不及待把錢舜華送進慈寧宮，這是想讓皇帝在孝期和錢舜華培養感情嗎？吃相未免太難看了！

「陛下，」楊炳義抬手一拱，朝前跨了一步。「優容外戚不表示要縱容外戚，想先帝時期的鄭家，先帝一味縱容，以至於鄭家有恃無恐，竟敢與瓦剌私下進行鹽鐵交易，犯下彌天大錯。」

這次要是再繼續輕描淡寫的處理，連抗旨不遵的大罪都能不痛不癢，還有什麼是錢家不敢做的？

餘者皆附議，瞧不上錢家的人還不少，一群庸碌之輩，在皇帝登基一事上丁點力都沒出，卻因為出了個太后，尾巴都快翹上天了。這一陣子錢家的行徑著實令不少人厭惡。提及鄭家，饒是皇帝都忍不住白了臉。鄭家絕對是他的噩夢之一，再聽大臣進言，皇帝也覺得錢家行事越來不著調，該下手管一管了。

於是皇帝嚥了口唾沫，問楊炳義。「卿家覺得該如何處置為好？」

「抗旨不遵，該當死罪，念承恩公夫人已經危在旦夕，陛下可褫奪其封號，以正視聽。

承恩公身為刑部右侍郎主管刑罰，明知其妻行為不法，卻不阻止也不上報，如此徇私枉法，豈能忝居刑部侍郎之位？」

皇帝嘴裡發苦，福王一系垮臺，空出不少缺，他十分大方的賞了自己舅舅一個三品的刑部侍郎，也是想讓外家臉上好看一些。可誰想他舅舅如此不爭氣，這才多久就捅出這麼一個樓子來。

皇帝穩了穩心神，看一圈下面站著的大臣，見無一人反對，便道：「就依卿家所言吧！」

大臣們紛紛口呼。「陛下聖明！」能聽得進勸就好。

而後皇帝又問何人補上刑部右侍郎這一缺，這是實職，缺不得人。最後大理寺右少卿連升兩級，搖身一變成了刑部侍郎，而這位右少卿是楊炳義的人。

楊炳義不著痕跡地看了看身旁風平浪靜的凌淵，自己的人補了這個缺，錢家還不得連他也埋怨上？

凌淵側過臉，嘴角掀起一縷薄笑。

楊炳義便也笑了笑。

第八十四章

這事過後沒幾日就到了先帝百日，當天，整個京城都鮮亮起來，門前屋後的白色紛紛被其他色彩取代。

人們又開始呼朋引伴的飲酒作樂，後宅夫人也爭先恐後地四下發帖子串門。

洛婉兮自然也收到了不少帖子，少不得也要挑幾家赴會，這都是不可或缺的交際。

直到七月，她便婉拒了所有帖子，旁人也能理解。如今誰不知道凌閣老的夫人懷的是雙胎，六個多月的肚子都快趕上別人八個月大了，這當口自然不好隨便出門，若有個萬一算誰的。

旁人家可以不去，隔壁凌府姪兒娶媳，洛婉兮這個堂嬸卻是必定要到場的。這一回要娶妻的是二房的嫡長子三少爺凌煒。凌府開年第一樁喜事，是以辦得十分隆重，廣邀親朋。

招呼一圈後，洛婉兮便隨著人去了戲臺，聽了一會兒覺得沒意思，便起身離開。

途經桂樹林時，聽見一陣影影綽綽的說話聲，抬頭就見對面站著一行人。定睛細看後認出是凌大夫人，站在她對面的則是錢家四夫人和錢舜華。

前腳國舅罷了官，後腳皇帝就在錢太后的歪纏下，親自出宮探望了生病的錢老夫人一回，於是錢家的腰桿又挺起來了。

這一陣錢家也頗為活躍，四處走動為家中兒女說親。其中尤以錢家四夫人最勤快，她丈夫在景泰年間被清算，在流放途中病故，幸好還有一個兒子能指望。這段日子，她找各種理由來凌家好幾次，目的就是為替兒子求娶凌嬋。

凌大夫人也著急，正在四處給女兒相看人家，但相看的人裡絕不會包括錢家子，已經拒絕好幾次了。

可錢四夫人猶不死心，凌嬋畢竟年紀大了，又退過親，身價不比從前，況自己兒子品貌俱佳，還是皇帝的嫡親表弟。

錢家自然是希望能和凌家結親的，他們已經大大得罪了陸家，若能拉攏凌家自是再好不過，遂十分贊成她這一舉。

這一回凌大夫人不幸又被錢四夫人堵住了，沒說兩句，錢四夫人就說起了自己兒子。

「……說來我家思兒和貴府三少爺同齡，卻連個人家都沒有，他姑母都著急了。」錢四夫人用帕子按了按嘴角笑起來。「上次我進宮，太后還玩笑說起貴府二姑娘也未許人家，倒是和咱們家……」

「嬋兒早就定好人家了。」凌大夫人硬邦邦地打斷錢四夫人的話，不讓她繼續說下去。

凌大夫人捏緊了手帕，拿太后壓她是嗎？大臣家的女兒，太后也管不著，要是太后敢下懿旨賜婚，看看到時候丟臉的是誰！

一旁的錢舜華也沒料到四嬸會把太后姑母抬出來，不免嚇了一大跳，這是結親還是結仇呢？趕緊拉了拉她的衣袖提醒。

可事關自己兒子，錢四夫人哪肯輕言放棄，因為自己丈夫有本事，所以丈夫死了，而二伯卻因為懦弱無能活了下來，還做了承恩公。

二房那幾個不爭氣的也壓在自己兒子頭上，錢四夫人積了一肚子的火，好不容易找到一個翻身的機會，豈會輕易罷手？

「哪家有此福氣聘了凌二姑娘？」錢四夫人追問。這套說辭凌大夫人不是第一次說了，但她問不出對方是誰，她覺得這根本就是敷衍之詞，要不凌大夫人為什麼不肯說呢？

「吾等家事，不勞錢四夫人關心。」凌大夫人神情冷下來。

錢四夫人也沈下臉。自從皇帝登基，哪家敢給他們臉色看？就是皇帝還是太子那會兒，錢家雖無目下風光，可也沒人會怠慢。

錢舜華急得臉都紅了，眼下他們實在不能再開罪凌家，遂她也顧不得尊卑了，連忙道：「凌大夫人勿怪，我四嬸這人心直口快，並無惡意。」還好自己不放心跟著四嬸出來了，要不她得把凌家得罪成什麼樣？

被姪女如此下臉，錢四夫人臉都脹紅了，氣得嘴唇開開合合，似乎是想反駁，卻開不了口。

凌大夫人掃一眼滿臉歉意的錢舜華，怕是這姑娘在家裡厲害得很，錢四夫人一個寡婦自然說不過她。

「大嫂妳在這兒啊，我正好有事要找妳呢！」

這輕輕柔柔的聲音驚得一群人都看了過去，就見洛婉兮挺著肚子慢騰騰走了過來。

凌大夫人一邊走一邊忙道：「這兒的路不好走，妳別過來。」

錢四夫人不甘地看著走過去的凌大夫人，下意識跟了上去。

「原來錢四夫人和錢姑娘也在這兒？」洛婉兮像是才認出二人一般，笑了笑道：「倒是打擾了，不過我有要事尋我大嫂，便先行一步了，二位自便。」

說著她朝二人略一頷首，便轉過身，凌大夫人伸手扶住她。「當心腳下，妳有事打發人來尋我便是，何必自己親自過來……」

望著二人的背影，錢四夫人只能乾瞪眼。

錢舜華咬住了下唇，凌家的態度從凌大夫人身上可見一斑，便是錢家出了個太后，可在這些簪纓世家眼裡也算不上什麼。她忍不住煩躁地跺了跺腳，正落在一塊鬆動的石頭上，腳踝一歪，人就倒向一旁，砰一聲重重摔倒在地。

快出了林子的洛婉兮和凌大夫人聽見一聲慘叫，回頭只見錢舜華臉色慘白地躺在地上，淺綠色的襦裙染上淡淡血色。

冷汗淋漓的錢舜華心頭一涼，連疼都顧不得喊了，不敢置信地看著那灘血。

洛婉兮下意識抱了抱肚子，不禁想起那一天御花園裡的陸靜怡。

她定了定神後揚聲道：「傳府醫！」又對桃露使一個眼色，便有個不起眼的丫頭躡手躡腳的離開。

凌大夫人也霎時回神，放開洛婉兮前去查看錢舜華的情況，心裡同樣有了大膽的猜測。

七月天，酷暑未消，錢舜華只穿了一件輕薄的襦裙，加上這個年紀的小姑娘皮膚本就嫩得能掐出水來，摔在粗礪的鵝卵石上，瞬間就皮開肉綻，鮮血直流。

可身上的痛遠遠比不上心裡的痛，錢舜華抱著肚子蜷縮成一團，眼前一陣陣發黑，她死死揪著裙子，生出巨大的恐慌。

餘光裡，她瞥見凌大夫人正帶著人向她走來，嚇得一個哆嗦，人也清明了一些，抬頭看向錢四夫人。

絕不能讓別人知道，否則她這輩子都翻不了身了！

錢舜華拚盡最後一絲力氣，拉著錢四夫人的裙襬，氣若游絲地呻吟：「四嬸！」眼下只有她有立場把自己帶走。

錢四夫人呆若木雞，像是嚇傻了。她低頭看著素日裡頤指氣使、不可一世的姪女，目光閃爍了兩下。若是單純摔傷絕不可能有這樣的血量，她也是生過孩子的，豈會不多想？

萬萬想不到，平日高高在上的姪女竟然會不知廉恥的未婚先孕。理智告訴錢四夫人，應該趕快把錢舜華帶走，省得鬧出醜聞，畢竟一筆寫不出兩個錢字來。可張嘴的瞬間，她忽然想起了他們孤兒寡母這些年來受的委屈，惡意就怎麼也壓不住。

在錢四夫人猶豫掙扎的當口，凌大夫人已經到了跟前，錢舜華的丫鬟要阻止她們碰錢舜華，可別忘了，這兒是凌府，凌大夫人有的是人手。

她肅著臉。「沒看妳們家姑娘流了這麼多血嗎，出了事妳們擔當得起嗎？」說著開始指揮人把地上的錢舜華抬到清光院。

「不勞大夫人，不過是一點小傷，我們回家處理就行。」到底是理智占了上風，錢四夫人急忙阻止。

凌大夫人拂開她的手，一臉的不贊同。「錢姑娘好意來祝賀，卻在我們府裡受了傷，我們凌家豈能坐視不理？四夫人放心，咱們府裡的府醫馬上就到了。」

錢四夫人手腳發涼，嘴裡發苦，一個勁兒地道：「不用了、不用了，我們回家就好。」

凌大夫人豈能讓錢舜華回去？錢家不是想娶她女兒嗎？她倒要看看他們出了這等醜事，誰還敢跟他們結親！

被婆子抱起來的錢舜華死死盯著凌大夫人，眼睛都紅了。

凌大夫人一臉的憂心忡忡。「還不趕快送到清光院去。」

聞聲那婆子便小跑起來。

錢四夫人只能眼睜睜看著錢舜華被抱走，嚥了嚥唾沫趕緊追了上去。

清光院離桂樹林不遠，位置也很好，就在大道旁。

等婆子抱著錢舜華上了大道，血一路沿著流下，路上的人都被引過來了。這兒是內宅，都是夫人和姑娘，年紀小的姑娘尚且不懂，夫人裡頭卻沒幾個傻的，見她摀著肚子，血還順著她的小腿一滴一滴淌落，目光頓時變了。

錢四夫人還在向過來詢問的夫人解釋：「我們舜華不小心在林子裡摔了一跤。」

也就妳家摔跤摔得像小產了。這是在場不少人的心聲。

凌府的府醫趕到，一看裡面的情況就明瞭七分，號完脈隨即皺眉。「這位姑娘小產了。」

頓時院裡院外響起一陣抽氣聲，其實有經驗的看她那模樣都猜到了，可確定那一瞬，還是忍不住驚詫。

未婚先孕，浸豬籠都夠了！

疼得幾乎要暈了的錢舜華咬著舌尖不讓自己暈過去，抖著聲音呵斥：「你個庸醫胡說八道什麼！」又滿臉憤恨不解的看著凌大夫人。「便是不願意和我們家結親，凌大夫人何至於這樣害我，這是要逼死我嗎？」

說著她滾滾淚流。「四嬸，我們回家去。」

錢四夫人回過神來，推了一把傻愣愣的自家丫鬟。「還不去抱姑娘！」

洛婉兮剛進來就聽見這一番話，要不是場合不對，她都想給錢舜華這反應鼓掌了。

凌大夫人冷笑一聲。「錢姑娘自己做下此等醜事，倒有臉在這兒倒打一耙！這麼一句話就想混淆視聽，以為大夥兒都是傻子不成？」

錢舜華身子一顫，臉色更白，幾乎隨時都能暈過去，不知不覺咬緊了牙關，嚐到了淡淡的血腥氣。

「到底怎麼一回事，大家都清楚得很。」凌大夫人冷冷看著面無血色的錢舜華。「來人啊，備軟轎，送錢姑娘走，免得出了事又成了我們凌家害她。」

錢舜華氣血一陣翻湧，頓覺小腹更疼，似有一隻手在裡面撕扯她的五臟六腑。突然眼前一黑，暈了過去。

錢四夫人頓時慌了神。「舜華！」

錢舜華小產的消息一傳十、十傳百，等男賓處的承恩公聞訊趕來時，只覺芒刺在背。

他覺得沿途所有人都在對他指指點點，眼神嘲笑。一張老臉瞬間脹得通紅，只能低頭快走，再不敢看行人。

五月時，皇帝在錢太后的哭訴下，御駕親臨承恩公府看望錢老夫人。後他們安排了機會讓錢舜華和皇帝獨處一會兒，本意是讓兩人培養培養感情，在宮裡兩人已經有點苗頭了，要不是出了皇后這事，一出國孝，錢舜華就能進宮。

可現在皇帝不肯接女兒進宮了，他們如何甘心，就想再試試，看看能不能讓皇帝回心轉意。情況如何承恩公不得而知，反正等他知道時，女兒已經成了皇帝的人。

承恩公嚇得魂飛魄散，這可是在先帝百日內，錢舜華理應守國孝。便是皇帝也在孝期裡頭，原本身為天子可以日代月，只需守二十七日即可。然皇帝想當孝子，要守三年，後來在大臣們的勸說下才鬆口與天下臣民一起守百日。

承恩公害怕皇帝為了名聲賜死女兒，幸好，皇帝尚沒這般絕情，還答應儘快接女兒進宮。

他們等啊等，等到了七月都沒等來皇帝說的「儘快」，反倒是他妻子蔡氏時日無多，再不進宮，女兒就要守母孝了。承恩公知道，這是皇帝顧忌皇后的顏面，所以遲遲不下旨意接女兒進宮，而錢太后剛和皇帝鬧翻過，也不敢狠逼，這事就耽擱下來了。

然而承恩公怎麼也想不到女兒竟然會懷孕！雖然他巴不得錢舜華生個皇子，卻也知道那時在孝期，遂事後讓女兒吃了避子湯的。可怎麼會懷孕了？竟然還小產了！想起那個孩子可能是皇帝的長子，承恩公就一陣撕心裂肺的疼。

承恩公在垂花門內接到了虛弱不堪、好像隨時都會撒手人寰的錢舜華和戰戰兢兢的錢四夫人，顧不上說什麼也沒臉說，就差要以袖掩面了，低頭帶著女兒在凌家下人的帶領下從後門離開。

錢家人走了，留下的話題卻足夠大家津津樂道一整年。

不少人覺得自從皇帝登基後，就再也沒缺過茶餘飯後的話題。錢家人總能在一件事好不容易平息的當口再次掀起波瀾，這興風作浪的本事也是常人難以企及的了。

洛婉兮精力到底不比旁人，吃過晚膳就藉口回了隔壁公府。

洗漱過後，她歪在羅漢床上閉目養神，不知不覺便睡著了。自從懷孕後她越發嗜睡，有時候坐著都能睡著。

凌淵回來時就見她側躺在羅漢床上，輕柔地撫了撫她的眉眼。今天她也算半個主人，少不得要應酬兩句，到底累壞了。

俯身親了親她的臉頰，凌淵將她抱了起來。

洛婉兮立刻醒了過來，睜開眼看著他，正要說話，突然間皺了皺鼻子，嫌棄地扭過臉。

「你喝了多少酒！」

瞧她整張臉都皺成團，凌淵忍俊不禁，故意湊過去蹭她的臉逗她。「妳聞聞看有多少？」
洛婉兮被他弄得臉上癢癢的，笑著躲開，伸手推他腦袋。「臭死了，離我遠點！」
笑鬧了一會兒，凌淵把她放到床上，吻了吻她紅撲撲的臉蛋，柔聲道：「我先去洗漱，要是累了就先睡。」
洛婉兮點了點頭，目送他高大挺拔的背影消失在珠簾後。
凌淵從淨房出來時見她還醒著，笑了笑，上了床之後將她抱到懷裡，讓她枕在自己胸口，十分習以為常的撫了撫她的腹部。「今天乖不乖？」
他說話時，洛婉兮便覺小傢伙們動了起來，也不知道是在翻跟頭還是打架，抬眸就見凌淵彎了彎嘴角，橘黃色的燈火映在他臉上，有一種說不出的柔和。
「你說他們是在表示自己很乖呢，還是想向你證明他們一點都不乖呢？」
凌淵笑笑。「還是乖一點好。」這樣她就不用這樣辛苦了。
一會兒後，兩個小傢伙才安靜下來，洛婉兮覺得在肚子裡就這麼不安分，出來定是混世魔王，不過她一點都不嫌麻煩，反而甘之如飴。
凌淵凝視她溫柔如水的眉眼，低頭親了親她的眉心，忍不住又親了親她的嘴角。
懶洋洋窩在他懷裡的洛婉兮昏昏欲睡，忽然間想起了正事，臉紅了下，才好奇地問道：「錢舜華的孩子到底是誰的？」
凌淵摸了摸她的臉，嘴角揚了揚。「妳猜？」
洛婉兮撇了撇嘴，毫不猶豫道：「皇帝！」

錢舜華有凌雲之志，看她言行舉止也頗有成算，等閒人估計看不上，除了皇帝能讓她心甘情願委身外，她不知道還有誰有這魅力。

凌淵含笑嗯了一聲。

「還真是他啊！」洛婉兮說不上失望，可也說不上高興。陸靜怡流產，與錢家人有著千絲萬縷的關係，皇帝怎麼做得出來，這樣讓陸靜怡情何以堪？

天下是沒女人了嗎，他非要去招惹錢舜華？洛婉兮心裡一動。「是錢舜華設計了皇帝，還是皇帝心甘情願？」給皇帝下個藥什麼的，她覺得錢家還真做得出來。

「一個願打一個願挨。」他也是之後才知道的。「就是皇帝去看錢太后那次，錢家安排錢舜華和皇帝獨處，點了催情的香。不過這種東西，若是皇帝願意忍便能控制住。」早年他也遇到過這種情況，遠不到讓人身不由己的地步，端看願不願意忍。

洛婉兮怒道：「無恥！」

凌淵覺得她這句無恥不只包括了錢家，還有皇帝。

洛婉兮突然反應過來。「那會兒還在國孝裡頭吧！」大慶以孝治國，身為天子卻在孝期淫亂？

凌淵略一點頭，親了親她的臉道：「犯不著為這種事生氣，他們會自食苦果的。」

第八十五章

洛婉兮毫不懷疑，區別是這個惡果是現在吞還是以後吞？

想起這幾個月來錢太后的行徑，洛婉兮心裡有些沒底。自從做了太后，錢太后的腦子似乎也隨著先帝一塊兒去了，彷彿認為先帝一駕崩，再沒什麼好顧忌的，於是怎麼高興怎麼來，只肯享受太后這個身分所帶來的權力，卻不顧身為太后當為萬民之表率。

洛婉兮抓了抓凌淵的手指，猶豫道：「太后不會把錢舜華接進宮吧？」

之所以不提皇帝，是因為她覺得這皇帝雖然糊塗，可應該不至於糊塗到這地步。然而架不住他有一個把心偏到胳肢窩裡的娘啊！萬一皇帝明知不可為，但為了哄他娘高興，硬著頭皮把錢舜華接進宮，這種事也不是沒可能的，那陸靜怡還不得被噁心死。

凌淵笑了笑，反握住她的手，輕輕摩著她的手背。「接進宮昭告天下皇帝孝期失德嗎？滿朝文武不會答應的。」便是皇帝不要臉，朝廷也要臉。

洛婉兮想起前陣子一個三品大員因為國孝期間把妾室的肚子睡大了，被御史參得丟了官。這案子可是皇帝親自判的，皇帝要是把錢舜華接進宮，可不是打自己的臉？再往深處想，別人因此丟官，他是不是也該「丟官」了。

但凡皇帝腦子清楚些，都不會給人生出這種不好的聯想。眼下他初登基，根基不穩，都是老臣們替他撐場子，若是老臣們都對他失望，朱家那群宗室怕是要活躍起來了，十幾年間換了三個皇帝，還曾經有過一次不合常理的兄位弟繼，誰敢保證沒有下一個例外？

凌淵為她掖了掖被角，在她眉心落下一吻，溫聲道：「天色不早了，睡吧！」

洛婉兮看了看他，輕輕一笑，閉上了眼。

第二日早朝，便有御史參承恩公教女無方，大意便是：錢家身為外戚當為表率，錢氏女卻在國孝與母親重病期間與人無媒苟合，珠胎暗結，在民間造成了極其惡劣的影響，若是不加以嚴懲，有傷風化。

幸好承恩公因為被罷官沒資格上朝，若是他在這兒，恐怕要被御史那張嘴氣得當場吐血。

承恩公不在，皇帝卻是在的。龍椅上的皇帝臉一會兒白一會兒紅，看得老臣們在心裡連連搖頭。

他以前不是這樣，挺乖挺聽話的呀！

昨夜錢太后聲淚俱下的哭訴，要他宣佈錢舜華懷的是他的骨肉，且是六月裡懷上，並非孝期。皇帝挨不過，到底一夜夫妻百日恩，然此時這些話就這麼堵在喉嚨口。皇帝只含糊了一句「這是承恩公府家事」，便宣佈退了朝。

御史還要據理力爭，可皇帝從龍椅上站了起來，太監也唱聲退朝。御史不得不把話嚥了回去，憋得難受極了。

退朝後，皇帝單獨召見凌淵。

皇帝是真的不知道該怎麼辦才好了，這事到底丟臉，他第一個想起的就是自己的太傅。

凌淵奉召前來，一進上書房就見皇帝在屋裡來回踱步，一副心神不寧的模樣。

「陛下。」凌淵行禮。

「太傅不必多禮。」皇帝連忙扶住他，又賜了座，自己則坐回上首，支支吾吾開了口。「今日早朝上有關錢家之事，太傅如何看？」

凌淵抬眸望著龍椅上掩不住羞愧的皇帝，沈聲問：「錢氏女懷的是龍種？」

皇帝臉一紅，艱澀地點了點頭，又尷尬地搓了搓手，都不敢正視凌淵。

凌淵又問：「是五月陛下親臨承恩公府看望錢老夫人那日？」

皇帝的臉更紅了，沒點頭也沒搖頭，反而忐忑不安地望著凌淵。「若朕說是六月裡微服出宮去過承恩公府，太傅覺得可否？」

凌淵靜靜看著他，看得皇帝不由自主的低了低頭。

「這風口浪尖上，陛下覺得滿朝文武與天下百姓肯信嗎？」凌淵平聲道。沒人肯信的，哪怕皇帝說的是真的，可在錢舜華出了事後才說出來，外人都會覺得這只是遮醜的謊言。

皇帝也覺行不通，可他架不住錢太后的哭訴，又有一種自己要是不試一試就拒絕，便對不起錢舜華的微妙心思。

「陛下能與臣說說當時的情況嗎？」凌淵詢問地看著皇帝。

皇帝心下奇怪，這事有什麼好說的，說出來也是丟人。

凌淵解釋：「宮裡什麼樣的美人沒有，錢氏女也非國色天香，陛下怎麼會在孝期便情難自禁？臣覺得，陛下並不是這般不知輕重的人。」說罷微微一皺眉。「這其中是不是還有隱情？」

皇帝大吃一驚，這一陣他都被自己孝期失德的負疚感籠罩，夜深人靜時也對自己把持不住的行為深感不齒，可他從來都沒想過自己可能被錢家設計了。

多虧凌淵一語點醒夢中人，他越想越覺得自己那天不對勁。錢舜華撲在他懷裡訴衷腸，哭著哭著兩人就倒在一旁的羅漢床上，一切都跟鬼使神差似的。

皇帝的臉色來回變幻好幾次，最後一臉鐵青，痛心道：「他們怎麼敢！」

凌淵心下一哂，面上仍不動聲色。「錢家想把錢氏女送進宮的心思人盡皆知，可出了皇后流產之事後，錢氏女想進宮千難萬難。然她若是不進宮，又有誰敢娶她，少不得要孤注一擲，」他頓了頓道：「事後，陛下可有承諾會接她進宮嗎？」

皇帝不自然的挪了挪身子。他答應了，越想越覺得太傅所言甚是。

凌淵輕輕一嘆。「陛下現在還想接她進宮嗎？」

皇帝嘴唇顫了顫，既不承認也不否認，十分難以啟齒的模樣。

「臣是萬萬不會同意陛下接錢氏女入宮的。」凌淵一臉肅容。「接她進宮，無異於昭告天下，陛下與她在國孝期間有染。孝期宣淫，讓天下臣民如何看待陛下？臣怕從此以後禮樂崩壞，動搖國本！」

皇帝被他說得白了臉，放在扶手上的雙手握緊，喃喃道：「朕若是不管，她……」

「這一切都是她咎由自取，與人無尤。她若是個好的，絕不會在國孝期間設計陛下，陷陛下於不義之中。」凌淵冷聲道。

皇帝還是下不了決心，為難道：「可太后……」

「百善孝為先，陛下理應孝順太后，可孝順不是愚孝。太后一個深宮婦人不懂利害關係，情有可原，難道陛下也不懂嗎？為了哄太后高興，便要置禮法於不顧？之前陛下順著太后偏袒承恩公府，臣可有說什麼？然而此事非同小可，陛下若是把錢氏女接進宮，臣恐陛下威嚴墮地，貽害無窮！」

在帝王威嚴和錢太后的順心如意中，皇帝終究選擇了前者。

錢舜華不治身亡，比起被族裡浸豬籠或被下旨賜死，以這種方式死去，保留了最後一點體面，也是皇帝的一點私心，到底表兄妹一場，她又懷過自己的孩子。

對此大臣們睜一隻眼閉一隻眼，只要皇帝不想著把人接進宮，迫不及待的往自己身上潑污水就好。於這個結果，朝廷上下大多數人都是鬆了一口氣，這個皇帝還不算糊塗到底，尚能挽救。

至於承恩公，因教女無方，罰俸三年並勒令其閉門思過一年。反正出了這等醜事，錢家短時間內也沒臉出來見人了。沒幾日，大門緊閉的承恩公府再一次傳出了喪訊，靠藥吊著命的原承恩公夫人蔡氏嚥下最後一口氣，隨著她的女兒錢舜華一道走了。

皇帝大抵是心裡有愧抑或是為了寬慰錢太后，命跟前大太監代他前去弔唁。宮裡錢太后也派了人去祭奠，之後皇后也派了宮人前往。

然而蔡氏的喪禮並沒有因此而變得熱鬧，依舊是門庭冷清，前來弔唁的人屈指可數，除了錢家族人姻親之外，也就一些想攀附他們的，都是些不入流的人家。

這結果有心人看在眼裡，便品出了一絲不一樣的味道。文武百官已經對皇帝不滿，否則不會這般不給面子。

小雨淅淅瀝瀝地下著，在天地間織就成一張密密麻麻的雨網，將萬物都籠罩其中。一輛精緻的馬車停靠在祁王府門前，門房笑吟吟地迎上去。「晉王爺好！」

來人乃晉王，其父是先帝胞弟，在景泰年間鬱鬱而逝。也因為這個緣故，晉王才能承襲了親王一爵而不是降等襲爵。

因為先帝被景泰帝在背後捅了一刀搶走皇位，復辟後先帝防宗室防得厲害，越是親近的就越猜忌。祁王還是在南宮復辟中立過功的呢，可除了從郡王進爵為親王外，其他實質性的好處也沒撈著。

直到後面幾年，皇帝需要宗室壓制權臣，才把祁王等提溜出來，可還是忌憚著。

在對待宗室這一點上，新君倒是比先帝好了不少。

晉王二十來許，面如冠玉，相貌堂堂。「皇叔可在？」

「回晉王，我家王爺在。」

晉王便笑了，轉了轉手中的鳥籠，驚得裡頭色彩斑斕的畫眉鳥兒叫起來，清脆悅耳。

「那敢情好，本王新得了寶貝，讓皇叔品鑑品鑑。」京城誰不知道祁王是個鳥癡。

祁王見了這鳥果然高興，嘖嘖讚賞了一回。

「皇叔若喜歡，姪兒便送給您了，權當姪兒孝敬您。」晉王笑吟吟道。

祁王斜睨他一眼。「無事獻殷勤！說吧，有什麼事？」

晉王失笑。「瞧皇叔這話說的，姪子想孝敬皇叔不是天經地義？」

「你小子，」祁王嗤笑一聲。「少來這一套，有話直說，過了這個村可沒這個店了。」

晉王欣喜，也不遮掩，把來意痛快地說了。他想給自己內弟在錦衣衛討個差事，而祁王未來的女婿恰好是錦衣衛指揮同知，多方便的事。

他痛快，祁王也痛快。「明兒我讓人給玄光傳個話，不過得先讓他瞧瞧你內弟，看安排在哪兒才適合。」江樅陽去年行冠禮，取字「玄光」，還是祁王取的。

晉王連聲道謝，說著說著便說起了江樅陽。「什麼時候能喝到福慧妹妹的喜酒？」

「差不離就是明年二月了。」祁王笑道。「女大不中留，留來留去留成仇啊！等你家丫頭長大你就知道了。」一臉的心酸唏噓。

晉王失笑，拱手向祁王道賀了一番又道：「要是我們家媛兒能尋到如南寧侯那樣的如意郎君，我也就放心了。」

祁王笑笑不說話。

晉王笑道：「旁的不說，這出嫁的女兒泰半委屈是婆婆那兒受來的，好在南寧侯上頭沒有婆婆。」說著他輕嘆了一聲。「就是貴為皇后不也莫可奈何？皇叔可聽說了，太后娘娘把前去侍疾的皇后晾在外頭大半個時辰。」

「捧在手心裡養大的姑娘，卻被人如此對待，」晉王搖了搖頭。「姑祖母知道了，該有多心疼！」

祁王但笑不語。

晉王覷著他的臉色，慢慢道：「皇叔是宗正，不妨多勸勸太后和陛下。否則長此以往，人心盡失啊！」如果錢太后繼續這麼胡鬧下去，皇帝也不停犯蠢，早晚會鬧得眾叛親離。就說昨天那事，派人弔唁承恩公夫人，虧皇帝做得出來。標榜知禮、尊重長輩也不是這麼標的。承恩公夫人間接害死皇帝嫡長子，又不誠心悔過，她死了皇帝還派人給她上香做臉，逼得皇后也不得不派人去上香，簡直荒謬。

祁王沈沈一嘆。「你當我沒勸過陛下嗎？苦口婆心與他說了，他也應得好，可太后那一哭……唉！」說著無可奈何地搖頭。

「人家是親母子，疏不間親，你讓我怎麼辦！」說到這兒，祁王就一肚子火。「內閣那幫人讓我勸皇帝別慣著太后，他們倒是站著說話不腰疼，有本事他們自個兒上啊。」

另一頭，秋雨同樣淅淅瀝瀝地下著，打在窗外的芭蕉葉上滴答作響，漸漸與屋裡嗒嗒之聲重合在一起，那是凌淵食指輕叩桌面發出的聲音。

在他對面是垂首而立的屬下，突然，屋裡的聲音停了。

凌淵往後靠了靠，淡聲吩咐：「下去吧！」

來人行了禮，恭恭敬敬地退下。

凌淵輕笑一聲，還真是什麼魑魅魍魎都蹦出來了，不過也好。先帝那會兒太子雖不聰明卻還識時務，登基以來的這些糊塗事擱那時候他絕對幹不出來，可如今……歸根究柢不外乎覺得沒了威脅，以為高枕無憂，便肆無忌憚了。

晉王若是能讓皇帝生出一絲危機感倒也挺好，省得他真以為龍椅捨他無人了。

他在書房裡坐了一會兒，把事情前前後後考慮一番後，已經是大半個時辰後，窗外的雨不知何時悄悄停了。天空一碧如洗，萬里無雲，院子裡的芭蕉葉蒼翠欲滴，葉上晶瑩的水珠流轉著璀璨的光芒。

凌淵從紫檀鑲理石靠背椅上站了起來，前往漪瀾院。

漪瀾院裡，洛婉兮正在埋頭做長袍。八月十八是陸國公六十六大壽，雖不是整壽，卻是個難得的吉利數字，故也要大辦。

時下有「年過六十六，閻王要吃肉」的俚語，須得女兒送上六十六塊肉，如此閻王爺便能手下留情放過老人，這規矩是何時流傳出來的已是不可考。

反正洛婉兮奉為真理，她對這些神神叨叨的東西從來都是寧可信其有，不可信其無，她自己的存在不就是最好的佐證？

陸國公和長平大長公主只有她這個女兒，這差事自然是落在她頭上，早幾日就和那邊說好了。此外，她還打算親手為陸國公做一身長袍，金銀玉器這些自然也要送，不過那些放在禮單裡即可，這套衣裳才是她的壽禮。

這身長袍她從四月就開始做了，剪裁縫紉都不假人手。

洛婉兮剪斷繡線，心滿意足地吐出一口氣，終於大功告成。

「提起來我看看。」她對幾個丫鬟道。

桃露便和桃枝兩個將衣服拉開提著給她看。

洛婉兮伸手理了理上面的褶縐。「瞧著還可以吧？」

「哪裡是還可以，」桃枝笑著捧場。「瞧瞧這針腳細密的。」

桃露幾個也跟著讚揚起來。

洛婉兮嗔道：「妳們就會哄我！」

凌淵進來時，就見裡面其樂融融，眉眼瞬間溫和下來，接著就看見那件還沒被收起來的藏青色長袍。

看了兩眼，他收回了目光。

見到他，洛婉兮臉上笑意更濃，站了起來。「你來看看這衣服怎麼樣？」男人的眼光與女人總是不同的，找他把關正好。

凌淵走過去，扶住了她的腰。「不錯！」

洛婉兮抬眼瞅了瞅他，凌淵又扶著她坐了下去，一低頭就看見繡籃裡的兩條小肚兜，一紅一綠，鮮豔奪目，想不發現都不容易，上頭還繡著兩匹憨態可掬的小馬，今年是馬年。

這是給孩子們做的，這一陣她偶爾會做些小衣裳和小鞋子，男孩女孩的都有，小巧玲瓏，讓人見了就愛不釋手。

「這些活兒讓下人去做，妳別傷神。」凌淵把玩著她的手指道。

洛婉兮笑盈盈的望著他，凌淵也回望她，看清她眼底促狹的笑意。

洛婉兮噗哧一聲就樂了，一邊笑著一邊從繡籃底下翻出一件嶄新的寶藍色衣裳。「喏，你的。」

凌淵看了看她，然後垂眼看著那衣裳。

「還不去試一試？」洛婉兮推了推他的胳膊。「若有哪兒不合適，也能趁著這幾日改一改，我可是想讓你穿著去賀壽的。」

凌淵看著她，眼底漾出淺淺笑意，轉身去了屏風後面。

坐在羅漢床上的洛婉兮回想他那模樣，不覺笑起來。

很快凌淵就換好衣服出來了，寬肩窄腰，長身玉立，再配上那張劍眉星目的面龐，可真叫人看了都臉紅。

洛婉兮忍不住摸了摸腹部，若是男孩最好長得像他。她認識他時，他都是個小小少年了。他們都說他小時候白白胖胖跟個糯米糰子似的，聽得她好不扼腕，若自己早生個幾年，就能去欺負他一下。

糯米糰子似的凌淵，想想就很可愛。

洛婉兮的嘴角忍不住上翹，見他看過來，連忙往下壓了壓，扶著腰走過去，理了理衣襟和袖口，仔細打量一圈，最後掐了掐腋下，皺眉道：「這兒有些大了，要改一改。」

凌淵垂眼凝視著她，含笑道：「很好，不用改。」

「一定要改。」洛婉兮不理他。「堂堂閣老大人穿了一件不合身的衣服出去，那我這個做妻子的還不被人笑話死了？」

凌淵握住她的手。「讓她們去改。」

洛婉兮笑著搖頭。「一套衣裳都做下來了，也不差這一點，況且也累不到哪兒去。」

想想離陸國公大壽還有大半個月，凌淵見她一副樂在其中的樣子，便也不說了，其實他挺喜歡她為他忙碌的模樣。

第八十六章

自從進入八月，天氣便涼爽起來，園子裡的桂花競相綻放，金燦燦一片，老遠就能聞到濃郁的桂花香。

洛婉兮想著自己也有兩日沒去給凌老夫人請安了，便吩咐人備轎。

慈心堂裡熱鬧得很，兒媳婦、孫媳婦、孫女坐了一屋子，看著這樣的熱鬧，洛婉兮是有些羨慕的。他們府上到底太過冷清了，不過等兩個小傢伙出來，肯定就熱鬧了，嗯，估計是吵鬧了。

看洛婉兮入了座，凌老夫人便問起她這幾日的情況。

得知一切均安，凌老夫人便笑起來。「那就好。」又道：「這當口妳別因為害怕就不肯走動，這樣子不利於生產。每天抽個空走兩圈，也不用走太久，多走幾次便好。」

洛婉兮道：「竇府醫也是這麼說的，這一陣我上午下午都要在園子裡走兩圈。」

話音剛落，便有個丫鬟匆匆進來。「老夫人，五夫人哭著過來了！」

「怎麼回事？」凌老夫人皺起眉，她派人把媳婦和孫女都叫過來商量中秋節怎麼熱鬧才好，老五家的卻是出了門沒過來，她這次出門也沒打聲招呼。

屋裡其他人也好奇，凌五夫人性子要強，能讓她這麼一路哭過來，絕不是小事。

凌五夫人哭天抹地的進了門，撲通一下就跪在凌老夫人跟前，聲淚俱下。「母親，您可要為媳婦兒做主啊！」

在凌五夫人的哽咽中，大夥兒終於知道是怎麼一回事。

原來凌五夫人懷疑凌五老爺金屋藏嬌，便派人查探，終於被她發現凌五老爺在柳樹巷裡置了一座宅院。凌五夫人面上不動聲色，趁著凌江去軍營的當口，帶著人殺了過去，她倒要看看是什麼寶貝讓他這麼小心翼翼的藏起來。

誰知踢開大門看清裡面之人那一刻，凌五夫人便覺五雷轟頂。如果說丈夫置外室對她而言是天崩，那在她發現那個狐狸精竟然是她的好表妹薛盈後，就是地裂了。

她能對丈夫拈花惹草睜一隻眼閉一隻眼，卻不能容忍丈夫養外室，更不能接受那個人是薛盈，這教她情何以堪，還有何面目在凌家立足?!

凌五夫人身子打了個晃，那一刻真是什麼教養規矩都拋在了腦後，撲過去就是一陣撕打。薛盈哪是五夫人的對手，且五夫人有備而來，身後是一溜膀大腰圓的婆子，沒一會兒就只有被凌五夫人按在地上揍的分。

凌五夫人生吃了薛盈的心思都有，下手毫不留情，直把人打得頭破血流、奄奄一息，還是她帶來的人瞧再這樣下去就要出人命，才把她拉住。

恢復理智的凌五夫人一看薛盈那淒慘模樣也怵了，想起丈夫那張冷臉，凌五夫人腿肚子就顫了起來，想也不想拔腿就跑，眼下也就凌老夫人能護住她了。

在凌五夫人的描述裡，自然是避重就輕，只說自己把薛盈教訓一頓，又哭訴自己的委屈。「母親，家裡這麼些人還不夠嗎？老爺他怎麼偏偏就要……那可是我表妹，老爺他怎麼能這樣啊！她讓我如何自處，嗚嗚嗚……」

在場眾人聽罷始末只覺百感交集，低頭看著跪在地上哭得上氣不接下氣的凌五夫人。在場都是女人，不是主母就是注定要當主母的，自然同情她的遭遇。

可想想薛盈是怎麼和凌五老爺勾搭上的，這點同情又生不出來了。雖說不敢確定，可凌五老爺和薛盈看對眼，搞不好就是薛盈住在凌府這一陣發生的。

不少人悄悄去看洛婉兮，凌五夫人把薛盈接進來是衝著凌淵去的，眼下倒好，搬石頭砸自己的腳，可真叫人不知道該說她什麼才好。

洛婉兮神色不動，垂眼看著手上的玉鐲。還真是善有善報，惡有惡報，就是不知薛盈怎麼會跟五老爺攪和在一塊兒了，她不是看中凌淵了嗎？

凌老夫人在心裡暗罵兒子荒唐，也惱凌五夫人不會看場合，還好五房幾個孩子不在這兒。她閉了閉眼道：「你們都退下吧！」

哭得不能自已的凌五夫人這才留意到屋子這一大群人，瞬間頓住。進來時她又怒又恨又害怕，視線都被眼淚糊住了，以至於沒看清屋裡竟然還有這麼多人，尤其還發現洛婉兮赫然坐在一旁。

凌五夫人頓覺臉火辣辣地疼起來，無意識抓緊了手裡的帕子。

眾人紛紛起身告辭，魚貫而出，屋裡就只剩下凌老夫人和五夫人婆媳兩個。

「娘，要是老爺把人接進來，我哪裡還有臉出去見人啊，還不如一頭撞死算了！」凌五夫人痛哭流涕。自家表妹爬了自己丈夫的床，尤其這表妹她還打算推到隔壁，外人不曉得，可凌家人都知道啊。回想方才一掠而過時幾位妯娌的神情，凌五夫人就覺顏面無光。

凌老夫人被她哭得頭都大了一圈，使了個眼色讓人把凌五夫人扶起來。「好了，妳也別哭了，等老五回來，我就好好問一問是怎麼回事。」

頓了一下她又奇怪道：「薛盈不是住在妳娘家府上的嗎？怎麼會被老五養在外頭了？家裡少了個大活人，宋家難道還不知曉？

凌五夫人不自在地低了低頭。「三月時就讓人送她回老家了。」

留在家裡難道讓她勾引自己的大哥嗎？可千算萬算沒算到，她竟然勾上了自己的丈夫，這個小賤人到底是什麼時候動的心思，又是怎麼跟丈夫勾搭上的？凌五夫人氣血翻湧。

凌老夫人定定看了她兩眼。她聽凌五夫人說過，她這表妹在家裡處境艱難，所以被親家老太太接了過來，當時她還說了親家老太太到底心善來著。

凌五夫人只覺如坐針氈，手腳都不知道該放哪兒才好。

凌老夫人收回目光，淡淡道：「妳且回去梳洗一下吧，妳放心，這事我會給妳一個交代的。」

「多謝母親！」凌五夫人忙不迭道，有老夫人這話她也就安心了。

日落西山，天邊布滿彩霞，紅彤彤一片，丫鬟們開始收晾在院子裡的衣裳。

凌淵進來時就見洛婉兮坐在那兒仔細疊著小衣裳和小褲子，夕陽落在她身上，為她鍍上一層柔光，眉眼含笑，說不出的溫柔動人。

凌淵就這麼靜靜地看著她。

片刻後，洛婉兮才發現了他，抬眼看著他，覺得他眼神怪怪的，下意識摸了摸自己的臉，狐疑問：「怎麼了？」

凌淵唇角輕揚，走了過去，隨手拿起一件小衣裳，上面還殘留著陽光的餘熱。這些一針一線都是她親手做的，做好了又讓丫鬟們洗了好幾回，道是孩子們皮膚嬌嫩，新衣裳太硬他們會不舒服。

他第一次知道養個孩子要這般講究，不過她好像一點都不嫌麻煩，還樂此不疲。

用過晚膳，凌淵便擁著洛婉兮去園子裡散步，下人們隔著一段距離跟在後頭。

走到菊園裡，洛婉兮的腳步漸漸慢下，低頭賞花，十分入神的樣子。

「有心事？」凌淵低頭，柔聲問她。

洛婉兮眨了眨眼，鴉羽般的睫毛輕輕搧動，又抬眸看了他一眼。

大抵是懷孕的關係吧，格外愛胡思亂想一些。她忍不住想起今兒在慈心堂裡哭得狼狽不堪的凌五夫人，接著便想到了薛盈。

薛盈與凌五夫人，前者好比眼前這盆剛剛綻放的趙粉，鮮嫩豔麗；而凌五夫人……洛婉兮望了望遠處池子裡的殘荷，乾枯暗淡，哪裡比得過人家。

凌淵抬手摸了摸她的臉，溫溫涼涼的，攏了攏她肩上的披風。「怎麼了？」

洛婉兮揪了下那盆盛開的趙粉，慢吞吞地說道：「今兒在二嬸那邊說話時，五嫂突然哭著跑進來了，道是五哥在外頭養了個外室。」說到這兒，她抬眼瞅了瞅他。「就是薛盈。」

凌淵不語，只靜靜地看著她。

洛婉兮被他看得有點不自在，低頭理了理鬢角。「我就在想，是不是男人碰上年輕漂亮的女子，便連理智都沒了？」她神色有些懨懨。「五嫂好歹是五哥的結髮之妻，又為他生了二子一女，但凡他顧忌五嫂的面子，也不該去招惹薛盈。」

只想著哄新人笑，哪裡顧得了舊人哭不哭？洛婉兮也不喜歡凌五夫人，誰會喜歡一個妄想破壞自己家庭安穩的人？凌五夫人落到這地步有自作孽之嫌，但這不代表凌五老爺和薛盈的行為就是正確的。尤其是凌五老爺，這人打年輕時就是個風流種子，眼下年紀不小了，他還變本加厲了。

凌淵看出了她的不高興，想到她向來看不慣男人風流多情，斟酌了下道：「五哥這人向來風流，妳也是知道的。他這個人於男女之事上素來不講究。」他扶著她的肩頭把她轉到自己面前，看著她的眼睛道：「但不是所有男子都像他一樣。」

洛婉兮自然知道。她的兩位父親陸國公和洛三老爺都是專情的，陸家爺們也一心一意，沒有妾室通房之流，當然還有他。

望著他清雋認真的眉眼，洛婉兮心裡一甜，忽然想到一個問題。

「我要是變成一個醜八怪，你還會喜歡我嗎？」她也認真地看著他的眼睛。「我要是個大齙牙，還是個大麻臉，」在自己臉上比劃了下。「又是個大胖子，你還會喜歡我嗎？」

冷不丁，洛婉兮想起之前陸承澤說過，他一個朋友的朋友在一個老人身上死而復生，便追問。「我要是變成一個七老八十的老太太呢？你還喜歡我嗎？」

凌淵怔了下，接著哭笑不得地看著她一本正經的臉，無奈地意識到她是很認真的詢問。都說孕婦脾氣古怪，他今兒才算是見識到了。

一眾丫鬟和婆子目瞪口呆，又有點好奇凌淵會怎麼回答，說實話看他犯難還挺過癮的。

凌淵看著她一臉他不說就誓不甘休的模樣，嘴角一勾，伸手捧住她的臉。

洛婉兮一愣，正要問他幹麼，就見他低頭，封住了她的唇。

「不管妳變成什麼模樣，我依然心悅妳。」聲音有些含糊，卻一字不漏地鑽入她的耳朵裡。

洛婉兮耳尖一紅，整個人都被他親得暈乎乎，晚風帶來甜膩的桂花香，熏得人都要沈醉。

她靠在他懷裡，粉唇嬌嫩，眸光瀲灩，自以為凶巴巴地瞪著他。

這人可真狡猾！

三日後，凌江才從西山大營回來，回府第一件事就是去向凌老夫人請安。

一見到兒子，凌老夫人的臉瞬間沈下來。

面對老母親，凌江全無人前的威嚴，笑吟吟地湊上去請安。

見他這嬉皮笑臉的模樣，凌老夫人氣不打一處來。「虧你還笑得出來，這家都快被你弄散了。你就那麼缺女人？那可是你妻妹，還有你真不知道她為什麼被趕走？因為她看中了老六！」凌老夫人越說越來氣，氣得狠拍桌子。「兄弟倆和同一個女人扯上關係，難聽不難聽！」

「看上老六的人多了去，難不成但凡對他動過心思卻沒嫁給他的都不用嫁人了？」凌江笑嘻嘻道。他比凌淵大一歲，堂兄弟倆打小一塊兒長大，感情也不錯，怎會不知道他桃花運旺，便是這把年紀了也是桃花不斷。

「再說了，薛盈對老六還不都是宋氏逼出來的？」凌江嗤笑一聲。「她看不慣老六疼媳婦，就想給人家添堵。逼著薛盈過去，要是她不肯就範，就威脅把她送回薛家，由著她兄長把她賣了換聘禮。」

凌老夫人大吃一驚，不知還有這內情。

見凌老夫人面露驚詫，凌江喝了一口茶潤潤喉才道：「後來您不是發話讓薛盈離開了？您恐怕不知道我那大舅子瞧上她了。宋氏姑嫂兩個一合計就把人送回薛家，還向薛家撂下話，以後不會管薛盈，隨便他們處置。薛家兄弟倆就打算把她嫁給一個五十多歲的絲綢商做填房，那老頭家裡的兒女可是有二十來個。」

凌老夫人忍不住唸了一句阿彌陀佛。「這些都是她跟你說的？」要是真的，這老五家的行事也太損陰德了。

「我親自查過。」凌江憊懶一笑。「母親不會覺得我色令智昏到她說什麼就信什麼吧！」

凌老夫人沒好氣地白他一眼，轉了轉手腕上的佛珠，定了定心神又問：「是你把她接進京的？」

凌江搖頭，語氣有些玩味。「她自個兒帶著兩個心腹從家裡跑出來的，進了京找上了我，求我救她。」

凌老夫人手上動作一頓，恨恨地瞪一眼兒子。「然後你就把人給收了？」

薛盈的選擇，凌老夫人能理解幾分。兄長是豺狼，宋家也靠不住，她一個貌美如花的小女子，若是不找個人依靠，下場可想而知。

可兒子那撿便宜的行為著實把她氣得不輕。「除了把她養做外室，你就沒其他辦法安頓她了？你不就是見色起意了嗎？」

凌江賠笑兩聲也不否認，他是見色起意了，可人家也心甘情願啊，他還不至於淪落到要強迫女人的地步。

凌老夫人更來氣，隨手抄起眼前的果子砸了過去。凌江也不躲，被砸在胳膊上還叫了一聲，挺疼的樣子。

凌老夫人真是氣也不是、罵也不是。幾個子女裡頭，她拿這個兒子最沒辦法。

「你倆是什麼時候開始的？」凌老夫人板著臉問。她最怕的是兩人是在孝期裡頭成的事，萬一被人抓著不放，兒子的前程就毀了。

幸好凌江還沒被美色沖昏頭。「六月裡的事。」

凌老夫人一樁心事放下，黑著臉命令。「馬上跟她斷了，你再想辦法給她安排一個去處，把人好好安頓了。」覺得她可憐是一回事，可凌老夫人不會因為可憐就把人接進來，到時候就該是她頭疼了。

凌江看了看凌老夫人，丟下一道驚雷。「她有一個月的身孕了。」

「什麼?!」凌老夫人驚住了。

凌江又重複了一遍。「薛盈懷孕了。」

凌老夫人抬手指著凌江，半晌說不出話來，好一會兒才甕聲甕氣道：「你是怎麼打算的？」

一開始養在外面就是怕麻煩，可薛盈懷孕了，情況自然不同了，母憑子貴。

「我想給他們娘兒倆一個名分，」凌江十分乾脆地說道：「那到底是我親骨肉，一碗藥打了我心疼，讓他沒名沒分在外頭長大，我也心疼。」

便是凌老夫人也心疼啊，那可是親孫。可接進來，這叫什麼事啊！

她老人家覺得薛盈不是個簡單的，帶著兩個心腹就能跑出來，還能平平安安跑到京城，這事一般人可辦不到。且凌老夫人還有一個隱憂，薛盈怕是恨上凌五夫人了。可若她來說，老五家的做的事也不地道，薛盈恨老五家，人之常情！

而老五家怕也恨毒了薛盈呢，這兩個人住在一個屋簷下，還不鬧得天翻地覆？

想到那畫面，凌老夫人就覺得頭大如牛。

見老太太這為難的模樣，凌江心裡也不好受。「娘，您不是享清福不管事了？這事您也別管了，兒子自己會處理好。」

凌老夫人望著神色中隱隱透出強硬的兒子，由衷體會到什麼叫「兒大不由娘」。

第八十七章

凌江的處理辦法就是用一抬小粉轎把薛盈接進五房，也不知他是怎麼和凌五夫人談的，反正凌五夫人也沒怎麼鬧。她只是病了，可能是氣病的，也有可能是丟了這麼大一個人，覺得沒臉出來見人。

洛婉兮再一次見到凌五夫人是在中秋家宴上。只見她沈著一張臉，上面搽著厚厚的粉底，越發顯得蒼老寡淡，坐在那兒一聲不響，沒了平日的活躍，看得旁人也挺不是滋味的。

洛婉兮低頭逗弄萱姐兒，看著小姑娘胖乎乎的臉才覺高興起來。片刻後再抬頭，發現凌淵不見了。

洛婉妤像是知道她在找人似的，掩嘴輕笑一聲。「六叔和我公公被老太爺叫去賞月了。」

洛婉兮抿唇一笑，低頭捏了捏捧著顆蘋果啃得心滿意足的萱姐兒。「牙口倒是挺好！」

「可不是，前兒我逗她，這小東西一口咬住了我的手指，差一點就見血了。」洛婉妤輕聲抱怨，說著還不甘心地掐了掐女兒的臉。

被打擾進食的萱姐兒不高興地推開母親的手，繼續心無旁騖的啃蘋果。

「小饞貓！」洛婉妤戳了戳女兒的額頭，又看向洛婉兮圓滾滾的肚子。「妳這兩天覺得怎麼樣？」

雙胞胎鮮少有足月出生的，算一算她也滿八個月了，生產也就是這一、兩個月的事。她是希望洛婉兮能晚點生，生得晚孩子才健康，就怕她身子骨受不住。

「倒沒什麼特別的感覺，」洛婉兮道。「竇府醫他們說我這情況應該要到九月。」

「那時候涼快，坐月子也少受點罪。」說著說著，洛婉妤就吐槽起自己月子裡的鬱悶事來。

凌老爺子帶著長子和姪子在湖邊的涼亭裡坐下，下人端上茶水後悄悄退下，在遠處守著。

凌老爺子慢條斯理地劃著杯盞。「今兒晉王府送了中秋賀禮過來，倒是重禮了。」

凌淵抬了抬眼。

凌老爺子看一眼旁邊的凌洋，又對凌淵慢慢道：「楊夫人向你大嫂打聽嬋兒，她想替晉王作媒。」

這位楊夫人是晉王的姨母，晉王妃走了近兩年，只留下一個女兒。

話音剛落，一條魚躍出水面，又撲通一聲跳回湖裡，留下一圈又一圈的漣漪。

涼亭裡靜了好一會兒，凌老爺子看向神色平靜的凌淵。「你怎麼看？」

沈吟片刻後，凌淵開口。「眼下作決定還為時尚早。」

他對皇帝確實有些不滿，可還沒到要換皇帝的地步，此事涉及各方利益，沒有想像中那麼簡單。所以朝臣們都還在觀望中，畢竟皇帝才登基多久，又尚未及冠，犯些錯誤也情有可原。

若是皇帝一錯再錯且毫無悔改之意，大家自然會為自己留後路。這後路可能是晉王，也可能是將來出生的某位小皇子。

若真到了需要用到後路的那一天，相較而言，他也更傾向於皇后生下嫡子。名正言順的繼承人，阻力最小，況且皇后姓陸。若是皇后無子，扶持晉王倒也行，那把凌嬋嫁給晉王也未嘗不可。

可若如今就和晉王結親，凌家就只能跟著晉王一條道走到底了。

眼下皇帝還沒發現晉王的小算盤，卻也瞞不了太久。等皇帝發現晉王的野心，晉王和凌家都會成為皇帝的眼中釘，欲除之而後快。

若是皇后誕下嫡子，陸家也將站到凌家對立面，非他所願。

「陛下民心尚在。」凌淵緩聲道。

聞言，凌老爺子和凌洋也明白他的態度了。的確，皇帝要是突然明白過來了，晉王正位的可能性微乎其微。

晉王蠢蠢欲動，也就是看準了皇帝糊塗事一件跟著一件發生，連出了一個皇后、又有長平大長公主坐鎮，且世代護國有功的陸家都尚且被如此對待，難免要考慮若是這些事落在自己身上，會是什麼樣的下場。

這一考慮，人心就散了。不過還沒散得徹底，還有挽救的機會。

「況且我們之前和晉王並無深交，他為人如何誰也不清楚。」凌淵輕呵了一聲。「當年陛下還是太子時也算個明白人，對陸家更是客客氣氣。」可現在不也變了，誰能保證晉王不是下一個皇帝？

在先後兩位帝王身上，凌淵得到的教訓是若再立新君，還是擁立一個小娃娃好，孩子還是自己教出來的更放心，不至於被個女人挾制，等天子親政，他正好退下來。

凌老爺子頷首道：「也是這個理。」

話雖如此，依舊有些遺憾。下一任皇帝身上流著一半凌家的血，於這一點，凌老爺子頗為意動，可倒還沒昏頭，其中不可控的因素太多，皇帝是否會迷途知返，後宮總是要添皇子的……晉王心願得償的可能性有，但不高，過程更是不容易。

對凌家而言，這太過冒險，他們已經位極人臣，這一步能進更好，不進也罷。

「楊家那兒讓大媳婦婉拒了吧！」凌老爺子對凌洋道。

凌洋點頭稱是。

略說了幾句，三人便回去了。

凌淵回來時正好看見和小夥伴玩得滿頭大汗的洛鄴跑到洛婉兮身邊，他額上都是細汗，洛婉兮為他擦了汗，又遞了一盞水果茶給他，輕聲細語像是在嗔怪他。

洛鄴眉眼彎彎，整張小臉都閃閃發光。

洛婉兮若有所覺，抬眼就撞進凌淵含笑的眼裡，輕輕地笑了。

凌淵便也笑起來，她以後肯定是個好母親。

凌老爺子看著他們，若有所思。

凌淵不看好晉王，泰半是因為皇后是陸氏女吧！他對陸家倒也是長情。

站在陸家的立場上，真到了要改天換日的地步，哪怕皇后無法誕下嫡子，只要其他人生了皇子，也是差不離的，那個孩子終究要叫皇后一聲母后。晉王對陸家而言只能是不得已而為之的選擇。

八月十八當天秋高氣爽，是適合出門的好天氣。也趕了巧，這一天正好是休沐日。

一大早洛婉兮和凌淵便起來了，凌淵換上了新做的那套寶藍色長袍，這顏色十分襯他，令他看起來玉樹臨風、穩重如山。

兩人到達公主府時，府裡已經有些熱鬧了，雖然時辰尚早。

德坤遞上禮單，重中之重是那六十六塊肉，被恭恭敬敬的放在影壁後面的供桌上，希望閻王爺吃了這肉，就不找老爺子麻煩了。

看著看著，洛婉兮覺得有說不出的滑稽，連忙忍住，低了頭隨著丫鬟去了後院。

堂內來客也不少，齊聚一堂。長平大長公主看洛婉兮挺著大肚子行禮，便有些心驚膽戰，連忙叫起了她。「妳身上不方便，不親自過來也是可以的。」

聽出她話裡的嗔怪，洛婉兮笑得眉眼彎彎。「您放心，我沒事，離生產還有一個多月呢！」雖然看來大了些，其實習慣了也不覺什麼，沒他們看起來那麼危險。她覺得自己就是走上半個時辰也沒問題，當然沒人敢讓她這麼走。

「那也要當心！」長平大長公主道。

一旁前來祝賀的客人看出大長公主對洛婉兮的親近，又思及凌淵，便笑吟吟道：「衛國公夫人懷的是雙胞胎？」隱約聽過一耳朵。

洛婉兮含笑道了一聲是。

「夫人可真有福氣！」

一介孤女入了長平大長公主的眼，認作乾女兒，又嫁給凌淵，一進門就懷了雙胎，這福氣可真是讓人羨慕都羨慕不來。

洛婉兮笑了笑。

正說得熱鬧，一個丫鬟興沖沖地跑進來。「陛下和娘娘來了！」

嗡的一下，屋裡霎時熱鬧了一瞬，帝后親自前來賀壽，那可真是無上的體面。不約而同地去看上座的大長公主。

大長公主神情淡淡的，不過眼神頗為柔和。之前那些事弄得陸家灰頭土臉，皇帝願意親自過來賀壽，給陸家做臉，還算他會做人。

「那去迎一迎吧！」雖說是孫女婿和孫女，可到底是帝后。

說著大長公主站了起來，旁人自然跟著起身，洛婉兮也不能例外。

大長公主看了看她。「妳不方便就別過去了。」

洛婉兮知道母親這是好意，可大家都去了就她缺席，倒顯得她輕狂，遂道：「左右也沒多少路，且我坐了這麼會兒，也想動一動。」

大長公主便沒再說什麼。

帝后二人先在前院向陸國公賀了壽並送上壽禮，此外還有錢太后的賀禮。論輩分，錢太后可是晚輩。

隨後帝后便前往後院，陸家長子夫婦隨同，正好在垂花門那兒遇見了大長公主帶著人過來。

皇帝和顏悅色地詢問過大長公主的身體後，留下陸靜怡，才去了前院。

皇帝一走，女眷們便放鬆了些，到底男女有別。

陸靜怡上前扶住大長公主的手，含笑道：「本是說好下午過來的，不過上午也無事，陛下便說早些過來，也好湊湊熱鬧，倒是驚擾祖母了。」

大長公主拍了拍她的手。「妳也有兩年沒回來了，正好多待一會兒，好好看看。」

陸靜怡梭巡一圈，目露懷念。「家裡還跟我離開時一樣。」

段氏笑道：「娘娘的院子也還留著，娘娘要是有興致，可以去瞧瞧。」

陸靜怡被說得動了心思。「倒也好，待會兒就尋個時間去看看。」

忽地她目光凝了凝。

見她看過來，洛婉兮便朝她笑了笑。

陸靜怡視線下移幾寸，落在她的腹部上，眼底閃過一絲莫名的情緒。

用過午膳，一行人移步到梨月樓聽戲。

臺上的青衣花旦唱腔圓潤優美，引人入勝。

洛婉兮藉著喝水的動作，用袖子遮了臉，悄悄地打了個呵欠。她慣是欣賞不來這個，且她有午睡的習慣，尤其是懷了孕之後，隨著月分的增長，午睡需求也增加。

「聽來聽去我覺得還是流雲班的戲最地道。」陸靜怡笑吟吟地對長平大長公主道：「比宮裡的戲班子唱得還要好。」

流雲班在京城久負盛名，豪門世家但凡有喜事都會請他們過去唱幾折戲。也因為太有名氣了，等閒人家還請不到。

長平大長公主素來愛聽戲，尤其鍾愛流雲班的花旦，陸靜怡跟著大長公主長大，耳濡目染之下，也好這一口。

「妳若喜歡，就讓他們多唱兩齣，待會兒就是《玉堂春》，妳看看還有什麼要聽的。」長平大長公主道。《玉堂春》是這個孫女兒最愛聽的。有些人覺得宮裡不管什麼東西都比外頭好，可有些人卻覺得宮外的東西才是最好的，心境不同罷了。

長平大長公主望著雍容華貴的孫女兒，心裡滋味有些複雜難辨。

陸靜怡彎了彎嘴角，很高興的樣子。「還是祖母心疼我。」神色間露出一絲明媚。

長平大長公主笑了笑，心裡卻不知怎的澀了下，臺上蕩人心魂的唱唸做打再是入不了耳。為了家族的利益，把這個孫女兒嫁進皇宮，終究是家裡對不起她。

一炷香後，一曲落幕，聲調一轉，變得悠揚婉轉，《玉堂春》開始了。

陸靜怡看得津津有味，神色鬆快，露出了幾分在家做姑娘時的自在。

長平大長公主在心裡沈沈一嘆，錯眼間就看見了掩嘴打了一個呵欠的洛婉兮。同是在她跟前養大的，她倒是從來都不愛聽戲。

觀她神色迷離，雙眼睏頓，懷了孩子的人，精力總是格外不濟一些，長平大長公主側臉看一眼許嬤嬤，許嬤嬤便俯身側耳過去。

聽罷，許嬤嬤輕手輕腳地走到洛婉兮身後，低頭柔聲說了幾句話。

動靜雖小，可這兒是主位，下面的人哪個不分神留意這處，便是陸靜怡也看了過來。旁人離得遠聽不清，她卻聽見了祖母讓她下去休息。

洛婉兮抬眼看向長平大長公主，後者對她輕輕一頷首。

洛婉兮便笑起來，眉眼彎彎，嘴角上揚，喜悅之情顯而易見。她也朝長平大長公主點頭示意了一下，接著就著桃露的手站了起來，又對陸靜怡微微一欠身。

陸靜怡笑了笑，神色如常。

洛婉兮扶著腰小心翼翼地離開。懷孕的女人，尤其是月分大的女人，走路的姿勢委實說不上好看，笨拙得很。

可陸靜怡卻有著說不清道不明的羨慕，她扯了扯嘴角，收回目光，繼續看向臺上濃墨重彩的戲子，突然覺得這齣戲也沒那麼精彩了。

青衣花旦還在不遺餘力地唱著，台下的陸靜怡有些意興闌珊，越聽越煩躁。

終於，她對長平大長公主道：「祖母，我想去琳琅院看一看。」琳琅院是她在家時的閨房。

長平大長公主看了她兩眼，緩聲道：「妳去吧！」又對稍遠一些的藍氏道：「妳陪娘娘一塊兒去看看。」未出嫁時，陸靜怡和藍氏姑嫂倆相處不錯。

藍氏自然答應。

在場的貴夫人們見陸靜怡站了起來，連忙紛紛起身。「恭送娘娘。」

陸靜怡在藍氏的帶領下去了琳琅院，這個院落在她離開後，並沒有挪進其他人，還留了幾個丫鬟和婆子看守。這些人見了舊主，既驚且喜，連忙跪迎。

望著這幾張熟悉的面孔，再環視一圈窗明几淨、一塵不染的屋子，陸靜怡仍然不可避免的察覺到了院中的冷清。

屋子沒人住，再是精心照顧都無用，就像她姑姑所在的青衡院，一年又一年下來，即使裡面依舊草木茂盛、芳菲不絕，可也掩蓋不了那種淒涼。

到了後來，她們都不敢踏足了，看一次就傷感一次。

再過幾年，琳琅院怕是也要和青衡院一樣，成為禁地了。

藍氏看出陸靜怡心情蕭瑟，說了幾句熱鬧話，可一點作用都沒有，覷著她的神情，最後也不敢說了。

陸靜怡在琳琅院裡坐了一會兒便離開，卻沒有回梨月樓，而是在後院隨意逛起來。時隔兩年，再一次故地重遊，哪怕是一盆花或一棵樹，都令她倍感親切。

「這一片美人蕉開得可真好。」

歡快的聲音傳過來，陸靜怡下意識循聲望去，就見遠處的美人蕉叢外，站了一行人，說話的該是個丫鬟。

「是洛姑姑她們。」藍氏說了一聲。

第八十八章

洛婉兮低頭尋了尋，發現那塊一尺見寬的小太湖石竟然還在那兒。

說來這裡有樁趣事，當年她哄陸釗說人種在土裡就能快快長高，這小傻瓜就在這兒挖了一個坑把自己種下去了，還哭著喊著不肯出來。後來知道自己被騙了，那眼神哀怨的，讓洛婉兮覺得自己實在是罪大惡極。

等她一個月後才敢回娘家時，就發現這坑裡被人放了塊太湖石，據說是她爹讓人放的，道是省得陸釗長大了忘記自己當年犯的蠢，有這麼個祖父也是天下第一人了。

洛婉兮看著那塊石頭，唇畔的弧度不由擴大，隨即就被突如其來的請安聲從回憶裡拉了回來。

洛婉兮慢慢轉過身，也屈下膝見禮。

「洛姑姑不必多禮。」陸靜怡走了過來，望著眼前的美人蕉，目露追憶。「洛姑姑也喜歡美人蕉？」

洛婉兮點了點頭。「這花看著討喜。」

陸靜怡笑了笑，隨手摘了一朵在指尖把玩。「我姑姑也十分喜歡美人蕉。」

洛婉兮怔了下，不知道該怎麼接話。

便是藍氏也忍不住皺了皺眉頭，在洛婉兮面前提及陸婉兮，終歸不適合，沒有哪個繼室喜歡別人對她提起原配的。

「不過我姑姑喜歡這花是因為這花能吃。」陸靜怡看著洛婉兮。

洛婉兮略有些不自在，笑了笑，並沒有說話。

藍氏試圖岔開話題。「說來甯哥兒也愛吃呢！」

陸靜怡看一眼藍氏，目光在洛婉兮平靜的臉上繞了一圈，忽而問：「洛姑姑吃過這花嗎？」

「……小時候吃過幾回。」洛婉兮道。

「好吃嗎？」

洛婉兮覺得這話題有點怪，然還是道：「甜甜的，倒不錯。」

陸靜怡看了看她。「我倒覺得這花有股說不出的怪味道。」

洛婉兮怔了下，她小時候不也挺喜歡的？

陸靜怡彎了彎嘴角。「看來美人的口味都差不多。」這一點上還是有點像的。

這話可真不好接。

陸靜怡輕輕笑了下，扔了手裡的美人蕉。「洛姑姑要回梨月樓嗎？」

「是的，」禮尚往來，洛婉兮也問：「娘娘打算去哪兒？」

陸靜怡便道：「正巧，本宮也要回梨月樓。」

洛婉兮便往旁邊移了移，示意她先走，可她一隻腳還沒落下，餘光突然瞄到一道黑影從旁邊的美人蕉裡竄出來，速度飛快，嚇了她一跳，忍不住就往後面退了一步，踩到了那塊太湖石上。

她腳步不穩，往後倒去。

「小心！」陸靜怡大驚失色，搶步上前想拉她，卻只碰到了她的衣袖。

驚恐欲絕的桃露和桃葉雙雙伸手，堪堪扶住了已經傾倒的洛婉兮。

洛婉兮驚魂未定，出了一身的冷汗，幸好沒摔著，否則後果不堪設想。她決定回去好好獎賞這兩個丫頭。

桃露和桃葉趕緊把她扶正，憂心忡忡地問：「夫人您有沒有哪裡不舒服？」

就是陸靜怡也往前走了一步。「妳怎麼……」才說到一半便見洛婉兮驀地白了臉，一臉痛苦。

陸靜怡悚然一驚，下意識去看她的肚子。

洛婉兮只覺腹部一陣一陣的劇痛，同時傳來濕漉漉的異樣感，頓時如墜冰窖。

生過孩子的藍氏聞到了空氣中的味道，再看她情況，煞白著臉喊道：「羊水破了！」

她的孩子！

心臟彷彿被一隻無形的手攥住，撕心裂肺的痛楚讓洛婉兮眼前一陣陣發黑，可她什麼都來不及多想，她腦子裡只有一個念頭——她的孩子一定要保住！

「夫人！」在一聲聲飽含恐慌的叫聲中，洛婉兮察覺到身體騰空，她被人抬了起來。

藍氏掐住手心讓自己不要慌張。「去青雲院！」

有丫鬟跑過去帶路，藍氏抬腳跟上，一邊走一邊吩咐。「妳去請府醫，妳去通知大長公主……」

「奴婢回去把產婆們帶來！」心驚膽戰的桃枝飛快道了一句，拔腿就跑。衛國公府裡養著全套生產所需的人手，所幸兩府間隔不遠。

藍氏略一放心，公主府裡頭也養了幾個產婆，但是這種事……藍氏看了看臉色慘白的洛婉兮，忍不住握緊了雙拳。萬一有個好歹呢，還是淩家自己人處理為好。

「娘娘！」金蘭小心翼翼地朝立在原地不動的陸靜怡喚了一聲。

陸靜怡收回目光，轉向另一邊。

只見「罪魁禍首」站在花盆下舔著自己的毛髮，見她看過來，軟綿綿地喚：「喵——」

姑姑喜歡養黑貓，祖母也喜歡養貓，這是祖母最喜歡的「平安」，養了五年了，一直都很乖。

平安在原地轉了兩圈，似乎認出了陸靜怡，跑了過來，在她腳邊嗅了嗅，像是在確認她的味道，然後親暱地蹭了蹭她的腿。

陸靜怡緩緩蹲下身來，輕輕撫著牠柔順的毛。「平安，你好像闖禍了。」

「喵！」平安仰起小脖子，懶洋洋地叫了一聲，一點都不知道事情嚴重性的樣子。

陸靜怡摸了摸牠的腦袋，沒再說話，站起來道：「我們也去看一看吧！」

平安跟上去，像是不捨。

陸靜怡低頭看牠，輕聲道：「你是巴不得人家想起你闖的禍是不是？要是沒事還罷了，若是出了事……唉！」她輕輕嘆了一聲。

平安瞅了她兩眼，在原地轉了兩圈，緊接著跑開了。

陸靜怡輕笑一聲。「還挺識時務。」

洛婉兮被平安驚到了，還是在美人蕉叢前……她忍不住要想，這一切是否冥冥中注定？

前院那處，歌舞昇平，皇帝正由陸國公六十六的壽辰說到了陸靜怡的父親。

「……這樣大喜的日子，岳父他們都沒能回來，就是皇后大婚那會兒也沒回來。」頓了頓像是在回憶。「朕要是沒記錯，岳父他們有三年沒回京了吧！」

陸國公朗聲一笑，看著皇帝道：「陛下沒有記錯，是快三年了！」

「三年未歸家，岳父他們著實不容易。」皇帝輕嘆了一聲。

陸國公便笑。「保家衛國，這是當兵的本分，邊關將士哪個不是如此？」

皇帝怔了怔，才道：「可岳父都快知天命的年紀，也該回來享享清福了，邊關到底不比京城繁華。」

「陛下所言甚是，老臣也想著讓長子回京，也好讓年輕將士施展抱負，日後總歸是要靠他們年輕這一輩撐起來的。」

不知怎麼的，皇帝心頭有些發虛，之後的話就有點接不下去了。

恰在此時，一個丫鬟急赤白臉地跑了過來，直奔凌淵道：「夫人要生了！」

凌淵神情倏地一下就變了，淡然之色在他臉上消失得一乾二淨。

望著大步離去的凌淵，眾人不禁回想起他方才的模樣，這樣勃然變色的凌閣老還真罕見。

「家中出了些意外，諸位不必擔憂，還請繼續。」陸國公打破了場上的凝滯。

聽他這麼說，大家也不好議論什麼，繼續欣賞歌舞。

「讓太醫院把最好的御醫派過來！」皇帝突然反應過來，連忙命令宮人。太傅好不容易有了後啊。

陸國公替凌淵謝了恩，安分了一陣倒是長進了。

陸靜怡一直坐在臨時佈置起來的產房外頭，宮人們覺得產房不吉利，讓她離開，畢竟她還未生產，也是怕嚇著她。可她不想走，說不上為什麼。

正坐著，便見長平大長公主匆匆而來。

「祖母！」陸靜怡站起來迎了上去，走近了才發現大長公主神色緊繃，十分擔憂的模樣。她不禁怔了下，她很少在祖母身上見到這樣外露的情緒。

「妳別待在這兒了，不吉利。」大長公主見了她便道。

陸靜怡道：「我就站在外頭不要緊，畢竟洛姑姑出事那會兒我也在場，不在這兒等著，我於心不安。」

大長公主便不再多說，只道：「我進去看看。」說著也不等陸靜怡反應，闊步進了屋子。

被留下的陸靜怡微微一愣，不過是個認沒幾年的乾女兒，祖母為何如此擔憂？

「凌閣老！」

陸靜怡霎時一震，扭頭就見凌淵足下生風，大步而來，臉上是毫不掩飾的擔心。這模樣她從來沒見過，陌生得她都有些認不出來了。

凌淵也發現了她，抬手草草一拱。「娘娘，恕臣失禮！」

話音未落，人已經掠過她進了產房，帶起了一陣風，颳在她臉上，涼颼颼的。

陸靜怡留意到凌淵的腳步有些飄，像是踩在了棉花上。不知怎的，她就想起了自己小產那一天，一步都未踏進的皇帝。

金蘭見她模樣，心下一沈，柔聲道：「娘娘不要太擔心了，衛國公夫人定然能夠母子均安的。」

陸靜怡置若罔聞，連急急忙忙趕到的蕭氏向她請安都沒有注意到。

蕭氏無暇多想，一頭扎了進去，這樣的場合她這個娘家人務必要到場的，多少女人在產房裡吃了夫家的虧。

產房內傳出的聲音漸漸在陸靜怡耳畔消失不見，她的臉一點一點蒼白，雙眼因為不敢置信而睜大。

她往後踉蹌了幾步，一下子跌坐在椅子上。那種眼神、那種神情，怎麼可能是只把洛婉兮當成姑姑的替身呢！

不知道過了多久，兩個丫鬟端著兩盆泛著血色的水出來了，嘴裡在說凌淵選擇了保大。

陸靜怡瞳孔劇烈一縮，在他眼裡，親生骨肉都比不得洛婉兮來得重要，那可是兩個孩子啊！他年歲畢竟不小了，錯過了這兩個孩子，也不知何時才能做上父親，說不定這輩子都沒機會了。

他們都被他騙了，他們都以為他把洛婉兮當成了姑姑的替身，可事實上他早就變心了，畢竟死人哪裡及得上溫香軟玉的大活人！

產房內瀰漫著濃郁的血腥味，令人不安。

躺在床上的洛婉兮臉上不斷滾下水珠，她自己都分不清是眼淚還是冷汗了。因為疼痛，姣好的面龐甚至顯得扭曲猙獰。

凌淵半跪在床前，握著她的手放在唇邊親了親。「馬上就好了，妳和孩子都會沒事的。」他的聲音在發抖。

洛婉兮用盡最後一絲力氣張開嘴，她想說「孩子」，可她已經沒有力氣，只能發出淺淺的氣流聲。於是她低頭看著自己的腹部，眼底的乞求和不捨幾乎要化為實質。

之前她不懂為什麼有的產婦會在孩子和自己之間選擇保孩子，自己死了，被留下的孩子豈不可憐？從小就失去了母親，萬一遇上一個惡毒的繼母怎麼辦？那會兒她就想，要是自己遇上這種事，她才不會犯傻，她肯定會選擇保自己的。

可真等這一刻降臨了，她才知道自己也會犯傻的。一個母親怎麼可能放棄自己的孩子，他們都還沒看過這個世界呢。

凌淵自然知道她的意思，她是那麼的喜歡孩子，盼了這麼多年終於把孩子盼來了，她怎麼可能放棄？

「妳和孩子都會沒事的。」凌淵竭力壓下聲音裡的顫抖，定定地看著她的雙眼，試圖說服她。

大顆大顆的眼淚從洛婉兮眼裡洶湧而出，突然「哇」的一聲，稚嫩而又柔弱的嬰兒啼哭如同天籟般落在產房裡裡外外所有人的耳中，令人精神一振。甚至有幾個丫鬟婆子都忍不住喜極而泣，忍不住唸了句「阿彌陀佛」。

「是個姑娘！夫人再使把勁，還有一個馬上就要出來了！」

洛婉兮聽見了啼哭聲，恍惚聽見是女兒，她竭力睜開眼，想看一看，可她真是一點力氣都沒有了，全身的力量彷彿都隨著這個小傢伙的離開而消失。

「夫人！」桃枝看她臉上泛出金色，驚恐欲絕地撲過去。

陸靜怡直直盯著那扇紅紫檀木窗扉，清晰地聽見從裡面傳出來的驚慌之聲。

她先後聽見了兩個孩子的哭聲，代表孩子保住了，那大人是不是……她不由自主地握緊了扶手。

也不知過了多久，醫女擦了一把冷汗，小心翼翼地回頭對立在身後的凌淵道：「……夫人的血已經止住了，眼下是失血過多暈過去，已無大礙。」

說話時她低著頭，根本不敢正眼看凌淵，因為他的臉色實在是有些嚇人，她都要懷疑要是衛國公夫人熬不過這一關，他們這一屋子的人是不是都出不去了。

凌淵目光終於活了過來，走到床畔半跪了下去，伸手撫了撫倦怠至極的眉眼，指腹上傳來濕潤黏膩的觸感，也不知是她的眼淚還是汗水。他低頭親了親她的嘴角，這一刻才覺渾身的血液又一次流動了起來。

她沒事就好！

房內眾人眼觀鼻、鼻觀心，像是什麼都沒看見，恰在此時，一聲奶貓一樣的哭聲打破了屋內的安靜。

凌淵身體一動，抬頭看向旁邊的兩個奶娘。「孩子如何？」

抱著孩子的兩人對視一眼，都看到了對方眼裡的凝重。

八個月大的孩子自然是比不得足月出生的孩子健康，尤其還經歷了難產。小女孩到底出來得早，瞧著還好一些，眼下餵過奶，睡得香噴噴的。可男孩情況就讓人心懸了，比女孩小了一圈不說，就連哭聲也微弱得很。

抱著男孩的產婆緊了緊胳膊，硬著頭皮低聲道：「姑娘尚好，就是小公子有些虛弱，務必要精心照顧。」之後的話到底沒敢說出來。

凌淵嘴角微微一沈，看了看床榻上暈過去的洛婉兮，隨後站了起來。

他停在兩個奶娘面前，先是看了看紅色襁褓裡的女兒，皺巴巴的還真說不上好看，不過看起來還算健康。

接著他看向藍色襁褓裡的小兒子，小臉甚至有些泛青。凌淵的心沈了沈。「帶下去讓御醫看看。」又道：「照顧好大姑娘和大公子，他們好，你們也好。」

他的聲音清清冷冷，語調也是不疾不緩，卻讓眾人忍不住打了個寒噤，唯唯稱是。

留在產房內照應的蕭氏和藍氏對視一眼，一個趕緊開口說去看著孩子，另一個道去通知長平大長公主好消息。大長公主到底年事已高，禁不住長時間待在產房內跟著心驚肉跳，遂被她們勸到了隔壁休息。

第八十九章

青雲院內，洛婉兮悠悠醒轉，她茫然地眨了眨眼，就見凌淵出現在她眼前，目光溫潤，神情柔軟。

「醒了？」

洛婉兮張了張嘴，還沒出聲就聽見他說：「孩子們好好的，一男一女，是姊弟。」眼淚一下子就湧了出來，她以為她要失去孩子了。

凌淵拿起一旁的棉帕替她拭淚，將她摟在懷裡，才覺得心終於踏實了。「餓不餓，要不要吃點東西？」

從下午到現在，除了昏睡中喝了一點參湯，她再沒吃過其他東西了。

洛婉兮卻不覺得餓，在他懷裡伸著腦袋張望。「孩子呢……」話一出口才發現自己聲音嘶啞得厲害。

凌淵端起桃露送上來的雞湯。「就在隔間睡著，妳吃一點才有力氣抱他們。」

見桃露和桃枝走向隔間，洛婉兮便張開了嘴，眼睛牢牢盯著隔間，歡喜又期待。

凌淵笑了笑，試了試雞湯的溫度後，舀起來餵她，可洛婉兮吃了兩口就含著勺子不動了。

凌淵目光一掃，果然是孩子過來了，他無奈地笑了一聲。

聞聲，洛婉兮回神，看了看他，又看了眼湯碗，直接拿著碗往嘴邊移。這是想直接喝了，而不是慢吞吞的一勺一勺來。

就連喝湯時也是目不轉睛的看著孩子，等她喝完了雞湯，凌淵又給她擦了擦嘴角。

桃露將女孩兒遞給洛婉兮，手上沈甸甸的感覺讓她忍不住心跳如擂鼓，那種感覺實在是難以描述。姪子、姪女她抱過不少，尤其是洛鄴更是她抱著長大的，可沒哪一次是這樣的感覺，就像心泡在了溫泉裡，軟得一塌糊塗。

洛婉兮低頭看著紅色襁褓裡的小傢伙，紅彤彤、皺巴巴的，不過依舊很可愛。「這是女兒？」

凌淵輕輕的嗯了一聲。「我們的女兒。」

洛婉兮眼底再一次湧現淚花，順著面頰往下淌，她抬頭看向抱著藍色襁褓站在幾步外的桃枝。「快過來讓我看看。」

桃枝腳步有一瞬間的猶豫，之前御醫一見大公子神情就凝重起來，後頭他們被大人打發了出去，沒聽見御醫到底說了什麼，只是她光這麼瞧著，也覺得大公子情況怕是不妙。

洛婉兮心頭一涼，忍不住瑟縮了下，險些抱不住懷裡的女兒。

凌淵伸手穩住她的雙臂，看著她的眼睛道：「他有些虛弱，我已經把梁御醫留下，他會一直照顧到孩子好轉為止。」

梁御醫是太醫院的兒科聖手，要把他留下，看來孩子的情況真的不大樂觀。洛婉兮的眼睛有些發酸，喃喃道：「讓我看看，我看看！」

其實凌淵一開始打算以梁御醫照顧孩子的名義，不讓她見兒子。接觸得少，感情便也不深了，若真有個萬一，也不至於太難過。然而長平大長公主說即便注定要失去，能相處一天是一天，起碼日後沒有遺憾。

凌淵從她手裡接過熟睡的女兒，桃枝便小心翼翼的把小主子送到洛婉兮懷裡。

洛婉兮明顯感覺到兒子比女兒輕了不少，再看他露在外面的小腦袋，頭髮、眉毛都是淡淡的，遠不及小姑娘濃密，就連呼吸都是微不可見的。

洛婉兮心頭生生疼起來，眼淚就這麼順著面頰滾落下來。都是她這個做母親的沒用，沒有保護好他們，才讓他們遭了罪。

「別哭，月子裡流淚傷眼睛。」凌淵一邊擦著她的眼淚一邊道：「除了梁御醫，我還請了兩位有名的大夫，都是擅長調理新生兒的。妳不用擔心，咱們的兒子命大，他會平平安安長大的。」

低沈的聲音裡帶著安定人心的力量，在一定程度上安撫了洛婉兮的慌亂擔憂，她對他笑了笑，眼裡還有水光浮動。

「我們還在公主府裡？」洛婉兮突然問。

凌淵道：「今天太晚了，明天下午我們再回府。」

話音剛落就有人來報，長平大長公主來了。

大長公主身後還跟著段氏和藍氏，她一進來便去看洛婉兮，淚眼盈盈，再看一眼被放在床上的兩個孩子，便明白她應該知道情況了。

「妳感覺如何？」大長公主溫聲詢問。

洛婉兮忙道：「您放心，我好多了，讓您操心了。」

大長公主點了點頭，在丫鬟搬過來的椅子上坐下。「月子裡別胡思亂想，孩子是有些虛弱，可只要精心調養，也出不了事。」說著她還指了指段氏。「阿鐸當年也是早產，生出來跟小貓似的，當時妳大嫂也擔心得不行，可不也長這麼大了？」

段氏連忙道：「可不是，只要調養得好，幾年後比足月出生的孩子還健康。」

洛婉兮心頭暖暖的，說實話，這個大姪子出生時什麼樣她沒印象了，不過大長公主和段氏的那份心意和她們說的話讓她安心不少。她低頭看了看襁褓裡的孩子，輕聲道：「他們會沒事的。」

她會好好照顧他們，看著他們一點一點長大，會跑會跳，會哭會鬧。

見狀，大長公主笑了笑，又問：「孩子的名起好了嗎？」

「一個叫凌烜，一個叫凌熾。」凌淵道。才知道有孕不久，就在她的要求下起了名，他取男孩的名，她想女孩的，後來確認是雙胎，就又各自取了一個。

大長公主唸了一遍，笑道：「不錯。小名取好了嗎？」

洛婉兮咬了下唇，看向大長公主。「要不您給他們取一個乳名吧。」其實他們想過幾個小名，不過不知怎的看見大長公主，她心裡就動了下。

「正好借借您的福氣。」凌淵也笑道。

大長公主是個爽快的，便也不推三阻四，沈吟片刻後道：「烜哥兒就叫壯壯吧，盼著他越長越壯實。」時下小孩取乳名都起賤名，寓意好養活，可他們這種人家也沒取「狗蛋」這種名字的道理，孩子走出去，那是要被人恥笑的。

「嫿姐兒就叫融融吧。」大長公主頓了下才道：「女孩是母親暖融融的小棉襖。」

洛婉兮心頭一顫，她的乳名就是暖暖。意識到眼睛又有些酸了，她連忙低了低頭把淚意憋回去，歡喜地摸了摸兩個小傢伙的襁褓，柔聲道：「壯壯、融融，你們可千萬不要辜負了外祖母的一番厚望啊。」

要壯壯實實長大，和樂暖和一生。

近日來皇帝有些煩躁，他在御書房內來回踱步了好一會兒，突然揚聲命人傳祁王。

不一會兒，祁王應召而來。

皇帝賜座，又令宮人上了茶。

坐下良久，都不見皇帝開口，祁王瞥一眼欲言又止的皇帝，善解人意地主動開口詢問：「陛下召臣前來，可是有要事？」

上首的皇帝為難地搓了搓手，終究還是開了口。「皇叔，前幾日在姑祖父的壽禮上，朕說起讓岳父回京調養之事，姑祖父也答應了，那皇叔覺得待岳父回來後，將他安排在何處妥當？」

思來想去，皇帝都找不到一個適當的位置，遂不得不求教祁王。之所以不請教凌淵，那是因為凌、陸兩家關係緊密，祁王到底是宗室，立場不同。

祁王目光微微一動，皇帝終究意識到陸家兵權過重了，也不知他是如何開竅的？這會兒是收陸家的權，下一個是不是就輪到凌家了？

祁王不禁心緒湧動，面上露出為難之色。「以陸大將軍資歷，除了五軍都督和兵部尚書之位，其他職位都是貶職。」

邊關大將與這些官職一比，孰輕孰重還真不好說，且眼下這些職位上的都是功臣，讓陸承海頂了位置之後，如何安置又是一樁問題，一個不好，那是要寒人心的。

所以皇帝才為難啊，他既然想收陸家的權，自然不會再讓陸承海掌中樞兵馬，否則也不至於一籌莫展到需要請教祁王。

皇帝的意思祁王也懂了，半晌後緩緩開口。「陸大將軍在邊關飽經風霜二十餘年，眼下年近五十，也是該含飴弄孫的年紀了。」

皇帝翕了翕雙唇，面上發燙。「這、這……」

「陛下可將陸大將軍的子姪略作提拔。」祁王建議。

皇帝心下一定，他心裡也是這麼想的，只是有些難以啟齒。「那便如此吧！」

正當此時，一個面白無鬚的小太監匆匆入內，柔聲道：「陛下，政事堂剛剛送來的奏摺。」

所有奏摺都會先送到政事堂，五位閣老會將奏摺審批一遍，只有要事或大事才會被遞交到聖前。

可之前已經送來一批了，現在這是？皇帝不免緊張了下，連忙拿過來展開一看。

祁王就見皇帝臉色紅了又紅，十分尷尬的模樣，不由詫異這奏摺上寫了什麼？

很快他就知道了，這奏摺就是他們剛剛談論的陸承海送來的——他上奏乞骸骨（注），怪不得皇帝尷尬了，對方十分知情識趣地主動提出致仕，按這封奏摺的時間推算，在皇帝沒有透露出這個意思的時候，陸承海就已經上了摺子。

祁王突然想起當年先帝剛復辟沒多久，陸國公就以年邁為由卸了兵權，藉此向先帝釋放出善意，可先帝……

陸承海反應比陸國公那會兒慢了幾個月，畢竟皇帝登基還不滿一個月，陸家的皇后就因為錢家人間接滑了胎，陸家有所猶豫也是人之常情。

祁王見皇帝脹紅了臉，也不知他有沒有想到這些，為人臣子總要為君分憂的，於是祁王語重心長地對皇帝道：「陛下早日讓皇后娘娘誕下嫡子，也不枉陸大將軍這一片忠心了。」

陸家為了避嫌而放權，可最後要是讓皇后被別的嬪妃搶了風光，那可就有些說不過去了。

陸家這是以退為進呢！他們家世代守在邊關，哪怕陸承海離開了，便是皇帝過一陣再把陸家老三弄走，只要陸家人真想讓邊關那五十萬兵馬做點什麼，也不是什麼太難的事。幾代人的經營豈是說拔除就能拔除的，先帝都做不到的事，當今……

祁王並不覺得自己這個姪兒有這本事，眼下陸家退了一步，還是在外人看來不小的一步，若是皇帝日後「恩將仇報」，勢必要寒了一些人的忠心。當年先帝的人心不就是這麼一

注：乞骸骨，指古代大臣辭職，言使骸骨得歸葬鄉土。

點一點失去的？

皇帝忙不迭點頭。

在祁王離開後，被愧意籠罩的皇帝就命人去庫房挑了一些綾羅綢緞和金銀珠寶送到坤寧宮，之後更是三不五時有賞賜，還連續宿在坤寧宮。看得後宮嬪妃一顆心都泡在醋缸裡，地位、家世、美貌和寵愛，哪樣都比不上，怎麼鬥啊！

除此之外，皇帝又下令太醫院好生調養陸靜怡的身體，目的顯而易見。

這一日，孫御醫來坤寧宮請過平安脈後，正要告辭。

「本宮的身體到底是什麼情況？」陸靜怡沈聲問孫御醫，目光壓迫。

孫御醫忍不住低了低頭，恭恭敬敬道：「娘娘鳳體康泰。」

陸靜怡垂下眼，開門見山地問：「那本宮何時能有喜？」

孫御醫登時說不出話來了，在後宮多年，類似的話他不知道聽了多少，可他也不知道啊，要是有毛病他還能對症下藥，問題是都健康得很，可就是懷不上，他能有什麼辦法？

「娘娘放寬心，也許小皇子就來了。」孫御醫說著幾十年來一成不變的安慰之詞。

陸靜怡眉頭緊緊皺了起來，冷不丁地問：「凌閣老的小公子情況到底如何？」

整個太醫院幾乎都往衛國公府走了一遭，擅長兒科的梁御醫至今還被扣在衛國公府裡，也幸好皇宮裡目前還沒有皇子皇女，用不著他。前兩日梁御醫還專程回了太醫院一趟，向大家討教。醫術一道，不管是哪一科都有相通之處。

孫御醫頓了下才道：「小公子身子有些虛弱，還得仔細調養一陣。」

陸靜怡目光在他臉上盤旋。「本宮聽說他的情況不大好，本宮不是衛國公夫人，孫御醫不必向本宮隱瞞實情。說來那還是本宮的表弟，生產那天，本宮也在產房外等了一個多時辰，不免掛心。」

孫御醫猶豫了下才開口。「小公子是胎裡帶出來的弱症，便是長大了，怕也是體弱多病的。」

這話一眾御醫都沒敢跟凌閣老說得太明白，不過想來以他的敏銳，肯定心裡有數。說白了，也就是瞞著凌夫人罷了。

洛婉兮低頭看著半睜著眼的兒子，養了一個月，他還是虛弱得很，小臉白白的，不過不是他姊姊那種健康瑩潤的白，而是透出一股病態的蒼白。

出生時瘦瘦弱弱的女兒，經過一個月的調養已是白白嫩嫩，洛婉妤說都快和萱姐兒滿月時差不多大了。

對此洛婉兮由衷感謝老天爺，可若是能讓壯壯也像他姊姊一樣健康就好了。她忍不住俯身蹭了蹭他的小臉蛋，她甚至願意拿自己的健康來換。

桃露端著剛擠出來的奶回來時，就見洛婉兮目不轉睛地盯著身旁的小少爺，目光溫柔得能滴出水來。

「夫人。」她輕聲喚道。

少。最後御醫們便商量，先擠出來將他餵到半飽，免得他餓壞了，再讓他自己吸，對他身體好。

洛婉兮聞聲就把壯壯抱在了懷裡，壯壯太虛弱了，靠他自己吃奶，半個時辰都吃不了多

桃枝幾個就把小案几擺在床上，再把碗放在上面。

洛婉兮便拿著小玉勺慢慢餵他，粉色的小舌尖在白玉做的勺子邊一動一動的，有說不出的可愛。

花了一刻鐘的工夫才餵了半碗，洛婉兮便把他交給奶娘，讓奶娘去餵。

這時候嫿姐兒也吃飽喝足，她並不像其他孩子一樣吃飽就睡，一雙桃花眼睜得大大的，骨碌骨碌亂轉，精神得很。

見到洛婉兮，小姑娘眼珠子就不動了，定定地看著她。

據說這麼大的孩子還看不清楚，洛婉兮卻覺得這孩子已經能認出她了，她低頭親了親她的臉蛋，一親再親，最後蹭得自己嘴邊都是她的口水，透著股奶香味。

「大姑娘在笑呢！」桃枝興高采烈地指著張著嘴的小主子。

這孩子天生長了張笑臉，嘴角上揚，將來長大了必定是個討人喜的小姑娘，洛婉兮輕輕擦去她嘴邊的口水。越長開就越像凌淵，幸好凌淵不是那種五大三粗的男子，女兒便是像他也不打緊，英氣勃勃，這還是她夢寐以求的長相。

「寶貝兒，妳可真會挑著長。」洛婉兮寵溺地點了點女兒粉嫩的小鼻頭。她覺得凌淵似乎更偏愛女兒一些，也不知是不是她的錯覺。

嫿姐兒張了張嘴，打了一個秀氣的小呵欠後，眼皮子開始往下掉。洛婉兮輕輕拍著她的襁褓，哄她入睡。

這邊剛睡下，桃葉就進來道：「夫人，客人們過來了。」

因為孩子體弱，洗三宴被取消了，可滿月宴凌老夫人怎麼也不肯寒磣了，反正滿月宴孩子不出場也不要緊。

滿月宴氣氛正酣之際，神色張皇的宮人匆忙趕到，急傳還在府上照顧著兩位小主子的梁御醫進宮，原來是懷孕兩個月的良嬪見血了。

一石激起千層浪，皇帝已經沒了兩個孩子，錢舜華那樁事，誰也沒明說，但是事實如何，大家心裡都有數，這個要是再保不住，可實在不是好兆頭。

話說回來，好端端的良嬪怎麼會見血？

第九十章

到了黃昏時分，良嬪流產的後續消息透過各種管道傳出，祁王也跟著被緊急傳召進宮。被各種目光環繞的祁王臉皮抽了抽，眼下的皇宮就是個篩子，皇帝自以為瞞得很好，可良嬪小產、矛頭直指皇后的消息，該知道的或不該知道的都早就知道了。

祁王離開後，宴席照舊。雖然不少人心思已經不在宴會上了，可也沒人會不給凌淵面子提早離場。

到了戌時，才有客人漸漸告辭，半個時辰後人便都散了。陸家人也走了，陸承澤卻因為喝醉，宿在衛國公府的客房。

「陸大人，客人們都走了，我家大人在書房等您。」

話音未落，躺在床上小憩的陸承澤便睜開眼，目光清明，哪有半分醉意？他伸了一個懶腰，神清氣爽地坐起來。

踏著月色來到書房，陸承澤推門而入。

書桌後的凌淵抬眼看了看他。

厚重的大門輕輕被人闔上，陸承澤大步走到書桌旁，拉開旁邊的椅子，金刀大馬地坐下。「太后可真下得了手！她就不怕兒子絕後嗎？」

凌淵合上手中的公文放到一邊，淡淡道：「捨不得孩子套不著狼。」

陸承澤嘴角掀起一絲冷笑。「我看是最毒婦人心！你說皇帝事先知情嗎？」

凌淵往後一靠，沈吟片刻後道：「他應該不知道。」皇帝還沒這魄力朝自己的親骨肉下手，倒是錢太后可真是讓人刮目相看。

「那就算他不知道吧，不過他馬上就要知道了，我倒想看看，他打算怎麼處理這事？」早前他們就得知錢太后打算利用良嬪的肚子害陸靜怡的消息，他們按兵不動，可不就是想試試皇帝的態度。

皇帝要是也想把罪名按在皇后身上，藉此削弱他們陸家的威望和名聲，那他們陸家下一步該怎麼走也一目了然了。

陸承澤放下茶杯，抬起眼直直的看著凌淵。「假使皇帝明知是太后所為，不管他是為了保錢太后還是為了削弱我們陸家，依舊要把罪名安到皇后身上，你會怎麼做？」

陸家的選擇顯而易見，要是都這樣了再不行動，等哪天皇帝坐穩了皇位，陸家覆滅之日就不遠了。這皇帝瞧著心軟，未必會趕盡殺絕，然錢太后可不一定，若她一定要斬草除根，皇帝這個大孝子怕是也起不了什麼作用，頂多事後愧疚一番。

陸承澤嘴角一掀，千辛萬苦捧他們上位，到頭來卻被他們送上斷頭臺，這樣的蠢事，他們可不幹。父子倆都是薄情寡恩的，沒得勢的時候恭恭敬敬，得了勢就翻臉無情了。若是他們陸家居功自傲、目中無人便罷了，可他們家安分守己還想著放權。奈何對方心胸狹窄容不下他們陸家，尤其是當今皇帝母子倆簡直欺人太甚，手段比先帝都要噁心人。

凌淵捧著茶靠坐在椅子上，沈默不語。

陸承澤定定地看著他。凌淵到底教了皇帝這麼多年，總歸有幾分香火情在。且目前錢太后想對付的是他們陸家，還沒朝凌家下手——不過據他所知，錢廣志瘸了腿和錢舜華在凌家小產之事，錢太后把這筆帳記在了凌家身上。

誰知道錢太后下一個目標是不是凌家？以他來看，十有八九是的。他能知道的事，沒道理凌淵不知道。且皇帝的態度已經有些微妙了，一些事他會刻意避開凌淵，代表已經開始防備他。

「那就讓天威墮地吧！」凌淵合上茶蓋，沈聲道。

陸承澤便笑了，一個皇帝沒了威望，不管他們想做什麼都要容易得多。

笑著笑著，陸承澤冷不丁道：「聽說晉王想跟你們家結親？」

凌淵抬眸，目光驟然凌厲。

「我可沒往你們家安人，是我從晉王那裡打探到的消息。」陸承澤笑道。晉王的小動作，他們陸家也知道，不過因為存了其他心思，遂他們並沒有阻止也沒有在皇帝面前說破，只暗中盯著。

陸承澤摸了摸下巴。「其實晉王也能算一條退路。」

凌淵垂了垂眼，淡聲道：「下下策，焉不知等他上位會不會也想鳥盡弓藏？」他沒有乾綱獨斷的野心，但是該他得的權力與尊榮也不會放手。然而錢太后與皇帝母子倆讓他不得不考慮自己放權之後的下場。

「讓皇后儘快生子，哪怕其他嬪妃誕下的皇子也可以。」凌淵對陸承澤道。

陸承澤看了看他，幽幽一嘆。「也只能如此了。」

兩人在書房商議了好一會兒才散，陸承澤回客院休息，凌淵則回漪瀾院。

他一進門，就見洛婉兮靠坐在床頭，目不轉睛地盯著搖籃裡的兩個小傢伙。

聽見動靜，洛婉兮抬起眼，眉眼彎彎。「你回來了。」

凌淵不覺笑起來，緩緩走向床畔，低頭一看，兒女都睡著了。女兒白白胖胖，兒子卻是瘦瘦弱弱的，放在一起看，這種感覺更明顯。

這一個月裡，烜哥兒病危了兩次，其中一次還閉過氣去了，幸好被搶救了回來，這些他都瞞著她，不敢告訴她。

凌淵俯身摸了摸女兒胖乎乎的臉蛋，萬幸這小東西健健康康的，便是將來有個萬一，起碼還有女兒能安慰她。

「我先去洗漱。」凌淵溫聲道。

洛婉兮對他笑了笑。「累了一天，你多泡一會兒解解乏，我讓人加了草藥在裡頭。」

凌淵又往床邊踏了一步，俯身親了親她的面頰。「要是累了就先睡，別等我。」

洛婉兮輕輕點了點頭，見他走進淨房，便讓人把兒女抱過來，每個她都親了兩下才戀戀不捨道：「帶少爺和姑娘下去休息，晚上警醒些。」

奶娘和一眾丫鬟連忙應是，見洛婉兮再無吩咐，便輕手輕腳地帶著小主子們離開。

過了一會兒，穿著一身白色裡衣的凌淵回來了，見小傢伙們被抱走了，嘴角的弧度更大了一些。

洛婉兮不覺笑，以前她帶著姪子、姪女玩的時候就發現，若是他被忽視了，他不會表現出來，但是會變著法把注意力吸引回去，有時候還會惡趣味地欺負一下幾個小的。難得見他這樣孩子氣，她偶爾還會故意逗他。

如今添了烜哥兒和燼姐兒，他這毛病還是沒變。

待凌淵上了床，洛婉兮便道：「他們說融融跟你小時候特別像，原來你小時候長這樣！」一臉發現了大秘密的小得意。

凌淵回憶了下女兒嬌嬌的臉蛋。「他們哄妳的。」

「你才哄我！」洛婉兮輕輕推了下他的肩膀。「二嬸都這麼說的。」

「那就算像吧！」

「什麼叫算，本來就像！」洛婉兮不高興了。

凌淵輕笑。「那就是像吧，只要她長大了不怪我就好。」

「幹麼要怪你？」

凌淵撫著她的臉，含笑道：「怪我害她不能做個像她娘親那般的美人。」

他的聲音低柔，鑽入洛婉兮耳裡，弄得她耳窩發癢，臉蛋不由自主紅了紅。

白玉薄紅，美不勝收。自從生了孩子，她身上便多了幾分難以描述的嫵媚。凌淵低頭噙住她的雙唇，輕舔慢咬，細細密密的吻漸漸往下。

尚在月子裡，自然不能多做什麼，可這樣的耳鬢廝磨，已經足夠叫人心花怒放了。

翌日醒來，枕側果然已經空了。她睡眠向來淺，可自從嫁給他之後，這毛病在不知不覺間好了，以至於他起床時她總是一點感覺都沒有。

下床洗漱好又用了早膳，洛婉兮便讓人把孩子們抱過來，問過奶娘昨晚的情況，得知一切如常便放了心。

她會在孩子們醒的時候逗逗他們，他們要是睡了，她就自己看看書打發時間。

到了中午，洛鄴會趁著用膳的空檔從學堂跑回來看一眼外甥。一開始洛婉兮怕他累著，耽誤了學業，可這孩子說自己不看一看外甥們會不放心，也不知他哪來的臭毛病，可見他功課沒退步，洛婉兮便也由著他了。

再到下午，洛婉妤會帶著萱姐兒過來找她說話。

每日的生活便是這麼按部就班，一成不變，洛婉兮卻覺得挺好的。她從來沒想過自己會有這樣圓滿的一天，如果朝堂上能更安穩些那就再好不過了。

「良嬪娘娘流產之事，外頭怎麼說？」洛婉兮忽然問洛婉妤，她是昨天從前來探望她的夫人口中得知良嬪流產了。

洛婉妤愣了下。

洛婉兮猜測道：「牽扯到皇后了？」若是意外，洛婉妤不會是這種表情。

洛婉妤猶豫了下，覺得她都猜到這裡了，若是不說，她總有辦法去打聽。她是看出來了，洛婉兮對陸家十分親近，不在洛家之下。

洛婉妤便道：「外面都在說是皇后做的，還說皇后因為妒忌，在所有嬪妃那兒都放了紅花、麝香之類的東西，所以皇帝才會至今無子。」還傳得有鼻子有眼，說是皇帝通人事都好幾年了，女人也不少，可從頭到尾卻只有兩個人懷孕，一個是皇后，另一個就是良嬪了。還有人把錢舜華扯上了，那麼容易就懷孕，還不是因為她身處宮外，沒被那些藥物壞了身子的緣故。

還別說，乍聽真有那麼點道理，這種流言最傷人了。

「都在說？」洛婉兮眉頭擰起來。

洛婉妤點頭。「可不是，隨便一打聽就能聽到。」

洛婉兮道：「昨兒出的事，今兒就弄得人盡皆知了，怕是有人在背後推波助瀾吧！」

這一點洛婉妤也想到了。「十有八九。今兒早朝就有御史參皇后不堪為后，讓皇帝廢后。」

洛婉兮心下一沈。「這是有人要害皇后。」

「我覺得也是。」洛婉妤又道：「陸大人當場就摘了官帽，以官位力保皇后清白，還懇請皇上將此事交給宗人府與三司徹查。」

聞言，洛婉兮便不那麼擔心了，她二哥可不是無的放矢之人，他敢來這一齣，那肯定是有法子證明陸靜怡的清白，眼下該擔心的是那個罪魁禍首了。

因為涉及宮闈，故辦案地點定在宗人府內，此刻大堂之內，祁王、刑部尚書、大理寺卿和左都御史齊聚一堂。

四人面面相覷，皆是欲言又止，最後三雙眼睛全部看向祁王。

祁王苦笑，他的權力還沒他們大呢，可誰叫他是叔王又是宗正。

祁王面色一整，沈聲道：「諸位大人隨我進宮將此事據實稟報陛下，一切交由陛下聖裁。」至於皇帝想不想包庇，那就是他的事了，皇帝不把人心當回事，他有什麼辦法，還能押著皇帝辦事不成？

也只能這樣了！

上書房裡的皇帝一聽祁王等人求見，身體有一瞬的緊繃。他們連袂而來，肯定是有結果了。

「傳！」皇帝定了定神，坐正了身子，雙眼緊盯門口。

就見祁王帶頭入內，其餘三人緊隨其後。瞧祁王神情凝重，皇帝不覺手抖了下，臉上的肌肉都繃緊了。

祁王這表情，是不是結果不容樂觀？難道真的是皇后？

待他們行過禮，皇帝忍不住嚥了下唾沫。「皇叔和三位大人前來，可是查明事情的來龍去脈了？」

皇帝以為自己聲音平靜，卻不知別人都聽出了其中乾澀。

祁王看一眼同僚，往前跨了一步，肅容道：「陛下，臣等調查發現，宮女素娥全家十七口人被軟禁於一座民宅內，就在七日前盡數死於一場大火。」素娥便是指認一切都是受皇后指使的那個宮女。

皇帝不禁駭然，往椅子裡縮了縮。「是誰幹的？」

「臣等沿著現場剩下的蛛絲馬跡調查，又詢問周圍人家，得知有一男子帶人負責看守他們，那場大火後他們便神秘消失。後根據他們的描述繪出畫像，根據畫像——」說到這兒，祁王抬頭看一眼上首的皇帝。

皇帝被他看得心上籠罩了一層陰霾。

祁王繼續道：「暗中查訪時發現此人是錢家一名管事。」

聽見「錢家」二字，皇帝腦袋嗡的一下，眼前一片空白。

怎麼可能是舅家？可想想他們和皇后之間的恩怨，還有錢舜華的事，錢家懷恨在心，似乎也合情合理了。

但很快的，皇帝就發現他想得太天真了。

祁王繼續道：「那管事供認，他是奉承恩公之命行事，他還說，承恩公透露，這是太后下的命令。」

皇帝身子一歪，癱在了椅子上，雙眼瞪得極大，眼珠子幾乎要奪眶而出，不敢置信地瞪著祁王。

祁王是真心同情他，攤上了這麼個親娘。

好半天，皇帝才回過神來，哆哆嗦嗦地開口。「那管事是不是也被人脅迫了？就說素娥，她指認皇后不就是因為有人軟禁了她的家人嗎？」

越說皇帝底氣越足，肯定是這樣的。畢竟太后怎麼可能指使人害良嬪腹中骨肉，那可是太后的親孫兒，太后絕不會如此的，定是有人栽贓誣陷。

祁王憐憫地看了他一眼。「臣等也調查過那管事，他家人都在承恩公府內，安然無恙。」

皇帝眼前一黑，嘴唇劇烈地顫抖，猶自強辯。「那也不能證明他說的都是實情，也許他是被人收買了！」

祁王垂了垂眼，繼續道：「臣等又調查了諸位娘娘的宮人，眼下已經有三人招供，宮殿內的麝香之物是她們放的，而給她們東西的人是慈寧宮一名喚作月梅的宮女，是趁著嬪妃來向太后請安時取的東西。」

皇帝徹底癱在了椅子上，一股寒意從骨縫裡鑽出來，凍得他牙齒都在打顫。「她、她們肯定是被人收買了！要不就是月梅被人收買了，太后對此事肯定毫不知情！」

祁王沒說話。

大理寺卿濃眉緊皺，見不得皇帝這自欺欺人的模樣，站出來道：「真相如何，將承恩公、月梅傳來與那管事和三名宮女對質一番，便能水落石出。」到底沒把錢太后扯進來。聲若洪雷，驚得皇帝一顆心跳了跳，接著他猛然站了起來，一陣風似的衝了出去，腳步踉蹌。

祁王就見刑部尚書等三人眉頭皺了起來，這是對皇帝不滿了，不過皇帝這反應的確讓人不敢苟同，為君風範皆無。

「陛下這是去慈寧宮了？」開口的是左都御史凌洋。

刑部尚書幽幽一嘆，這事怕是又要和稀泥了，前車之鑑不遠啊！

大理寺卿眉頭皺得能夾死蒼蠅，他看向祁王。「吾等身為外臣不便進後宮，還請王爺去一趟，務必把嫌犯安安全全的帶回來。」

祁王瞅一眼黑著臉的大理寺卿，這話說的，是怕又來個死無對證吧！這兒可是上書房，他還真是一點都不給皇帝和錢太后面子了。不過這老頭是出了名的剛正不阿，誰的面子也不給。本來按他這性子不知要得罪多少人，偏也有不少人敬佩他這份正直，且他辦案的確有一手，否則早就被整死了。

祁王嘆了一聲，朝他們拱拱手。「那我走一趟，儘量將人帶來。」

能不能把人帶來，他還真沒底，錢太后的本事他又不是沒領教過。

第九十一章

飛奔而出的皇帝在半路被宮人追上，改坐轎輦而來，否則這一路跑到慈寧宮，還不得鬧得滿城風雨。

一到慈寧宮，不待太監攙扶，皇帝徑直下了轎，幾乎是小跑著進了正殿，卻是沒看見錢太后。

「陛下，娘娘身子不舒服，在寢殿內歇著。」

皇帝腳步一轉，去了寢殿，便見臉色蒼白的錢太后靠坐在床上。

「母后哪裡不舒服？」皇帝忍不住擔心。

錢太后不答反問，一臉的擔憂。「你這是怎麼了，臉色這麼難看，可是朝上出了什麼大事？」說著錢太后就坐直了身子，還忍不住咳嗽起來。

見狀，皇帝不由自主地上前為錢太后順背。

好不容易錢太后平靜下來，無奈道：「年紀大了，身子就不中用了。」

望著錢太后花白的鬢角，皇帝眼睛一酸，喉嚨裡就像是被堵了一團棉花，噎得厲害。

「皇帝這會兒過來，是有什麼事？」錢太后和顏悅色地問。

皇帝張了張嘴，眼前不受控制的掠過那一盆盆血水，還有良嬪撕心裂肺的哭聲，最後定格在陸靜怡跪在地上默默流淚的畫面。

「母后，皇叔說……幾個宮女指認是您身邊的月梅，指使她們往各位嬪妃宮裡放紅花、麝香這類東西。朕覺得這其中定然是有什麼誤會，為了不讓人胡亂猜測，遂朕想讓月梅過去與他們對質。」皇帝一鼓作氣道。

一旁的月梅立刻跪下，大聲疾呼：「陛下明鑑，奴婢冤枉！」

錢太后氣得手都在顫抖，彷彿隨時會暈過去的模樣，怒道：「指認月梅？你不如直說他們是指認哀家！簡直是滑天下之大稽，哀家給你的嬪妃們下藥，難道哀家不想你開枝散葉嗎？皇后可真行啊，竟然把髒水往哀家頭上潑了！祁王他們居然還真信了，簡直是荒謬！」

望著震怒的錢太后，皇帝聲音在抖。「母后息怒。朕也覺得荒謬至極，攀扯了月梅不算，他們竟然還說是舅舅家的管事軟禁了那個叫素娥的宮女的家人，脅迫素娥誣陷皇后。更可笑的是那個管事說，他是奉了舅舅的命令行事，還說您也是知情的。這怎麼可能，虎毒尚且不食子，母后和舅舅怎麼可能害良嬪腹中的皇兒？」

錢太后瞳孔劇烈一縮，臉皮一顫。那個管事被抓了，怎麼可能？不是讓承恩公連同素娥的家人一塊兒滅口了嗎？

皇帝心頭一顫，四肢冰涼，聲音都變了。「皇叔想讓舅舅協助調查，朕已經派人去傳舅舅進宮與那管事當面對質。母后，您讓月梅也過去配合調查吧！」

如果說聽到管事被抓時，錢太后只是臉皮顫動，那麼在皇帝說他傳召了承恩公進宮之後，那就是臉色驟變了。

皇帝便覺脊柱骨上竄起一股陰冷，他不敢置信地看著錢太后。

「那個管事被人收買了，這麼簡單的道理你都看不明白嗎？他肯定會死咬著你舅舅不放……」錢太后還要再說什麼，可對上皇帝的視線之後，再也發不出聲。

那眼神讓錢太后情不自禁打了個寒戰，整顆心都揪緊起來。皇帝這是懷疑她了！

「清者自清，濁者自濁，朕相信皇叔他們絕對不會冤枉人的。」皇帝定定看著錢太后。

「眼下已經鬧得滿城風雨，若是不讓舅舅和月梅去一趟，有損母后名譽。」

錢太后臉色一白。

「將月梅帶下去。」皇帝下令。

「慢著！」錢太后驟然出聲。「你們都退下。」

皇帝一顆心直直往下沈，到了這一步，再不敢相信也不得不信，若月梅是被人誣陷的，母后何至於如此？

「母后，妳為何……為何？」皇帝眼眶泛紅，雙拳緊握。

錢太后濕了眼。「哀家這都是為了你啊！哀家好幾次夢見陸家害了你，他們擁立小皇子繼位，然後把持了朝政！」

「不會的！」皇帝下意識怒道。

「怎麼不會？」錢太后滾滾淚流。「你忘了景泰和你父皇的前車之鑑了嗎？景泰之所以被推翻，泰半是因為他要遏制世家豪門，中央集權。可世家重臣哪裡願意放權，於是扶持你父皇復辟。

「你父皇登基後，也發現處處受人掣肘，想收回部分權力。你以為凌家、陸家之流為何支持你，那是要和你父皇打擂臺，因為你年輕好控制！如今你登基也有半年了，你自己好好想想，朝政大權是不是還掌握在那些老臣們手裡？錦衣衛是什麼，錦衣衛是皇帝的耳朵和眼睛，是用來監視滿朝文武的，他們都想廢除！雖然眼下還保留著，可這個錦衣衛還是從前的錦衣衛嗎？他們分明是想架空了你，把你當個傀儡。當他們發現你沒有他們想像中那麼好控制時，他們肯定會故技重施。

「那些人早就沒君臣尊卑之心了，但凡你不如他們的意了，他們就敢行廢立之事。尤其是陸家，因為皇后流產和錢家那些事，他們早就恨上咱們娘兒倆了！」

皇帝身子一晃，無力地靠在椅子上，像是被錢太后的話駭住了。

錢太后悲聲道：「所以母后才會忍痛對良嬪下手。哀家容不下陸家了，哀家不能讓你一個堂堂皇帝卻得對他們陪著小心！」

「陛下，小皇孫沒了，太后娘娘心疼得整宿都睡不著，還不許奴婢們告訴您，就怕您擔心。」跪在地上的月梅也痛哭流涕的開始陳情。「太后做這一切也是情非得已，都是為了陛下能儘快掌握大權啊！」

皇帝茫然地看著淚流不止的錢太后，一顆心紊亂無章。

此時月梅一咬牙，面露決絕。「陛下，您把奴婢交出去吧。」

錢太后和皇帝悚然一驚，愕然地看著月梅。

月梅凜然道：「這些都是奴婢背著太后做的，奴婢思慕陛下，所以嫉妒良嬪娘娘與後宮嬪妃，遂假傳娘娘口諭給承恩公，讓承恩公軟禁了素娥的家人，然後利用素娥害了良嬪娘娘，又欺騙了其他宮人去害各位嬪妃，還栽贓給皇后。」

棄車保帥，這個主意錢太后也想到了，承恩公雖然要被問罪，不過他到底不是主謀，且只負責軟禁人，總歸懲罰不會太重。可月梅卻是必死無疑了，錢太后怎麼開得了口？然她萬萬想不到這丫頭竟然主動說出來，不由動容。

皇帝看了看月梅，又看向錢太后。

錢太后也看著他，眼淚無聲往下流。

皇帝閉了閉眼。

錢太后心下大定，知道皇帝這是妥協了。

被同僚「逼」著前來慈寧宮的祁王就這麼順利的接走了月梅，順利得讓祁王差點就要相信錢太后是無辜的了。

不過很快的，祁王就知道什麼叫做一山還有一山高。

接到人之後，大理寺卿提出要把人帶去宗人府審問，可皇帝很想把事情在上書房內解決，儘量把事態控制在最小範圍之內。

大理寺卿堅持己見，既然把事情交給宗人府並由三司會審，那就沒有在上書房審問的道理，若是皇帝想旁聽，可駕臨宗人府。

皇帝自然說不過他，何況祁王和其他二人也同意，遂他不得不跟著祁王四人一起前往宗人府。又命宮人傳話，讓去傳承恩公的人不必來皇宮，直接去宗人府。

到了宗人府不久，長平大長公主和陸國公也來了。

「聽聞陛下要來旁聽，老身便也想來聽一聽到底是怎麼回事，是誰這般處心積慮的要害皇后！」大長公主直直看著皇帝的眼睛。

皇帝心跳就這麼漏了一拍，避開大長公主的眼。

祁王出面緩和了下氣氛，把雙方都請了進去。

被傳召而來的承恩公腿肚子都在打顫，路上已經有人把錢太后的意思偷偷傳達給他，也安撫他別擔心，只會讓他受一時的委屈，錢太后和皇帝以後會補償他的。

可不知怎麼回事，承恩公覺得眼皮子跳得厲害。這會兒他後悔萬分，那管事是他奶兄，感情深厚，也知道他很多事，所以他一時心軟，沒聽錢太后的話殺人滅口，而是把他藏起來，哪想會被找到。

等所有涉案人員到齊之後，月梅首先承認了所有的罪名，那管事也承認自己是奉承恩公之命負責看守素娥家人。

承恩公聲淚俱下地哭訴自己被豬油蒙了心才會被月梅哄騙過去，請皇帝降罪。

事情到這裡都符合皇帝的預期，皇帝悄悄鬆了一口氣。

怎奈大理寺卿抓到了月梅口供中的一個漏洞窮追猛打，還令人上了刑。

皇帝臉都白了，幾番想阻止，可在大長公主冷冷的逼視下，一個字都發不出來。

最後在大刑和反覆的審訊下，月梅終於崩潰，承認她是奉太后之命行事，站出來頂罪那是為了護主，還把皇帝知情這一點給抖了出來。

大堂內眾人不約而同地看向皇帝，皇帝一張臉青了白、白了紅，變幻不定，吭吭哧哧道：「一派胡言……她定是被人收買了！」

「奴婢有證據……奴婢有證據的！」月梅嘶聲道。

她的證據是一張太后寫給承恩公的條子，為了防止被殺人滅口，她偷偷截留了下來。

承恩公不便進後宮，遂消息都是月梅藉著代替太后出宮探望病重的錢老夫人時傳遞的。這麼要命的事，承恩公豈會因為月梅幾句話就去辦，自然是要有錢太后的親筆書信和信物作保的。於是月梅便耍了個小把戲，把本該當著承恩公面前燒毀的紙條移花接木。

祁王神情凝重。「東西在哪兒？」

「且慢，」大長公主揚聲，當所有人都看過來後才道：「讓她悄悄告訴你，你再派心腹去取。還有，在證據沒取來之前，誰也別離開這屋子，老身怕有人聞訊去毀滅了證據。」

這話就差沒直說皇帝要包庇他親娘了。

皇帝嘴唇哆嗦了兩下，可就是說不出話來。

祁王在心裡嘆了嘆，這會兒他拿出皇帝的威風來把大長公主鎮壓下去，祁王都會高看他一眼。這皇帝啊，就是個沒主意的，錢太后讓他做什麼他就做什麼，別人讓他做什麼，他還是做什麼，可真是讓人不知道該說什麼的好。

皇帝沒說話，祁王也不會去做爛好人，一個眼色過去，他的心腹便過去問月梅紙條的位置。

紙條並不在宮裡，而是在一座小院裡，那是月梅給自己置辦的產業。

片刻後心腹回來了。

皇帝一眼就認出那上面的確是錢太后的筆跡，長平大長公主也認出來了，她目光沈沈的看著皇帝。「陛下，是皇后哪裡做得不好，還是我陸家哪裡得罪了太后娘娘，以至於太后要如此不擇手段的誣衊皇后！」

皇帝頭昏眼花，渾身無力地癱在椅子上。

「諸位大人認為此案該如何結案？」長平大長公主冷笑一聲。「老身記得，那會兒太后可是鬧著要廢后的。」

大長公主霍然站了起來，盯著皇帝逼問：「太后說皇后不堪為后，那她自己呢？戕害皇嗣、栽贓皇后，眼看瞞不過去了，就推人出來頂罪，她可堪為后？」

皇帝的冷汗唰地一下子就冒了出來。

自古只有廢皇后的，廢親娘太后的那可真是史無前例了。

就是長平大長公主也沒這麼異想天開，她要的就是把這對母子倆釘在恥辱柱上，堂堂太后和皇帝卻行蠅營狗苟之事，他們自己不要臉，何必給他們留臉面？

就是祁王，也勸皇帝一定要給個說法，否則難以服眾。

大理寺卿十分耿直，直接道：「太后不慈不仁，已經不配居住慈寧宮，該遷去皇陵。如此可保後宮安寧，子嗣綿延。」否則誰知道錢太后下次還會不會再來這麼一齣。

祁王等人附議，可皇帝怎麼忍心？

不忍心的後果就是皇帝說了一句「容朕考慮考慮」，然後落荒而逃，沒了後續。

緊接著第二天的早朝上便有人參奏錢太后和承恩公，不少官員附和，紛紛下拜請皇帝以正視聽。

便是凌淵也一撩官袍下拜。「有功不賞，有罪不誅，雖唐虞猶不能以化天下。」

皇帝被他們說得氣血翻湧，甩袖而去，可朝臣們依舊沒離開，就跪在金鑾殿上，大有皇帝不給個交代不起來的架勢。

皇帝犯渾，為人臣子要是不勸一勸，還不得被那些讀書人罵成奸佞。

皇帝頂著一口氣回到上書房，渾身乏力地倒在椅子上，忍不住扯開領子大口喘起氣來。想起朝上眾口同聲要求讓太后遷居的聲音便心驚膽戰，他再一次切身體會到朝臣們的壓迫，幾乎滅頂。

「陛下，楊閣老求見。」

「不見！」皇帝想也不想的回了一句，突然想起剛才在朝堂上，楊炳義並沒有附議，不由眼睛一亮，連忙改口。「等等，傳他進來！」

楊炳義在皇帝飽含期待的目光下大步入內，說的話卻不符合皇帝的希望，他也是來勸皇帝的。

要是只侷限在宮內還罷，可三司會審這一鬧，滿朝文武都知道了。現在不少人都認為錢太后是因為錢家的事報復陸家，眾人難免會想，自家從此以後是不是要對錢家恭恭敬敬，否則就會成為下一個陸家。

楊炳義隱約還能猜到，不單是為了錢家，錢太后此舉怕是覺得陸家權柄過大，想藉此削權。這個想法他能理解，但錢太后用的手段讓人齒寒，朝廷大事又不是後宮爭寵，哪有她這麼做的，簡直是胡來！

偏皇帝還不知輕重，一味縱容，這麼下去，哪天錢太后是不是要直接干政了？

就是楊炳義自己都要擔心，要是哪天他不小心礙了錢太后的眼怎麼辦。

「……此事由三司會審，真相已經水落石出，陛下卻不給予懲處。老臣知道陛下與太后母子情深，然刑過不避大臣，賞善不遺匹夫，如此才能取信於民，賞罰分明方能使百姓奉公守法。還請陛下三思。」楊炳義苦口婆心地道。

這些道理皇帝都懂，可他就是狠不下心啊！

楊炳義滿心無奈，退一步道：「陛下先將太后遷出慈寧宮，過上一、兩年，等風頭過去了，再接回來也是可以的。」起碼把賞罰分明的態度表示出來。

「至於承恩公，」楊炳義說話也不客氣了。「助紂為虐，理當削爵流放。」

太后身分金貴不好懲罰，那就把承恩公推出來平息眾怒。再乾脆一點，賜死承恩公效果會更好，然而疏不間親啊，這話他也不好說，免得被記恨上了。

說完楊炳義抬眼，就見皇帝還是一副猶豫不決的模樣，差點被他氣暈過去。以前還算明白的一個人，怎麼做了皇帝後就越發糊塗了，這點魄力都沒有！

「陛下意下如何？」

皇帝嚥了口唾沫。「……容朕再想想。」

楊炳義連話都懶得說了，直接行禮告退，接著也去大殿跪下。

第九十二章

一直到下午，皇帝終於挨不住了，傳出口諭，承恩公奪爵，並流放三千里。大臣們還是沒離開。

皇帝忍不住去了慈寧宮，也不知母子倆說了什麼，又傳來口諭，錢太后移駕皇陵。大臣們這才踉蹌著起身。

凌淵一回來，洛婉兮就要去脫他的官袍，看他的膝蓋。

凌淵眉梢輕輕一挑，還是頭一次見她這般熱情，雖然目的與他所期待的大相徑庭。

脫下外袍，再捲起褲腿一看，洛婉兮就問：「你處理過了？」沒紅也沒青。

「悄悄墊了東西。」凌淵含笑。

洛婉兮伸手摸了摸。「怪不得！」又戳了兩下。「疼不疼？」

凌淵眼底笑意融融。「不疼，我沒事。」

「雖然沒事，可還是搽點藥油的好。」

凌淵見她從桃露那裡接過藥油，一副要親自動手的樣子，並沒有拒絕，只伸手撫了撫她的眉眼，目光溫柔如水。

洛婉兮被他看得有點不好意思，低了頭往手上倒藥油，還不忘道：「反正是要妥協的，還不如一開始就點頭，起碼名聲還好聽些。」

眼下鬆口，只是成全一干臣子得了據理力爭、不畏強權的美名。

「不撞南牆不回頭。」凌淵淡淡道。

「疼的還不是他自個兒！」皇帝的臉現在估計都腫了。

搽完藥，洛婉兮又洗了手，突然想起一件事，把人屏退後才湊過去問：「那個中途改口的宮女是暗樁？」

那宮女會出來頂罪，代表她視死如歸，卻半途反水，還拿出了至關重要的證據，錢太后最終就是栽在這宮女手裡。

聯想到陸承澤的胸有成竹，洛婉兮忍不住猜測這宮女就是他們一開始安排好的殺手鐗。

凌淵笑了，把她拉到懷裡摟著。「她和錢家有滅門之仇，因為年幼被沒入教坊司，後來逃了出去，機緣巧合之下進了宮。」

滅門之仇？怪不得那宮女不惜以命相搏。可錢家只是被奪爵，有太后在，錢家人依舊能享受榮華富貴，她怕是不大甘心吧！

不過錢太后和錢家的名聲臭了，雖然影響一時半會兒還看不出來，但後果絕對是致命的。

天有不測風雲，人有旦夕禍福，錢仲良在流放途中暴病身亡！

噩耗傳回來時，皇帝還不知道這個消息，他正在為北邊的動亂焦頭爛額。

今年塞外遭遇十年難得一見的酷寒，北方瓦剌四部族綽羅斯、和碩特、杜爾伯特、土爾扈特都蠢蠢欲動。
北方遊牧民族歷來如此，一旦國內有大災害便會南下，一來搶奪糧食度過災難，二來便是為了利用戰爭緩解內部矛盾。
屯兵半個月後，綽羅斯率先發兵南下。
眼下雙方已經在邊境打起來了。北方邊關的兵馬一直都是陸家在統領，便是陸家老大已經解甲歸田，可陸家老三還在邊關。
私心裡，皇帝是不大想讓陸老三再立戰功的，畢竟功高能蓋主。不過臨陣換將是大忌，他再不懂兵事也不會下令把陸老三調回來。
皇帝能做的是另派兵馬以王師的名義前往邊關，以瓦剌四部的關係，不久之後，和碩特、杜爾伯特、土爾扈特想必都會有所行動。
皇帝選中了左軍都督同知肖毅帶兵出征，他是祁王的連襟。又令晉王為監軍，專掌功罪、賞罰的稽核。
皇帝打算扶持宗室之心，昭然若揭！
原本皇帝還擔心有人反對，可他提出來後發現無人有異議，當場便寫好了詔書，蓋上玉璽，凌淵也痛快地加蓋內閣印璽。
至此，任命正式生效。
接過詔書那一刻，晉王竭力壓下內心的激盪，他的目光不著痕跡地在上書房一眾重臣身上一掠而過，內心瞬息萬變。

恰在此時，一個小太監急赤白臉地跑進來，宣佈錢仲良暴病的噩耗。

「怎麼可能！」皇帝喃喃道，他還特地派人妥善照顧舅舅，怎麼可能會死？倏地錢太后痛哭流涕的臉出現在面前，嚇得皇帝一個哆嗦。他要怎麼向母后交代？前幾日他去探望母后，她還在哭訴舅舅一大把年紀了還要餐風飲露。

不過怎麼不可能，錢仲良年紀也不小了，又一直養尊處優，哪怕有人照顧又如何，鬱結於心積成疾也是有的。有些人甚至已經猜測是不是有人暗中動手，畢竟錢仲良得罪的人可不少。

見皇帝一副魂飛魄散的模樣，凌淵開口。「錢國舅雖是戴罪之身，可畢竟是陛下親舅，身後事若是寒磣，有損陛下體面，還請陛下派人去迎回遺體。」死者為大，凌淵並不介意對死人寬容些。

當下就有人贊同。

皇帝驟然回神，自是連連點頭。出了這種事，他也沒心情議事了，立時讓眾人退下，他自己則匆匆忙忙離開，自然是要去皇陵見錢太后。

到了皇陵，母子倆抱頭痛哭了一場，回來之後，皇帝就命禮部以國公之禮迎回錢仲良的遺體，並以公爵之禮下葬。

對此朝臣們捏著鼻子認了，畢竟人死為大。

可皇帝得寸進尺，還想恢復他舅舅的爵位，這下子朝臣們不甘了。

犯了罪，死了就能恢復爵位，哪有這麼便宜的事？那是不是代表以後因犯罪被奪爵的人都趕緊去死一死，自己死了，就能恢復爵位造福兒孫？

滿朝文武對這個想一齣是一齣的皇帝簡直頭疼。他是皇帝，一言一行都是天下之表率，若要天下臣民都學他，還不得天下大亂？

面對滿朝文武齊齊反對，皇帝卻是吃了秤砣鐵了心，一意孤行。

可朝臣們也堅決不肯鬆口，內閣更是駁回了恢復錢仲良爵位的詔書。

面對這樣強硬的態度，皇帝氣得手都顫抖。他這皇帝做得還有什麼意思，自己的母親保不住，想讓舅舅死後哀榮也做不到！

這一陣積壓在內心深處的負面情緒洶湧而出，皇帝終於撐不住病倒了，連早朝都上不了。

可朝廷依舊有條不紊地運轉著，北伐大軍按照原計劃開拔，哪怕沒有他這個皇帝誓師。這讓皇帝突然意識到一個無比殘忍的事實，似乎沒有他，這個國家也能運轉自如。在這一刻，皇帝受到的震撼不小。

這當口祁王來了，苦口婆心地給皇帝搭了梯子，皇帝沒再置氣，順著梯子爬下牆頭，之後再沒提恢復錢家爵位之事。

雞飛狗跳了一陣的朝堂終於穩定下來。

雖然前面在打仗，但京城依舊是一派歌舞昇平。捷報頻傳，大夥兒有什麼理由不高興呢！

大抵是臨近年關的緣故，這一陣訂親的人家不少，最引人矚目的有兩樁。第一樁婚事是十一月初，次輔楊炳義的孫女兒與祁王嫡幼子訂親；第二椿則是月底凌嬋與陸承澤的嫡次子陸鈞定親。

一聲又一聲的爆竹響起，驚得熟睡中的烜哥兒和嫿姐兒大聲哭起來。

在他們震天響的哭聲中，洛婉兮這個當娘的卻有點高興。這哭聲中氣多足啊，出生時像小貓一樣的兩個小傢伙，經過這幾個月的調養，都長得白白嫩嫩的。

便是烜哥兒也不再像之前那樣羸弱，生恐一眼不見就出了岔子。

洛婉兮將哭得可憐兮兮的兒子從搖籃裡抱了起來，凌淵也十分自覺的把女兒抱起，熟練地哄著。

懷中沈甸甸的分量，讓他清雋面龐上笑意更濃，閉著眼嚎啕大哭的嫿姐兒似有所覺的睜開眼，濕漉漉的大眼睛盯著她爹看了會兒，突然就不哭了。

正抱著兒子輕哄的洛婉兮便見烜哥兒也止了哭聲，咂了咂嘴，含著淚又閉上眼，竟是睡著了。

「壯壯長大後肯定是融融的小跟班，融融哭，他就哭，融融不哭他也就不哭了，真是怪了！」

望著她恬靜溫柔的側臉，凌淵笑了笑。

屋外的爆竹聲漸漸消去，凌淵溫聲對她道：「該歇息了！」

洛婉兮輕輕一頷首，子夜一過，守歲也就結束了。原該在大堂裡守歲的，不過顧忌兩個小的，三更半夜抱來抱去怕他們凍著了，遂他們直接在漪瀾院裡守歲，反正家裡也就他們四個人，那些規矩也不打緊。

兩人便把孩子抱到隔間，洛婉兮站在小床前，有些捨不得走，凌淵也沒催她，而是走過去從後面擁住她，與她一起看著兩個睡得香噴噴的小傢伙。

洛婉兮扭過臉看著他，望進他柔情四溢的眼底，嘴角彎了彎，伸手握住他擱在自己腰上的手，與他十指交握。

一家人一塊兒過年的感覺，真好！

天順八年就這麼過去了，隆昌元年正式到來。

開年頭一件事就是進宮賀年。錢太后還在皇陵，故內命婦只需拜見皇后。

時隔三個月後再見到陸靜怡，洛婉兮發現她越發雍容大氣了。她穿著一身金銀絲鸞鳥朝鳳繡紋朝服，頭戴紫金翟鳳冠，斜插五鳳朝陽桂珠釵、赤金鳳尾瑪瑙步搖。端莊明豔的面龐上，一雙丹鳳眼凜然生威。

洛婉兮心下微微一驚，當發現丈夫靠不住之後，女人只能變得更強大。

自從錢太后遷居皇陵，皇帝和皇后就不怎麼見面了。比起之前大半個月宿在坤寧宮，如今皇帝只在初一、十五才會駕臨。不過賞賜倒是沒有斷過，坤寧宮依舊是宮裡獨一份。

洛婉兮不知道皇帝這樣的行為是因為覺得沒臉見陸靜怡，還是因為錢太后之事遷怒她，然而不管哪一種都說明皇帝沒擔當。

陸靜怡嫁給這樣的人，真是委屈了。

委屈嗎？陸靜怡已經感覺不到委屈了，因為她對這個皇帝早已經不抱任何期望。皇帝不來坤寧宮，她還鬆了一口氣，與自己瞧不上的人同床共枕，實在是一種折磨。

可這樣下去，自己何時才能有孩子？這會兒皇帝怕是也不敢讓她生了。最好的情況是自己生孩子，可若是生不出，讓旁人生也是差不離的，總比因為沒有皇子，由著皇帝繼續噁心她的好。

於是陸靜怡上了中宮箋表，請皇帝廣納後宮，綿延子嗣。

這事傳到外頭，眾人自是稱讚皇后賢慧。眼下皇帝這些嬪妃都是被錢太后害過的，誰知道她們還能不能生？這本來是對皇后有利，可皇后為了皇家的傳承，主動要求皇帝選秀，再對照之前錢太后的作為，高下立見。

本朝選秀有兩種方式，一種是民間女子都可報名，只要家世清白即可。最後能被選中的大都是進宮做宮女，少數運氣好的才能被封為最末等的選侍、淑女。其中最勵志的便是先帝時期的鄭氏了，宮女出身的一代寵妃，差一點就能當太后了。

第二種則是只有官家女才能參加，而這些官家不少都是事先與皇帝或者后妃打過招呼的，否則把女兒送來選秀，最後卻沒選中，豈不是說女兒有瑕疵？以後還怎麼嫁人！

話雖如此，每一次選秀依舊還是有人被淘汰，畢竟水往低處流，人往高處走，總有一些人心存大志。

而這一次選秀便是第二種，凡七品以上官員的女兒，不論嫡庶，年齡在十三至十八之間都可遞名。第一輪是當地官府派人過去調查，品貌過關便能送到京城參加下一輪的評選。

皇帝沒有拒絕，只說等邊關戰事結束之後再開始。

征北大軍在二月初傳來捷報，瓦剌提交了降書。

雖然瓦剌四部來勢洶洶，但不可否認比起二十年前早已不復當年之勇。而大慶兵強馬壯，糧草充足，這一仗根本就是十拿九穩。

登基以來第一場仗取得了大勝，皇帝心花怒放，頗有揚眉吐氣之感，立即下旨獎勵三軍，盤算著等大軍凱旋歸來之後如何犒賞。

如此一來，選秀之事便正式提上議程。

京城人士都把此事當成一個熱鬧看，報名的其實還不少，畢竟皇帝到底年輕，後宮那些嬪妃又像是不能生的模樣，多多少少有些人心思浮動。

可細細一看卻發現，這些參加選秀的女子裡，出自三品以上官員家裡的一個都沒有，便是四品以上的也只有零星幾個。

三品以上的京官是能上朝的，天天在金鑾殿上站著，對當前風平浪靜下的暗潮洶湧，哪能沒有丁點察覺？

人都是趨吉避凶的，所有選擇都是權衡利弊後的結果。

錢太后和皇帝看著名單相顧無言，尤其是錢太后，她悄悄派人和幾家遞了話，只要他們家女兒生下皇子就立為太子，當然這是分開傳話的。

可這幾家居然沒一家送女兒去參選，錢太后就像是被人兜頭澆了一盆冰水。

洛婉兮那頭也將選秀之事聽了一耳朵，可她也沒多上心，因為她還有另一件事要忙。

洛家終於出孝了。雖說守孝三年，實則是守二十七個月。

守孝結束，洛婉兮幾個叔伯也要出仕。其他人倒好，官職不高，吏部就能直接任命。可洛大老爺不同，他丁憂前高居三品吏部侍郎之位。一般而言回來官位也不會太低，至多上下浮動一、兩級。

內閣通過後，洛大老爺的任職文書便擱在了御案上。

可皇帝顯然把洛大老爺當成了凌淵黨羽，不肯許以高位，就這麼留中不發。

洛大老爺有些啼笑皆非，當初他得罪先帝，就是賭等他守孝結束時，先帝已經倒臺。事實也證明他賭對了，但是他萬萬想不到在他守孝這三年內風雲變色，登基的新皇帝又和凌淵槓上了，雖然還沒有先帝時那般劍拔弩張，但是苗頭已經露出來了。

不過洛大老爺也不著急，當年先帝在位時起碼還有個陳忠賢及一班心腹，至少能在朝堂上說得上話，當今聖上卻是一點嫡系人馬都沒有，還把朝廷上下的人心都給寒了一遍。

說白了，洛大老爺不看好這皇帝。皇帝最大的優勢就是他的身分，代表著大義，可一旦沒了大義，地位也就岌岌可危。

第九十三章

洛大老爺安排了老宅之事後便帶著家眷前往京城，聽候任命。只是任命一直不下來，他也不著急，老神在在地走親訪友。

洛大老爺回京，洛婉兮這個做姪女的自然要過去請安，還有洛婉妤這個當女兒的。

何氏不著痕跡地收回打量的目光，大抵是因為生了孩子的緣故，洛婉兮容色更勝當年，面若桃花，色如春曉。

平添幾分嫵媚風情。

思及方才凌淵舉止間對她的照顧，何氏不得不承認，有丈夫疼愛，兒女雙全，洛婉兮這一生可算是圓滿了。不由自主的，她便想起自己的小女兒洛婉如，當年兩人境況可謂是一個在天，一個在地，如今卻是天差地遠。

何氏定了定心神，壓下翻湧的心緒，目光落在洛婉妤身旁的萱姐兒身上。小丫頭怕生，在熟人面前活潑又調皮，見到陌生人就成了小淑女。

何氏晃了晃手上色彩斑斕的繡球，放柔了聲音道：「萱姐兒，到外祖母這邊來。」這外孫女自出生她就沒見過。

萱姐兒怯生生地拉著洛婉妤的裙子，往後面躲了躲。

洛婉妤拉著她過去，哄道：「這是外祖母，妳忘了外祖母送妳好多禮物呢，妳看妳今天這套衣裳，就是外祖母送妳的。」

小姑娘低頭瞧了瞧自己粉紅色的小襦裙，神情頓時變得不那麼抗拒了。

洛婉兮忍俊不禁，這年紀的小孩最是有趣，她是恨不能自己那兩個見風長，一眨眼就兩、三歲。可想想，看著他們一點一點長大也挺有意思的。

嫿姐兒和烜哥兒剛會翻身那會兒，就是穩重如凌淵，一下衙回來就讓兩個小的趴在榻上，看著他們吭吭哧哧地用力翻身。

烜哥兒嬌氣，翻不過來就哭，凌淵照舊不為所動，可一輪到嫿姐兒，小姑娘一掉金豆，他就趕緊把女兒抱起來，心偏得都沒邊了。

一不小心洛婉兮就發現自己走神了，她趕緊收斂心思，再看過去時就見萱姐兒已經坐在何氏懷裡玩著繡球、吃起糕點來了。小孩子其實最敏感，哪些人對她真心她比誰都清楚。

何氏滿臉寵溺地看著外孫女，又把陽哥兒召到身邊噓寒問暖了一番。

洛婉妤悄悄拉了下何氏的衣袖，一個眼色使過去。

何氏笑容微微一收，看向洛婉兮。「怎麼不把妳的孩子帶來看看，還有鄴兒，許久沒見了，該是長高了不少。」

洛婉兮又把那套天氣、身體的理由道了一遍，又說：「今天鄴兒學堂裡有一場測試，頗為重要，遂沒帶他來，改日再帶他和兩個小的來向您和伯父請安。」

何氏便點了點頭。「學業要緊，身體為重。」

她也聽說洛婉兮那對龍鳳胎因為早產加難產的緣故，體弱多病，養到現在不容易。

本來玩得好好的萱姐兒突然抬起頭來，朝著蕭氏脆生生叫：「弟弟！」這說的是蕭氏的兒子，她在九月時生下一個大胖小子，足月出生的小傢伙白白胖胖的，著實讓蕭氏吃了不少苦頭。

想起自己的大孫子，何氏眼角眉梢都是笑意。「妳弟弟剛吃了奶睡著了。」

洛婉妤笑起來。「這回可算是喊對了，她現在凡是見到比她小的都喊弟弟，對著她小姑、小叔叔也喊弟弟，怎麼改都改不過來。」

洛婉兮笑道：「長大了自然就懂了！」

蕭氏也道：「我看啊，這是萱姐兒想要個親弟弟了，大姊趕緊給她生一個吧！」

洛婉妤啐她一口，心裡倒真想再生一個，可就是沒消息，她也沒辦法，幸好她兒女雙全，也不是太著急。

「怎麼沒見到表弟，他在用功？」洛婉妤突然說起了白暮霖。

白暮霖也隨著洛大老爺一行進了京城，今年又是大比之年，且因是隆昌元年，這一年的錄取人數會是去年的兩倍，也算是恩澤天下了。

「妳爹留他在家裡住，不過他說外面的宅子清靜，更利於備考，遂沒住過來。」何氏說話間，不禁瞄了一眼洛婉兮。

她也是後來才從洛大老爺那裡得知洛婉兮和白家之間的糾葛，萬想不到白洛氏竟做得出李代桃僵的事來，最後害了自己，也苦了一雙兒女。

洛婉兮神色不動，睫毛卻輕輕顫了顫。

當年白家兄妹倆帶著白洛氏的遺體回到臨安，白家那些人不說幫襯失怙失恃的兄妹倆辦喪事，頭一件事就是逼白奚妍出家以維護家族名聲。說到底還是畏懼陳家，覺得白奚妍被陳鉉休了，定然得罪了陳家，遂為了討好陳家就落井下石。

洛家自然不肯讓人這麼欺負外甥女，兩家還鬧了起來，白家到底比不得洛家，不得不訕訕收場。卻不想白奚妍主動進了白家家廟清修，道是為九泉之下的父母祈福，如此洛大老爺也阻止不得。

洛婉兮出嫁前還去見了她一面，一身素服，一串佛珠，明明才十六歲，神態卻像六十歲似的。那一次碰面，兩人並沒有說太多話，有些事發生了終究是發生了，便是時間也無法抹去，尤其還橫亙著兩條人命。

「表弟這次若是能高中，表妹也有個指望。」洛婉妤幽幽一嘆。陳家那事過去這麼久，白暮霖若是有出息了，白奚妍再改嫁也不難。「表妹還是住在廟裡，就沒出來的打算？」

洛婉兮也看了過去，就聽何氏無奈道：「都勸過她了，可這孩子鐵了心要留在廟裡。」

洛婉妤輕嘆了一聲，洛婉兮心下也有些難受。

見氣氛不對，洛婉妤趕緊岔開話題，問起老家親朋好友的近況來。

洛婉兮少不得也打起精神聽，還跟著問了幾人，說了好一陣，覺得差不多了，便道：「好幾日沒見岩哥兒了，怪想他的。」何氏和洛婉妤母女倆久別重逢，怕是有許多體己話要講。

蕭氏也是個機靈的，立時站起來道：「這會兒也該醒了，」她低頭對兩個小的說：「要不要去看看弟弟？」

陽哥兒還沒回答，早已經不耐煩的萱姐兒就拍著小胖手興高采烈道：「好，看弟弟！」

洛婉兮和蕭氏便帶著兩個小傢伙告退，把空間留給何氏母女倆。

由於兩人都是初為人母，話題自然而然就說到孩子身上，說著蕭氏突然壓低了聲音。「近來我倒是聽到一樁事。」

「和我有關？」洛婉兮心念一動，要不蕭氏也不會是這表情了。

「倒也算不上。」蕭氏皺了皺眉頭，似乎在斟酌怎麼開口。「我聽說許家要把女兒送進宮參加選秀。」

洛婉兮腳步一頓。「許清玫？」

蕭氏點頭，神情略有些凝重。她還記得當年洛婉兮在眾目睽睽之下打了許清玫一巴掌，且許家這兩年不順，其中未嘗沒有凌淵的緣故，不消他透話，自有想討好他的人去踩許家。

洛婉兮不以為然地笑了笑。「她倒是個有志向的，不過她那性子，在宮裡混得下去嗎？或者她性情大變了？」

「說是穩重懂事了不少。」

洛婉兮道：「就算她進了宮、得了寵，再生了兒子又如何？」皇帝已經將凌淵當成攔路虎了，還怕多一個「寵妃」嗎？

蕭氏愣了下，她困於內宅，雖然對朝堂上的事有所耳聞，可到底不像洛婉兮有個當內閣首輔的丈夫，閒暇時會與她說幾句時局，遂蕭氏哪裡知道已經有人磨刀霍霍向皇帝了。

可看洛婉兮氣定神閒的模樣，蕭氏便也不怎麼擔心了。

另一頭的正堂內，沒了外人，母女倆便能暢所欲言了。

洛婉妤連忙詢問洛婉如的情況。洛婉兮與洛婉如不睦，當著洛婉兮的面她也不好意思開口。

想起小女兒，何氏就心情複雜。洛婉如依舊病殃殃的，女婿那兒左一房姨娘、右一房姨娘，還都是洛婉如親自抬上來的。且那些姨娘就跟母豬似的，一個賽一個的能生，眼下女婿已經有了庶長子，還有兩個姨娘懷著孕。

雖然知道女兒不能生，可看著女婿的姨娘生，何氏還是做不到心平氣和，反倒是洛婉如淡然得很。

「……進京之前特意繞去看望她，她還說要跟著我進京。我沒答應，就跟我鬧脾氣，」何氏氣苦。「真是前世的冤家，今生來討債的。」

就女兒那脾氣，何氏哪敢讓她進京，少不得要與洛婉兮遇上，到時候鬧將起來，她也護不了她。

洛婉妤心道「還不是您慣出來的」，可看母親一臉愁容，到底捨不得戳她心窩子，少不得挑著好話安慰了她一番。

在洛府用過午膳，凌淵便帶著洛婉兮告辭。洛大老爺盛情留客，只凌淵道有事，洛大老爺只得親自將人送出門。

凌煜和洛婉兮也來送，這兩人要到晚上再走。

萱姐兒抓著洛婉兮的裙襬，仰著小腦袋問：「叔祖母要去哪兒？」

其實洛婉兮也不知道，昨天凌淵說要帶她去一個地方，可就是不說去哪裡，神神秘秘的，把她好奇得不行。

洛婉兮彎腰摸著小姑娘的頭。「叔祖母帶好吃的回來給妳好不好？」

聞言，小姑娘也忘了要問去哪裡，立刻抱著她的腿。「我去，我也去！」

洛婉兮並不介意帶上這個小東西，不過他……她瞧了瞧默然不語的凌淵。

凌煜十分機靈地上前一把抱起閨女，架在脖子上。「走嘍，爹帶妳去摘花！」

小姑娘一聲驚呼，哪裡還記得洛婉兮，只剩下歡笑了。

洛婉兮不覺笑起來，凌煜平時挺穩重一個人，卻是個實打實的女兒奴，似乎凌家的男子都格外寵女兒些。

萱姐兒被她爹騙走了，洛婉兮便道：「伯父伯母進去吧，過幾日我再來探望你們。」

洛大老爺捋鬚而笑。「路上小心點，有空常來坐坐。」

洛婉兮輕輕一點頭，又向長輩欠了欠身，才走向馬車。

凌淵小心扶著她上車，隨即回頭朝眾人頷首示意後也跟著上了車。

洛大老爺目光微微一動，來時他就是和洛婉兮同乘一車，去時亦然。看得出來凌淵十分愛重洛婉兮，如此，他心裡也能好過一些了。

車輪轔轔，馬車裡，洛婉兮又問了一次。「你要帶我去哪兒？」

凌淵笑而不語。

洛婉兮狐疑地看著他。

「到了妳就知道了。」凌淵伸手將她攬到懷裡。「行車約要大半個時辰，妳先睡一會兒。」她有午睡的習慣。

不說還好，一說睏意便襲來，洛婉兮掩嘴打了個呵欠，晃了晃他的手臂。「你也休息一會兒吧。」

凌淵淡淡嗯了一聲，於是他靠在大引枕上閉目養神，洛婉兮則靠在他懷裡。

不知過了多久，洛婉兮被一陣細微的痲癢吵醒，睜開眼便見罪魁禍首正輕咬著她的唇瓣。

「醒了？」聲音低沈又沙啞。

洛婉兮俏臉一紅。「到了？」

「到了。」凌淵將她臉頰上的碎髮別到耳後，柔聲道：「下去看看。」

洛婉兮看了看他，心被吊得高高的，沒有先下車，而是撩開了窗簾。

明媚的春光爭先恐後地灑入，她不由自主地眯了眯眼，接著慢慢睜大。

放眼望去，漫山遍野都是桃花，芳菲漫爛，妖嬈多姿。春風拂過，花影搖曳，吹落一地花瓣，如天女散花一般。

美得驚心動魄！

洛婉兮看得入迷，好一會兒才想起來。「這是什麼地方？」

望著她滿臉的興奮和讚嘆，凌淵笑道：「桃源村。」

他一邊說著話，一邊扶著她下了馬車。「這兩年才出名的一個村莊，村裡家家有桃花，戶戶釀花酒。」這滿山的桃花也是近兩年才長成的，去年就想帶她來看看，怎料她那會兒剛懷孕，懷相又不穩，只能作罷。

下了馬車，入眼便是如火如荼的粉色，吸一口氣都是香甜的。

「可惜壯壯和融融不在。」洛婉兮不無遺憾，做了母親，就恨不得能把所有好東西都捧到孩子們面前。

凌淵笑了笑，她整天圍著孩子們打轉，難得出來一趟，他可不想再把兩個小的帶上了。

「去裡面看看。」說著，他擁著洛婉兮踏入桃花林。

烏金西墜，為桃花鍍上一層金光，天邊的晚霞與花海交織成一片，美不勝收。要不是想念家裡兩個小的，洛婉兮都不想走了。

回程的路上，洛婉兮突發奇想。「把家裡桃林邊上那片杏花林換成栽桃花好不好？」

還真是想一齣是一齣，當年那片杏花林本來是桃花林，可她說桃花太多了，於是改種了杏花，現在倒是要換回來了。

凌淵失笑，卻是道好。

洛婉兮剛要笑，忽然就想起自己當年幹的好事，不好意思地吐了吐舌頭。「算了，還是別改了。」

凌淵撫著她的臉，吻了吻她的頭髮。「改了吧，哪天看膩了再換回來。」

洛婉兮瞅瞅他，喜上眉梢，一邊欣賞沿途風景，一邊絮絮叨叨的與他說起話。

「他們這兒的桃花酒特別香甜，二叔該會喜歡。」她買了不少村裡的桃花酒和桃花餅回去，還採了一些桃花，打算回去做點心和釀酒。

凌淵時不時附和幾聲，馬車裡全是她清脆的嗓音。

「等天氣暖和了，再帶壯壯和融融過來看看，不過那會兒估計桃花都謝了，都可以吃桃子了，正好他們也能吃了。這幾天我吃東西，他們就盯著我流口水，尤其是融融，都要上手跟我搶了。」

凌淵眼底滿是淺淺笑意。

「他們都說孩子六個月就可以開始吃輔食，我想著就這兩天給他們吃些米糊糊，你看可好？」

凌淵哪裡懂這些，不過她說好，自然是好的。

正說著話，洛婉兮聲音突然停了，在凌淵懷裡坐正了身子，探向窗外。

「怎麼了？」凌淵問。

洛婉兮擰緊了眉頭，不是很確定地道：「我好像看見了洛婉如。」

再看時只剩下幾個模糊的背影了，可突如其來的那一眼在她眼前揮之不去。

「她怎麼會在京城？」不是說一直在蘇州調養身子嗎？

凌淵眸色深了深。「讓人去查探一番便知。」

當年他和洛大老爺說好了，洛婉如對她做的那些事，他可以既往不咎，前提是這個人永遠不要出現在京城。

洛婉兮笑了笑，如今再想起洛婉如，已經沒有當年那種憤怒壓抑的感覺了。大抵是生活幸福之人，都格外寬容一些，不過她依舊好奇洛婉如怎麼會突然進了京？若是大房將她帶進京的，沒必要遮遮掩掩，這不是洛大老爺的作風。

凌淵找來隨從吩咐一番，當下便有人領命離開。

第九十四章

京郊一座小田莊內的後門處傳出喁喁私語。

「……下了場你別擔心，以你的才學高中輕而易舉，我大哥他就是這麼說的……」殷殷囑託，關懷之情溢於言表。

許清揚點頭。「我知道，夜風傷人，妳進去吧！」

洛婉如蒼白的面容上露出一抹笑，一雙眼亮晶晶的。「你也當心些。」說話間她伸手理了理他的披風。「我等你金榜題名。」

許清揚身體有一瞬間的僵硬，他有些不自在地低了低頭。「我先走了。」

洛婉如柔柔一笑。「路上小心。」

許清揚朝她點了點頭，旋身大步離去。

走出好一段，許清揚的腳步才緩了下來。一旁他的小廝皺著一張臉，欲言又止，最後還是忍不住開了口。「少爺，以後您還是別和洛姑娘聯繫了，這要是被人撞見了……」雖然已經出嫁，該稱呼她米少奶奶了，可想想她和少爺的事，那個稱呼哪裡叫得出口。

實在是孽緣，少爺去蘇州備考也是為了躲避京城的流言蜚語，哪想會遇上在蘇州養病的洛婉如。

許清揚劍眉緊皺，心裡說不出的煩躁，利害關係他哪裡不知道。原本他也想藉著回京參加科舉的機會與洛婉如斷了關係，哪想她會偷偷跟著進了京城，還在他備考的別莊附近租了莊園。

他讓她回蘇州，她便哭哭啼啼，還哭暈了過去，他能怎麼辦？只怪他在蘇州一時情難自禁，與她舊情復燃，等他回過神來，再想一刀兩斷卻是千難萬難了。

洛婉如的態度他隱隱看出來了，若是他想斷了這段關係，恐怕她會選擇玉石俱焚。

月色下，直到許清揚的身影徹底消失了，洛婉如才扶著丫鬟的手，慢吞吞的返身，一邊走一邊咳。總是這樣的，他在的時候，自己便覺身體好一些，全身都有力氣了，可他走了，她便覺說不出的累，好像他是自己的靈丹妙藥一般。

她知道許清揚厭煩了她，想與她一刀兩斷。可自己落到這般境地，他總是要負上些責任的，不是嗎？要不是為了他，她怎麼會去臨安，不去臨安就遇不上洛婉兮也碰不著江翎月，她也就不會變成這副模樣了。

她要求不高，就想他陪自己這幾年，反正她也沒幾年活頭了。

冷不丁的，洛婉如想起了幾日前見到的那一幕，官道上被威風凜凜的侍衛拱衛在中央的華蓋馬車，以及車裡那張如花似玉的笑臉。

她可真得意！在蘇州都能聽到關於她的消息，不外乎丈夫如何疼愛、生了龍鳳胎……米庭環還讓她往衛國公府送禮巴結呢，她不願意，米庭環就讓人以自己的名義送禮。

洛婉如捂著嘴劇烈地咳起來，咳得眼淚都出來了，她甚至嚐到了嘴裡淡淡的血腥味。

田莊二里外的小道上也散發著淡淡的血腥味。

許清揚正愁眉不展地走在回去的路上，斜旁冒出一夥蒙面人。因出來私會佳人，許清揚只帶了一個小廝，哪是這群人的對手，主僕倆才跑出去兩步就被人追上用破布堵了嘴。

接下來就是一頓痛揍，拳腳雨點似的往下落，領頭那人重重一腳踹在許清揚小腿骨上，在場眾人就聽見哢嚓一聲，聽得人頭皮發麻。這還不算完，那人又加了幾腳，生怕他瘸不了似的。

如此這般，他才招呼人撤退。

躺在地上的許清揚就像是塊破布似的，那蜷縮成一團的小廝反倒只受了些皮肉傷。遂等人一走，那小廝連忙手腳並用地跑過去，翻過許清揚身子一看，青青紅紅的一片，連個人樣都沒有，便慘絕人寰的一聲驚叫，踉蹌著跑去搬救兵。

對此洛婉如一無所知，眼下她也好不到哪裡去，本就蒼白無血色的臉現在一片慘白，望著臉色鐵青、一步一步靠近的洛大老爺，她忍不住後退了兩步，哆哆嗦嗦道：「父親！」

洛大老爺眼神晦暗不明。凌淵派人通知他，洛婉如在京城，還和許清揚不清不楚時，情感上，他真的不想相信，沒有一個父親願意承認自己的女兒不知廉恥，可洛大老爺明白，凌淵不是那種無的放矢的人。

再是不敢置信，洛大老爺也得信了，所以他趁夜趕來，萬萬想不到竟看見兩人在門口依依惜別。

她怎麼做得出來？禮義廉恥這些東西都餵狗吃了不成?!

退無可退的洛婉如縮在牆角，覺得父親那眼神像是恨不得要掐死她。只這麼一想，她便覺渾身每一根骨頭都抖起來……

屋內，嗚嗚咽咽的哭訴之聲傳出來，裡頭的無助與悲傷令人動容。

「老爺，千錯萬錯都是我這個當娘的錯，是我沒有教好她，你要罰就罰我吧！」何氏捣著嘴淚雨滂沱。「如兒……如兒她已經那樣了，府醫都說她就是這一年半載的事兒，老爺，您就寬宏大量，饒了她吧！」

想起府醫說的話，何氏便覺心跟針扎一般。洛婉如做出那樣的事來，她也痛心，可那畢竟是十月懷胎生下來的骨肉，又命不久矣，再大的怒氣也消了。眼下何氏只想讓她好好走完最後一段路。

一旁的洛大老爺臉上肌肉抽搐了兩下，執起手邊的青瓷茶盞扔出去，砸在光潔如鏡的地上，碎了個徹底。

正哭得不能自已的何氏駭了一跳，心驚膽戰地看著暴怒的洛大老爺。

洛大老爺霍然起身，一張臉陰沈得能滴下水來，他指著何氏怒道：「身體不好倒成了她的免死金牌了？三年前就因為妳說她身體不好，我厚著臉皮求母親把她從家廟裡接了回來，可她回來後依舊冥頑不靈。因為她時日無多，我不跟她計較，由著妳把她嫁到米家，好讓她死後有人祭拜。可她理解我們的良苦用心嗎？她居然紅杏出牆，還敢追到京城來了，簡直不知廉恥，我洛家百年來都沒出過這樣不守婦道的女子，闔族的臉面都被她丟盡了！」

想起女兒做的那些骯髒事，洛大老爺便怒不可遏。他萬萬想不到，洛婉如和米庭環竟是有名無實的夫妻，怪不得她那麼大方的給米庭環納妾、抬姨娘，更想不到早在去年她就已經和許清揚通姦！

她怎麼能做出這樣傷風敗俗的事來？她就沒想過一旦醜事敗露，整個洛家的姑娘不管出嫁與否都會因她的緣故被人指指點點，就是男人也沒臉見人，但凡她有點良心，都做不出這種事來啊！

她既然心中無娘家、無父母、無兄弟姊妹，那麼他又何必心軟！洛大老爺握緊了拳頭，骨節喀喀作響。

這聲音落在何氏耳裡，驚得她脊背發涼，連牙齒都忍不住哆嗦起來。「老爺？」

洛大老爺臉色鐵青，目光陰鷙。「明天我就派人送她回蘇州。」

何氏睜大雙眼，不敢置信地看著洛大老爺，失聲道：「老爺，你這是要逼她去死啊！」洛婉如那副身子骨，就這麼上路的話，怕是還沒到蘇州就沒命了。

何氏幾步衝到洛大老爺跟前，撲通一聲跪倒在地，拽著他的衣袍痛哭流涕。「老爺，你讓她養好一些再送回去吧，到時候你是要禁足或送家廟都可以！」

洛大老爺拂開何氏的手，聲若冷雨。「等她養好焉不知她又會幹出什麼醜事來，到時候整個家族的名譽都要被她毀了。」

她那幾年犯的錯，擱在別人身上早就被一尺白綾送走了。也正因為他心軟偏頗，才助長了她的氣焰，讓她覺得自己可以肆無忌憚，以至於她竟然敢紅杏出牆。洛大老爺是不敢信她會悔改了，與其擔心哪天她把天捅出個窟窿，還不如就讓她這麼去了。這世上沒有不透風的牆，一旦她和許清揚的醜事捅出來，她人沒了那就是死無對證，且人死為大，外人也會留點口德。

可終究是至親骨肉，他狠不下心親手結果了她，只能另尋他法。

「老爺，不會的，她這樣還能幹什麼？她什麼都幹不了了！」何氏痛聲哀求。

洛大老爺不為所動。「當年我同意她嫁給米庭環時，也覺得她什麼都幹不了了，可妳看看她現在幹了什麼？」他低頭直視何氏紅腫的雙眼。「除了這個孽障，妳還有其他兒子和女兒，妳好好想想，要是她的醜事敗露，妳讓剩下幾個如何自處？」

何氏心頭一刺，不禁哆嗦了下，攥著衣袍的手緩緩鬆開了。

洛大老爺定定看她兩眼。「妳去送送她吧！」

洛婉如只記得自己被父親一巴掌打翻在地，頭暈眼花之際，她忽地想起了剛剛離開的許清揚。父親肯定都知道了，他會怎麼對許清揚？

這般想著，她就問出口了。

等從父親口中得知他命人打斷了許清揚的腿後，她便覺喉嚨口一陣腥甜，然後就什麼都不知道了。

洛婉如張望了下四周，不是她租住的小田莊，也不是凌府，這是哪兒？

父親暴怒的臉在她眼前縈繞不去，嚇得她一陣哆嗦，父親會如何處置她？還有許清揚到底如何了？他的腿真的斷了嗎？一連串的問題和恐懼攪得她心神不寧，突然間聽到開門的動靜。

洛婉如驚疑不定地抬頭，見是何氏，登時眼睛一亮。「娘！」

望著她清瘦蒼白的面容上半指寬的指痕，何氏眼裡又泛出淚來。

「娘，爹真的把清揚的腿打斷了嗎？」洛婉如心急如焚地問。

何氏的眼淚就這麼凝在眼眶，眼前一陣陣發黑。到了這地步，她竟然還在關心許清揚，她知不知道自己自身難保！

洛婉如哀哀地看著何氏。「娘，清揚怎麼了？」

「他死了！」何氏恨聲道。

洛婉如如遭雷擊，泥塑木雕一般愣在那兒，連眼珠子都不能動了。

這下子何氏也顧不得生氣，正要開口，可已經晚了。

洛婉如哇的一聲，一口鮮血噴了不少，濺到了何氏衣襟上，星星點點一片。駭得何氏瞬間褪盡了血色，撲過去扶住往後栽倒的女兒，聲音顫抖。「如兒？如兒？傳府醫！」

接著何氏像是想起什麼，連忙道：「他沒事，他好好的！」

聞言，洛婉如才有了動靜，她怔怔地看著何氏，小心翼翼的確認。「他沒事？」

何氏猶如被人塞了滿嘴的黃連，點頭。「他沒事！」

「他的腿呢？」洛婉如一瞬不瞬地盯著何氏。

何氏忍著滿心苦澀，違心道：「妳爹騙妳的，天子腳下，妳爹怎麼做得出把人腿打斷的事？」她都這樣了，何必告訴她這些事。
洛婉如信了，因為她想相信。她大鬆一口氣，喃喃道：「那就好……那就好。」
猛地她臉色一變。「爹怎麼會找到我的？」
這事何氏也不明白，她也是剛剛被洛大老爺派人請過來的，讓她見女兒最後一面。思及此，何氏一顆心又疼起來。
不待何氏回答，洛婉如就自言自語起來。「洛婉兮……是不是洛婉兮說的？」她眉頭倒豎，一張臉扭曲到猙獰。「一定是她，肯定是她告訴父親的。那天我看見她了，她定然也看見我了。」害了她這麼多次還不夠，洛婉兮一定要趕盡殺絕嗎？她只是想和許清揚好好過日子，為什麼她還不放過她？
何氏駭然失色，反應過來後連忙捂住了她的嘴，不讓她說下去。

將兩個小的哄睡了，洛婉兮才去用膳，路上桃枝突然說起了許家的事。
「……夫人，許家那位姑娘被封為美人了呢！」
洛婉兮腳步一頓，這個她還真不知道。
「她倒是厲害。」符合條件的秀女陸陸續續被送到京城，第二輪內務府遴選後便由皇帝與一眾后妃評選。身分高或者皇帝中意的，當場就賜了位分，一些條件好的則會被留在宮裡住進儲秀宮。
住進儲秀宮就算是皇帝的人了，可能不能被臨幸卻是未知之數，皇帝後宮佳麗三千，多得是美人終其一生都未能見天顏。

許清玫能這麼快就脫穎而出，好本事啊！

皇帝剛走到蘭芳殿就聽見了嚶嚶哭泣聲，不由皺起眉頭。

他揮手示意欲行禮的宮人不要出聲，才慢慢走進殿內。

「您不要哭了，要是哭壞了身子，豈不是讓許少爺走得不放心？」

許少爺？走得不放心？皇帝眉頭一擰。

許清玫泣不成聲。「我大哥才二十一，還沒成家立業，連個後都沒留下，我……」聲音裡的悲傷和哀痛，聞者傷心，見者落淚，連帶一眾宮人半真半假的哭了起來，饒是門口的皇帝也覺嗓子發堵。

一宮人抬頭擦眼睛的當口，餘光瞄見一角明黃的龍袍，大吃一驚，忙道：「參見陛下！」

這一嗓子將深陷淒風苦雨中的一群人喊了回來，紛紛下拜叩見聖人。

趴在桌上哭得不能自已的許清玫連忙抬頭，飛快地抹眼淚，卻是越抹越多。

皇帝向前大跨幾步，扶住了要行禮的許清玫，柔聲詢問：「妳大哥怎麼了？」

皇帝知道許清玫和兄長感情極好，他第一次見到許清玫時就是她躲在假山裡偷偷為兄長哭泣，那悲切的哭聲在夜風裡格外讓人不忍。

於是他便過去看了一眼，只見許清玫蜷縮成一團坐在假山洞裡，細長濃密的眉睫下是一雙濕漉漉的大眼，大顆大顆的淚珠無聲往下落。

「有人欺負妳了？」看她衣服，皇帝認出她應該是儲秀宮的人，他知道儲秀宮裡時常互相傾軋。

許清玫搖了搖頭，像是想起來該要行禮，手忙腳亂地從假山洞裡出來。

「那妳為何哭得這般可憐？」

聞言，許清玫眼淚掉得更凶，哽咽道：「春闈今天結束，奴婢大哥本也是此屆舉人，可他半個月前被歹人打傷了腿，沒了資格，奴婢忍不住就……驚擾聖駕，請陛下恕罪。」

皇帝一驚。「天子腳下，何人如此猖狂？」

許清玫身體顫了顫，膝蓋一軟，也不顧下面是崎嶇的石板路，徑直跪下。「陛下，請陛下為奴婢兄長做主。」

皇帝愕然，但見她哭得傷心欲絕，忙道：「有何冤屈，妳只管說來。」

許清玫含淚悲聲道：「陛下，我兄長自幼便與凌夫人訂親。」

「凌夫人？」皇帝瞪了瞪眼，驚疑不定地看著許清玫。

許清玫點頭。「便是凌閣老的夫人。」

洛婉兮在嫁給凌淵之前還訂過親，皇帝自然知道，可萬想不到眼前這女子竟然就是許家人。

「當年兄長年幼無知，被一歌女矇騙，鑄下大錯，洛家也藉此解除婚約，只怪兄長不爭氣，奴婢家裡並不曾有怨言。可洛家卻得理不饒人，不肯放過奴婢家，尤其是凌夫人嫁給凌大人之後。奴婢家裡每況愈下，處處受人排擠。兄長於心難安，發憤圖強要振興家業，卻在春闈開考前幾日被人趁夜打斷了腿，絕了仕途。」許清玫痛哭流涕。「天子腳下，朗朗乾坤，眼下誰不知道陛下正想大力提拔年輕後生？哪有人敢這般目無法紀，怕是有些人不想我大哥參加科舉，不讓他出人頭地。」

皇帝的確想趁著這一屆科舉提拔一些與各黨派沒有瓜葛的年輕人，畢竟年輕氣盛者大多鬥志昂揚，不畏權貴。這許清揚要是真有本事，因著他和凌淵的恩怨，皇帝自己也承認他會培養他。所以對許清玫意有所指的話，皇帝是相信的，正因為信了，所以格外同情、憤怒。

如此皇帝便對許清玫上了心，後見她活潑大膽，與宮裡其他端莊謹慎、說個話都小心翼翼的嬪妃大為不同，和她在一塊兒更輕鬆自在，便難免多寵幸些。

「陛下！」許清玫哭喊一聲後，撲進了皇帝懷裡，失聲痛哭。「陛下，我大哥死了，他死了！」

第九十五章

皇帝驚了驚，就在前幾日他還派御醫給許清揚治腿傷，怎麼就死了？「怎麼回事？」

「陛下，我大哥是被人逼死的！」許清玫嚎啕大哭起來，斷斷續續道：「我大哥一直想振興家業，他這幾年，懸樑刺股、挑燈夜讀就是為了這一屆科舉……可他的腿好不了，他沒法參加科舉，不能光耀門楣了，大哥、大哥絕望之下才會選擇自縊……」

許清玫死命拉著皇帝的龍袍，手背上青筋畢露。「陛下，他們欺人太甚啊！」

聞言，皇帝心裡五味雜陳，放柔了聲音安撫許清玫，見她平復下來才道：「朕帶妳去祭拜妳大哥。」

許清玫愣了下，眼裡又漫出淚花，緊緊地抱住皇帝，感動得無以復加。

一番收拾後，皇帝帶著許清玫悄悄出了宮，本想神不知鬼不覺的祭拜，萬萬想不到馬車在許家那條街上驚了，鬧得人盡皆知。

這樣熱鬧的消息，洛婉兮自然知道了。下人稟報時，她正和洛婉妤看著羅漢床上的萱姐兒和爐姐兒、烜哥兒玩得不亦樂乎。

「陛下到底在想什麼呢！」洛婉妤語氣裡帶著一絲不可思議。設身處地一想，要是凌煜陪方姨娘回去祭拜方姨娘的家人，洛婉妤都覺自己不用出去見人了。

洛婉兮蹙眉。「誰知道他在想什麼。」

也許他什麼都沒想，就覺這是一件十分普通的事。可眼下這一鬧，等於是昭告天下，許清玫是他心尖上的人了。皇后丟人是其一，後宮嬪妃也要心緒翻湧，那裡頭家世比許清玫好的一隻手都數不過來，豈能甘心？看來是有得鬧騰了。

這皇帝做事向來是只顧得上眼前的，洛婉兮已不會震驚了，只憐惜皇后。

「皇后不易啊！」洛婉妤也幽幽一嘆，接著伸手去拿酸梅。

洛婉兮望著空了的碟子，狐疑地看著她。「妳就不覺倒牙！」

這酸梅是拿來開胃的，可洛婉妤這架勢……洛婉兮目光在她肚子上繞了繞。「妳不會是有了吧？」

洛婉妤有些不好意思的摸了摸腹部。「其實我也有點懷疑，只是府醫這兩日出門訪友了，我就想過兩天等他回來再看看。」不過她都生了一兒一女，多少有點經驗，十有八九是有了。

洛婉兮笑起來。「章府醫在啊！」

竇府醫年老已經半隱退，除非大事才勞動他老人家，眼下府裡是他的徒弟章府醫挑大樑。說著，她扭頭對桃露吩咐了一聲，讓她去請章府醫過來，又道：「我也會點醫術，要不我先看看。」

洛婉妤自然不會拒絕，洛婉兮便上手號脈，片刻後喜笑顏開。「看來萱姐兒要做姊姊了！」

正在玩耍的萱姐兒聽見自己的名字，扭過臉來看著洛婉兮。

洛婉兮招手讓她過來，一把摟住她軟軟的身子問：「萱姐兒想要妹妹還是弟弟？」

萱姐兒對這個問題早有答案，奶聲奶氣道：「要弟弟也要妹妹！」

洛婉妤眉開眼笑，嗔怪道：「妳可真貪心。」

玩笑著，章府醫就來了，確定是喜脈，這下洛婉妤徹底放心了，眼角眉梢都是笑意。

「之前我娘整天催我，眼下總算是能交差了，可她倒是走了。」

說完她才發覺自己失言，她也是歡喜得傻了，忘了一直以來的避諱。她從來不會主動在洛婉兮跟前提及母親和妹妹，也不會在兩人面前提起洛婉兮，兩廂不睦，她也知道。

洛婉妤並不知洛婉如進京了，她知道的是何氏因為收到洛婉如病危的急報，著急去看女兒所以連夜離京。事實上何氏是陪洛婉如回蘇州了。

洛婉兮自然不會巴巴去告訴洛婉妤這些，說出來就傷情分了，故笑了笑。「這麼大的好消息，可要趕緊讓二嬸和大嫂知道，也讓她們高興高興。」

洛婉妤立即順著她的話題道好。一眾人便去慈心堂看凌老夫人，不一會兒其他人也聞訊而來，登時一派喜氣洋洋。

翌日，洛婉兮用過早膳後便帶著兒女前去長平大長公主府。

大長公主十分喜歡兩個小的，尤其是嫿姐兒，道是嫿姐兒這脾氣跟她小時候一模一樣。

眼下母子三個坐在馬車裡，烜哥兒被搖晃得昏昏欲睡，馬上就去見周公了，嫿姐兒則是在她娘懷裡扭來扭去，沒一刻消停。

她的小胖手牢牢抓著窗戶，大眼睛瞪得圓溜溜的，對著外面咿咿呀呀叫個不停，時不時還流口水。

「那是糖葫蘆……那是風車……」洛婉兮指著外面的東西，溫柔地介紹給她聽，小姑娘偶爾還會配合的張張嘴，像是驚奇。

「這是風箏，等妳大一些，娘帶妳和弟弟去放風箏好不好……」說著，她隱隱看見前頭有一列出殯的隊伍，便遮住了嫿姐兒的眼，還放下了窗簾。

小孩子眼睛乾淨，這些東西還是少看為妙。

嫿姐兒頓時不甘了，扭著鬧著要繼續看。

洛婉兮一邊哄她，一邊感覺到馬車停了下來。遇到這種隊伍讓一讓也是應有之義，畢竟死者為大。

漸漸的，哀樂和啼哭聲變大，嫿姐兒突然不鬧了，身子一軟趴在洛婉兮肩窩裡，小手還抓著她的衣襟不放，像是嚇到了。

洛婉兮憐惜地撫著她的背，又親了親她的腦袋安撫。再看小兒子，睡得昏天暗地，一點都不受外力打擾。這小子也是好本事。

冷不丁，方才一閃而過的某個畫面在她腦海裡毫無預警地出現，洛婉兮動作一頓，她似乎看見了一個「許」字。

該不是許清揚的出殯隊伍吧？越想越有可能。說來也是唏噓，之前她與許清揚訂了婚，卻連正式的一面都沒見過。如今竟在這兒遇上了，可真是世事無常。

恰在此時，一陣喧譁聲傳來。

「夫人！」坐在馬車外的桃葉掀起簾子稟報。「是許家的送靈隊伍被人攔住了，好像是二姑奶奶！」

洛婉兮愣了下才反應過來，二姑奶奶不就是洛婉如嗎？她不是被送回蘇州了？

顧不及想太多，洛婉兮趕緊道：「把她帶走，別讓她胡言亂語，她要是胡說了什麼，」她發狠。「妳就說她得了失心瘋。」

瘋子說的話、做的事，誰會當真？便是有人懷疑，一口咬定洛婉如瘋癲了，那些人又能如何！

所有人都在費盡心機地替洛婉如遮掩醜事，她竟然還跑來攔出殯的隊伍，生怕別人不知道她和許清揚的醜事不成？這京城認識她的人可不少，洛婉兮一點都不想走出去被人指指點點。

外面嘈雜聲變得更大，洛婉兮想把嬞姐兒遞給桃露，可嬞姐兒察覺到她娘要把她拋下的意圖後，小嘴一癟就打算來個水漫金山寺。

洛婉兮最怕她哭，這丫頭哭起來頗有她的真傳，一哭就停不下來。最後她只得按捺住下車的念頭，到底不敢讓女兒觸楣頭。

桃葉辦事還算可靠，不一會兒就回來了，洛婉如也被她打暈帶了回來。可洛婉如為許清揚痛哭流涕、痛不欲生的那一幕也落入在場所有人的眼中。

「改道去洛府。」洛婉兮隔著簾子沈聲吩咐。說被送走的人突然出現在京城，還在大庭廣眾之下鬧了這麼一齣，她自然要去問一問怎麼回事。

另一頭，何氏已經駭得六神無主，她送洛婉如回蘇州，就是想陪女兒最後一程。憐惜女兒紅顏薄命，何氏對女兒百依百順，唯獨回京這一條。

求了幾次，洛婉如知道母親不會鬆口之後，竟以絕食相逼。這天下少有父母能拗得過兒女的，何氏絕不是那個例外。

最終何氏妥協，答應讓洛婉如見許清揚最後一面。於是何氏迷暈了洛大老爺的人後，又命心腹將他們捆了起來，調轉船頭回京。

何氏知道洛大老爺會震怒，可她也沒辦法，她不能讓女兒死不瞑目。

然而到了京城，何氏才發現許清揚竟然自縊而亡，哪裡敢讓洛婉如知道，這不是催命符嗎？只得絞盡腦汁地安撫、瞞騙，說許清揚忙著科舉，科舉完又說他累壞了在休息……

也不知洛婉如是不是看出了破綻，竟然拖著一副病體偷偷跑了出去。等何氏帶人追過來時，已經晚了。

洛婉如已經鬧了許家的出殯隊伍，還好巧不巧被洛婉兮給撞上了。

洛婉兮望著馬車外的何氏，她形容憔悴、神色張皇，像是老了十歲不止。她也是有女兒的，所以能理解何氏此時此刻的痛，但她無法理解何氏那種近乎蠻不講理的溺愛，若非如此，洛婉如不至於這樣。

「大伯母，有什麼事咱們去了洛府再說，我已經派人通知伯父了。」

何氏的嘴唇劇烈哆嗦了下，懇求地看著洛婉兮。「妳讓我把如兒帶走好不好？我保證，我保證她絕不會再出現在妳面前了。」

老爺這次肯定不會放過女兒了，她只想讓女兒安安穩穩走完最後這一程。

有關於洛婉如的保證，她聽了不下三回了，可沒有哪一次真的做到。而洛婉如總能做出一樁又一樁讓人嘆為觀止的事情來。

讓何氏把洛婉如帶走，保不准過幾天她又跳出來做了什麼，一個將死之人的孤注一擲，誰也預料不到。

在何氏乞求的目光下，洛婉兮緩緩搖了搖頭。

何氏臉色霎時變得慘白，她身子一晃，就要下跪，幸好桃露一把攙住了她。

洛婉兮抿緊嘴唇，這兒雖不是鬧市，可周圍都是大戶人家，門房都在看著，要是何氏跪了下去，她少不得要被人說幾句。

「婉兮，我求求妳。」何氏哀求。

洛婉兮眉頭緊蹙，一個眼色過去，也不知桃露是怎麼弄的，何氏雙眼一翻就暈了過去。

洛婉兮這才鬆了一口氣，她可不想何氏在這兒鬧起來讓別人看了笑話去。

「大伯母暈過去了，趕緊送回去。」洛婉兮揚聲道。

桃露應了一聲，指揮兩個婆子把何氏扶到後面的馬車上。

車隊便重新動起來，不一會兒就抵達了洛府。

慶安堂裡，洛大老爺和洛郅望著掩面而泣的何氏，半晌無言。

洛婉兮低垂著眼，看著裙襬上的繡紋出神。嫿姐兒和烜哥兒被蕭氏帶走了，眼下該是和岩哥兒一起玩。

洛婉兮想著自己也該告辭了，她一點都不想在這裡聽何氏哭訴哀求，再說大長公主還在等著他們娘兒幾個。反正對外的說辭也商量好了，何氏離京用的藉口是洛婉如病重，這會兒剛好可以把洛婉如的病定義為失心瘋。只說米家看她情況不妙，遂悄悄送進京城請名醫，一不小心就讓人給跑了，以至於在街上鬧了這麼一場。

不管外人信不信，他們就咬著這個說法不變，反正沒有證據。若是許家也不要臉跳出來反駁，那也沒辦法了，只能到時候隨機應變。

正要開口，洛婉兮就聽見何氏的哭聲突然大了些，她抬眸看她一眼，正巧撞進洛大老爺晦暗的眼底。

洛大老爺氣得不輕，他知道何氏心疼女兒，故而讓她送洛婉如回蘇州，全了夫妻、父女情分。萬不想何氏竟然會放洛婉如回來，還讓洛婉如大鬧許家出殯的隊伍。幸好洛婉兮及時出現把她攔下，否則讓洛婉如說出什麼有的沒的，洛家名聲盡喪。

可即便洛婉兮說洛婉如神志不清，也難保沒人胡說八道，洛大老爺簡直要被這個逆女氣死了。她到底在想什麼？為了一個男人，禮義廉恥和家族都不要了嗎？

還有何氏，素日精明的一個人，怎麼一遇上小女兒的事就糊塗了？

「……老爺，這都是我的錯，我這就帶著如兒離開，保證絕不會讓她回來了！」何氏哀聲道。

「夠了！」洛大老爺狠狠一拍案几。「每回那個孽障犯了錯妳都這麼說，妳是不是以為我不敢把妳怎麼樣?!」

何氏不就是有恃無恐，所以才敢把洛婉如私自帶回京城嗎？

何氏睜著眼，呆呆地看著暴怒的洛大老爺，像是被駭住了。饒是洛婉兮也被洛大老爺毫無預兆的爆發嚇了一跳。

「父親！」洛郅坐不住了，正要開口，就聽見有人稟報洛婉如來了。

洛婉如身子弱，不像何氏一掐人中就從昏迷中醒來，加上來回的折騰，她暈得十分徹底，無奈之下只能讓人抬到隔間施針餵藥。

聞聲，屋內霎時一靜，不約而同地看向門口。

洛婉如面頰凹陷，顴骨突出，十分憔悴，要不是兩個丫鬟扶著，洛婉兮都要懷疑她連路都走不了了。這樣虛弱的一個人居然能從何氏的看護下逃出來，還一路跑到大街上。

是「愛情」太偉大了嗎？洛婉兮扯了扯嘴角。

她嘴角的嘲諷之意深深刺痛了洛婉如的眼，她心裡本就燒著一把火，此刻就像是被人澆了一桶油，燒得洛婉如的眼睛都紅了，想也不想就衝向洛婉兮。

扶著她的兩個丫鬟不防她還有這把力氣，猝不及防下就讓她掙脫了出去。

坐在圈椅上的洛婉兮冷冷地看著臉色猙獰的洛婉如，看著她在幾步外被桃露反扣住雙手按到地上。

便是如此，洛婉如還在掙扎，口中叫囂。「妳這個殺人凶手，妳會遭報應的，一定會的！」

她瞪著洛婉兮的眼底幾乎能噴出火來，好似兩人有不共戴天之仇。

「如兒！」但見女兒被人如此對待，何氏心如刀割，撲過去就推打桃露。「妳快放開她！放開她！」

明明是洛婉如欲先對她不軌，可何氏那模樣好像是她欺負她女兒似的，怪不得洛婉如會這樣蠻不講理了。

洛大老爺臉色變了又變，厲聲道：「還不把夫人帶下去！」

何氏死死抱著洛婉如，失聲痛哭。「老爺，你讓我帶如兒回蘇州吧，之後你想怎麼懲罰我都行，只要你讓我把如兒送回蘇州……」

洛婉如卻不理會母親的用心良苦，她好不容易見到了洛婉兮，經年累月的怨恨終於找到了宣洩口，哪怕被人扣住，也沒有妨礙她語無倫次的咒罵。「妳為什麼不放過我，為什麼要把我和清揚的事告訴他們？都是妳，是妳害死了清揚……要不是妳，他不會斷了腿，也不會死，妳絕對會遭報應的！」

第九十六章

洛婉兮倏地沈下臉。「天理昭昭，報應不爽，妳和許清揚落到這般地步才是報應！」

洛婉兮本來不想和她計較，反正洛婉如活不久了，可被人這麼指著罵，再好的脾氣也火了。

洛婉兮冷笑。「別擺出一副你們最無辜，都是別人迫害你們的嘴臉。難道是我逼著妳和許清揚暗通款曲的？為了滿足私慾，妳害我落水想毀我清白，難道也是我逼妳來害我的？後來妳偷偷跑出家廟被江翎月遇上，滾下了山坡，損了身子，瞧著是可憐，可妳和江翎月之間，妳難道就全然無辜了？要不是妳毀了她的容，她至於下手這麼狠？

「再到如今，妳明明嫁了人卻紅杏出牆，而他許清揚招惹有夫之婦，分明是你們不知廉恥。許清揚自縊，怕也是覺得沒臉見人，羞愧自殺。倒是妳，事情都敗露了，妳怎麼還有臉跑過去，除了許清揚，是不是洛家的名聲、父母兄弟姊妹的臉面，在妳眼裡都一文不值?!」

「我為什麼要管這些，你們可曾管過我！」洛婉如赤紅著雙眼，怨毒地瞪著洛婉兮，歇斯底里道：「你們把我關在家廟裡，把我嫁給米庭環那個廢物。你們、你們還打斷了清揚的腿，要不然他絕不會自盡的，都是你們，是你們逼死了他！」

她聲音裡的怨恨掩都掩不住，堂下眾人，尤其是長房一眾的心瞬間涼透，如吞了冰塊一般。

洛婉兮不敢置信地看著癲狂的洛婉如，覺得她可能真的瘋了，現在不只恨她，竟然連大房一家子都恨上了。

「所以妳故意跑出來鬧了這一齣，既全了妳送許清揚一場的心意，也是為了替妳和許清揚報仇？」洛婉兮腦中一閃，問出了一個她自己都不敢相信的問題。

之前她覺得洛婉如是鬼迷心竅，反正她遇上許清揚，沒什麼事是做不出來的，她大概根本就沒考慮過自己這麼做的結果。可在意識到洛婉如對整個洛家的仇恨之後，洛婉兮忍不住要懷疑，她是故意為之。

「誰讓你們拆散我們！」洛婉如神情扭曲，朝著一眾人嘶吼。他們這樣對她，她為什麼要管洛家如何，反正她都要死了！許清揚死了，她命不久矣，憑什麼他們這些殺人凶手卻能活得好好的，憑什麼！

洛大老爺抖著手指著何氏。「這、這就是妳一心一意維護的好女兒？」他慘然一笑。「就為了一個男人，為了那麼一個男人啊！」

洛大老爺眼底水光浮動，似是要落下淚來。

洛婉兮心頭揪了下，她不敢想像若是有朝一日她的兒女如此對她，天崩地裂不外如是吧。

何氏頭暈眼花，頹然地癱坐在地上，不敢置信的看著滿臉怨毒和憤恨的女兒，突然間覺得這張臉都陌生起來。她的女兒是有些任性驕縱，但一直都是孝順的，她病了會在床前端茶倒水，在外面嚐到了什麼新鮮東西，都會帶回來給她。

這個人怎麼可能是她的女兒？她的女兒有些不懂事，可她不會這樣冷血。

何氏直勾勾的看著洛婉如，眼淚一個勁兒地往下掉。

「母親！」洛郅滿心不忍，上前扶起何氏，這才發現母親整個人都在顫抖。

洛郅不禁痛心的掃了一眼洛婉如。一眾兒女中，母親最疼小妹，可小妹如此，叫她情何以堪？

洛婉如唇角顫了顫，臉上閃過一絲愧疚，卻在瞥見一旁的洛婉兮後轉瞬即逝，立時又變得陰沈怨毒。

洛婉兮自然不會毫無所覺，她低頭與洛婉如對視，不避不讓。

她面色紅潤，顯而易見的幸福美滿，而自己呢？想到這兒，洛婉如便覺胸口那股惡氣橫衝直撞，她咬牙恨聲道：「妳別得意，凌淵那樣的亂臣逆子，猖狂不了多久的，凌家早晚會被人清算的。」她都聽說了，許清玫十分得寵，她一定會替許清揚報仇的，何況皇帝本來就看凌淵不順眼了。

如是想著，洛婉如臉上便浮現暢快的笑意。「妳，還有妳的兒女都不會有好下場，男的——」迎面而來的一個茶杯砸在她臉上，洛婉如慘叫一聲後捂住了嘴，瞬間嚐到了血腥味。

她羞憤地瞪著面如寒霜的洛婉兮，那模樣恨不能上前一口咬死她。

這當口洛婉兮與她的心情是一樣的，旁的她可以不理會，但沒有一個母親能坐視別人詛咒自己的兒女。

何氏見女兒被砸得滿嘴鮮血，驚叫一聲就要衝過去，卻被洛郅牢牢拉住。他也知道洛婉如那些話委實過分了。

「可惜妳這輩子都沒法如願了，」洛婉兮低頭盯著她，一字一頓道：「我們一家都會長命百歲，榮華一世，不過妳是看不到了。」

沒來由的，洛婉如心臟劇烈一縮。

洛婉兮不再看她，只問洛大老爺。「大伯父，此事您打算如何處置？」之前只商量了對外說辭，洛婉如的處置並未明說。

洛婉如冷笑一聲，也去看洛大老爺。她都這樣了，他們還能把她怎麼樣，弄死她嗎？反正她也活不了多久了。

何氏屏住了呼吸，心驚肉跳地看著洛大老爺。

洛大老爺看著梗著腦袋冷笑的洛婉如，她敢這麼鬧，是不是算準了他不忍心把她怎麼樣？

可不是嗎？搶堂妹的未婚夫、設計毀堂妹清白……甚至紅杏出牆，他也就是把她送回蘇州，雖然打的是讓她病故在途中的主意，可她怕是還不知道吧，以為他終究不忍心，以至於她鬧了今天這一齣。

她是吃定了他們不會對她如何，那她何不在臨死之前怎麼痛快怎麼來，哪怕是讓家族身敗名裂，淪為笑柄！

這一次失敗了，她是不是還想再來一次？

洛大老爺的臉一寸一寸繃緊。

屋內的氣氛越來越凝重，便是之前表示視死如歸的洛婉如都不由自主的屏住了呼吸，目不轉睛的看著洛大老爺。不知道為什麼，她心跳得厲害，彷彿要從肚裡跳出來，忍不住抓住了衣襟。

「依家規，賜她一條白綾！」其實早該送她上路了，是他偏心，才容她苟活至今，險些釀下大錯！

轟隆一聲，如同一道驚雷打在洛婉如頭上，她簡直不敢相信自己的耳朵，父親……父親要殺了她！

望著洛大老爺不帶感情的雙眼，洛婉如覺得自己彷彿被人按在了冰水裡，又冷又喘不過氣來——父親怎麼可以這樣對她？

她劇烈地掙扎起來，又哭又叫，也不知道是恐懼多一些還是驚訝多一些。她不停謾罵洛大老爺和洛婉兮，就像是一個撒潑的村婦。

見他們不為所動，她看向一旁泥塑木雕般，只有一雙眼在掉眼淚的何氏。「娘！」

何氏心如刀絞，眼淚大顆大顆往下掉，看著洛大老爺，無聲哀求。

「沒有規矩不成方圓，我已經給過她不止一次的機會了。」

最後何氏聽見的，是洛大老爺含著冷意的聲音。

「早該如此的，」長平大長公主淡聲道：「倘若剛有苗頭時就給她壓下，沒了僥倖心理，哪有後面這些破爛事？洛家那丫頭落到這一步，父母的溺愛，難辭其咎。」

因為中途改道去了一趟洛府，耽擱了一會兒，再過來時，大長公主少不得要問洛婉兮怎麼回事。若是事情沒解決好，洛婉兮可能不會告訴她，眼下事情都了結了，大長公主一問，洛婉兮便簡單說了一遍。

其實也有那麼點求安慰的小心思在裡頭，她和大長公主隔閡漸消，那股子撒嬌依賴的勁頭便上來了。

對於大長公主說的話，洛婉兮是十分贊同的。何氏早就知道洛婉如和許清揚的私情，可她並沒有把這個苗頭扼殺掉，這助長了洛婉如的氣焰。之後不管洛婉如犯了什麼錯，何氏都能原諒她，並為她求情。洛婉如犯了錯得不到相對的懲罰，自然不會記取教訓。

「那何氏如何處置？」大長公主又問。

要不是有這麼一個無條件溺愛的母親，洛婉如也不會走到這一步。且這次洛婉如能在大街上鬧，何氏要擔一半的責任。若是洛大老爺還輕拿輕放，那這個人的本事就要掂量一下了。

洛婉兮低聲道：「大伯父讓大伯母扶靈下蘇州後，便去家廟裡清修三年。」有蕭氏在，後宅缺了何氏並不要緊。

長平大長公主臉色漸緩，評價了一句。「還沒糊塗到底。」

這次洛大老爺是動了真火，其中未必沒有給她點交代的意思在裡頭，只能說權勢真是個好東西。

洛婉兮戳了戳撐著胖胳膊在努力翻身的嫿姐兒。小姑娘自從掌握翻身這個技能之後，玩得不亦樂乎，以至於洛婉兮下令將她看嚴實了，免得一個不留神讓她從炕上或榻上摔了下去。

大長公主望著滿眼寵愛的洛婉兮，她打小就喜歡孩子，後來更是把幾個姪兒、姪女寵上了天，可對自己的孩子卻不能如此。

「妳也莫要太慣著兩個小的，該立的規矩不能馬虎，要不然會慣得無法無天的。」血淋淋的前車之鑑就在眼前，洛婉兮自然知道這個道理。只是她低頭對上吐著泡泡自娛的女兒，再看看一旁抓著布老虎玩的兒子，覺得有點難。小傢伙們只要一癟嘴，她就會棄械投降，不過幸好有凌淵，以後就讓他當那個壞人吧！

於是洛婉兮信心十足地點了點頭。「等他們懂事了就開始立規矩。」

長平大長公主笑了笑，伸手把烜哥兒抱在懷裡。這孩子過於安靜了些，雖然瞧著白白胖胖，可身體到底不如尋常孩子，光是精力這部分就差了許多。他乖巧也是因為沒有精力鬧騰。

「等壯壯、融融滿了周歲，妳就再給他們添個弟弟或妹妹。」最好再生個兒子，以防萬一。且凌淵這一房到底子嗣單薄，不管男女，多幾個總是好的，如此兄弟姊妹便可互相扶持。

洛婉兮臉紅了，輕輕點了點頭，她也是有這個打算。

「妳大嫂弄了幾張調養身子的方子，回頭妳走的時候帶上。」大長公主道。

洛婉兮道了謝，又問：「娘娘最近如何？」段氏準備的方子，十有八九是為皇后陸靜怡準備的。

大長公主眉頭輕輕皺了起來。陸靜怡的身體好得很，可女人身體再好，男人不想她懷孕又有什麼辦法？

皇帝偷偷在吃藥，他不想陸靜怡懷孕，也不想別的嬪妃懷孕。這事上他倒是個明白人，知道生個兒子，可能就是他的催命符，可這不過是治標不治本。況且他如此，反倒正中了別人的下懷。她都要懷疑，這個主意是晉王安排人建議的了。

「她身子倒還好，不過兒女緣分強求不得。」大長公主緩聲道。

洛婉兮也不知道該說什麼才好，乾脆逗起了孩子。

孩童無憂無慮的笑聲最能解憂，不一會兒大長公主也露出了笑意。

又過了一會兒，丫鬟稟報凌淵過來了。

他是直接從政事堂過來的，嫿姐兒一見到爹就興奮得不行，咿咿呀呀拍著羅漢床。

請過安後，凌淵便上前抱她。一落入她爹懷裡，嫿姐兒就不鬧了，大眼睛滴溜溜地轉著，伸著手去抓他的鼻子。

兩張五分相似的臉這麼對望著，說不出來的有趣。

「融融倒是越長越像她爹了。」大長公主道。濃眉挺鼻，日後不是個好糊弄的，不過女兒家這樣也好。說罷，她又去看烜哥兒，小傢伙坐在她懷裡，捏著布老虎的耳朵，連個正眼都不給他爹。

大長公主不覺笑起來，姊弟倆這性子還真是南轅北轍。

逗了會兒女兒，凌淵便告辭，他還要去拜見陸國公。

嬞姐兒抓著他的手指頭不肯放，小眼神挺委屈。

洛婉兮忍俊不禁，拿了顆蘋果逗她。「融融乖，咱們吃蘋果好不好？」

爹什麼的，哪有紅豔豔的蘋果來得吸引人？

凌淵就覺握著他手指的小手改去抓蘋果了，他輕輕一笑，摩了摩她的小臉蛋才起身。

書房裡不只有陸國公，還有剛剛卸甲歸來的世子陸承海，以及陸承澤和長房長孫陸鐸。見過禮後，各自落坐。

陸承海開門見山道：「晉王一行快回來了吧？」

「三月十八抵達京師。」凌淵道。

陸承澤頗有深意一笑。「這一趟出征，晉王好生威風，皇帝該要坐立不安了！」

戰事早就結束了，可皇帝為了收攏軍心，命晉王在邊關犒賞三軍，並代天子巡視了一番，這才拖到三月才班師回朝。

於晉王自然是瞌睡送來了枕頭，一時風頭無兩。再時不時散播一點皇帝母子倆的荒唐事，自然而然就有一些人會把晉王和皇帝暗暗比較，這其中可沒少他們的功勞。

皇帝和錢太后連他們兩家都容忍不下，對此豈能無動於衷？皇帝早就後悔了，可想取消晉王巡視邊關的命令，卻沒那麼容易。

等晉王回來，以皇帝母子倆那心胸，堂兄弟之間必定有好戲可看。少不得又要鬧出荒唐事來。

如此才好啊！要是皇帝乖乖的不惹事，該著急的就是他們了。

身為皇帝，佔盡優勢，只要他在皇位坐上三、五年，再想把他弄下來就難了。也就這皇帝心太急，連這幾年都等不及，位置還未坐穩就想過河拆橋，最後落下個薄情寡恩的名聲，還給了旁人可乘之機。

「且讓他們兄弟倆去鬥吧！」陸國公轉了轉手裡的核桃道。臣子衝到前頭去就有些難看了，晉王願意跳出來，自然是再好不過的事情。他們陸家不求流芳百世，可也不想遺臭萬年。

陸承澤看了看他，摩了摩手裡的茶杯。「聽說晉王和韋家的女兒訂了親？」消息還沒有公佈，怕是皇帝都還不知道。

凌淵笑了笑。

凌淵抬眸看向他，淡淡嗯了一聲。

韋家是北方大族，世代鎮守在邊關，而凌淵胞弟凌洺的妻子便出自韋家。

這話一出，書房內的氣氛就有些凝滯了。

凌淵勾了勾嘴角。「事不過三。」

他說得含糊，在場幾人卻都聽懂了。晉王眼下對他們的確客客氣氣，可有先帝和皇帝這兩個例子在，誰敢保證晉王會不會是第三個？

既然他說得敞亮，陸承澤也不拐彎抹角。「凌洺什麼態度？」

凌淵一笑。「他來信說韋家的事輪不到他做主。」

這麼聽來凌洺倒是沒有二心，只那韋家到底是他妻族。

陸承澤不再糾纏這個問題，另起話題。

第九十七章

三月初六，殿試結束，次日便宣佈了成績。

洛婉兮很快就知道結果，白暮霖排在二甲第八，這成績不算壞。但是當洛婉兮看到整份名單並聽到外頭的風言風語之後，就知道白暮霖可能真的被皇帝壓了名次。

且有此待遇的並不止他一人，好幾個與豪門世家有關聯的學子排名都靠後，打頭的多是寒門庶子或是與朝中望族沒有關係的地方世家子。

皇帝妄圖提拔親信的用心昭然若揭，雖然拉攏了寒門，卻也把名門望族都給得罪了一遍。

發榜之後還鬧出了一點麻煩，有幾個學子原是名滿天下，在士林頗有聲望，卻被一些名不見經傳的壓在上頭，豈會甘心？就有那年輕氣盛的上前與對方文鬥，結果自然是大勝而歸。坊間便傳這一屆科舉有黑幕，要求重考。

排名好的寒門學子自是不會同意的，兩廂便爭了起來，還動了手，幸好都是些手無縛雞之力的書生，並沒有打得太厲害，加上五城兵馬司及時趕到，遂沒有造成傷亡。

可兩派嫌隙已生，時不時就互相攻訐，連帶著皇帝也被捎上，說他不以才學取人，而以好惡擇人。

這話傳到皇帝耳裡，把他氣得不輕，深恨這幫世家子弟，頂著一口氣要好好提拔這一科的寒門學子，這些人才可能成為他的心腹。

只是哪怕是狀元，他最多也只能授六品官，待這一幫人在朝堂上擁有一席之地要等到何年何月，皇帝心裡實在沒底。

這當口，征北大軍凱旋而歸，晉王也回來了。

皇帝心情更糟了。之前他在朝堂上感受到老臣們的壓迫，所以迫不及待的提拔宗室。

晉王立功本是好事，可漸漸的傳出一些令人心驚的流言蜚語來，加上錢太后又與他說了先帝被景泰奪去皇位的舊事，皇帝難免心裡打鼓。情感上他並不想懷疑晉王，若是如此，他豈不是連宗室都要防備，那他還有何人可用？

無奈打聽來的那些事又在他腦海裡縈繞不去，讓皇帝寢食難安。

轉眼間大軍就到了，皇帝親自去城外迎接將士，又犒賞了一回，擺足了姿態。晚上還在御花園設慶功宴，除了出征的將領外，三品以上官員也可攜眷參加。

絲竹管弦之聲不絕於耳，宴席之上，金釵曜日，環珮叮噹。

經過一次選秀，後宮新進了不少嬪妃，這當口還把女兒送進來的多是鬥志昂揚的。

洛婉兮坐在那兒，已經聽了好幾場唇槍舌劍，這是以前進宮時絕對沒有的體驗。再看一眼端坐在上首的陸靜怡，神色悠然，只在下面說得過火時，不輕不重地出來說幾句。

她一開口，下面便能消停一下，看得出來，她在後宮威望頗高。洛婉兮倒是聽說過，自從錢太后那回事之後，帝后便生了隔閡，自然有人覺得皇后失寵。有那不懂事的小姑娘妄圖挑釁陸靜怡，不過她的下場卻是足以讓後宮嬪妃知道，便是一個失去帝寵的皇后，收拾她們也是綽綽有餘。

陸靜怡恰好也看了過來，兩人目光在空中相會，洛婉兮對她微微一笑，眉眼溫和，陸靜怡便也笑了笑，端起了酒杯。

洛婉兮也端起案几上的酒盞，先飲了一口以表敬意。

陸靜怡輕啜一口後便與旁人說起話來，與她說話的是良妃，因為錢太后那事，皇帝因愧疚也是迫於輿論，便升她為妃。

洛婉兮也與旁邊的婦人說起閒話來，這種場合就是讓她們交際應酬用的。

略說了會兒，洛婉兮站了起來，前去更衣。

從淨房出來就見不遠處的梧桐樹下立著一行人，可不正是許清玫？

洛婉兮笑了笑。

許清揚新喪，許清玫作為出嫁女要為兄長服大功，眼下守孝制度早不像從前那般苛刻，且因為她進了皇宮，更可放寬要求。不過這樣喜慶的場合，能避免則避免，遂她之前並沒有在慶功宴上出現。

這會兒出現，自然不會是巧合。

許清玫的確是特意衝著洛婉兮來的，因著許清揚的死，或者說是這些年來許家受到的打壓，以及再早之前被洛婉兮甩了一巴掌，害她在大庭廣眾之下丟人現眼，以至於婚事受挫，許清玫對洛婉兮、洛家和凌家積了一肚子的火。

若擱在以前，她無能為力，可眼下她自覺是皇帝寵妃，宮裡誰不讓她三分？膽氣便也足了，好不容易逮著一次機會，被人攛掇了兩句，腦子一熱就跑來了。

仇人見面，分外眼紅，又見洛婉兮不以為然的模樣，許清玫眼裡登時燃起了兩簇火苗。

洛婉兮眉梢一揚，徑直離開。論品級，她高了許清玫不少，還真不需要拜見她區區一個美人。

許清玫險些被她這目中無人的態度氣了個倒仰，嬌喝一聲：「站住！」

洛婉兮置若罔聞，不疾不徐地繼續走。

許清玫怒不可遏，三步併作兩步，跨過去攔在她身前，指著她咬牙切齒道：「我讓妳站住！」

洛婉兮輕笑一聲，揮開許清玫的手，直直地看著氣勢洶洶的許清玫。「美人怕是還沒資格對我頤指氣使。」

許清玫好似被人打了一個巴掌，臉都紅了，也不知是氣的還是羞的？眼看洛婉兮又要走，又氣又惱，口不擇言道：「我大哥的腿是不是你們派人打斷的？」

思來想去，他們都覺得這是洛家幹的，米家沒這膽量。

「美人想像力可真豐富！」洛婉兮笑道。宮裡人多眼雜，承認了便是落人口舌，這種事反正大家心知肚明就行。

許清玫被她這好整以暇的態度氣得直哆嗦。「妳別以為妳不承認我就不知道了，除了你們洛家，還有誰會害我大哥？你們好狠的心腸，竟然打斷我大哥的腿，毀了他的仕途，是你們逼死了我大哥！」說到後來，眼裡水光浮現，顯然是觸及了傷心事。

洛婉兮道：「許公子英年早逝，令人扼腕。但是美人在這兒紅口白牙的就說是我們害的，未免太過兒戲。美人若是懷疑，大可去報官，說話可是要講證據的。」

「妳少在這兒假惺惺，妳是不是很得意？」許清玫氣得胸膛劇烈起伏。「妳得意不了太久的！」

「不勞美人操心，」洛婉兮收起笑。「美人有這閒心，還是多替自己操心吧！」

目光在周圍梭巡一圈，洛婉兮重新抬起了腳。

許清玫正氣得一佛出世，二佛升天，但見她要走，想也不想地衝過來要拉她。「誰讓妳走了！」

眼看著許清玫就要抓住洛婉兮的袖子，斜側旁伸過來一隻手扣住了她的手腕，正是桃露。

手腕上傳來的疼痛讓許清玫扭曲了臉，她一邊掙扎一邊厲喝：「狗奴才，妳給我放手！」

她說放手，桃露也就放手了，猝不及防之下許清玫踉蹌了幾步，幾個宮女趕緊過去扶她，許清玫晃了晃，頭上的紅玉簪應聲落地，啪一聲碎成了兩段。

「美人！」七嘴八舌的驚呼。

許清玫看一眼摔得粉碎的紅玉簪，眼底閃過一道亮光，抬頭冷笑。「毀壞御賜之物，該當死罪。來人啊，把這個賤婢拖下去亂棍打死！」

幾個宮人猶豫了下，沒敢動手。

許清玫氣得眼前一黑，尖聲道：「你們都是死人嗎?!」

洛婉兮皺了皺眉。「亂棍打死?美人好生威風，莫不是把自己當成後宮之主，想替皇后娘娘統領六宮？」別說區區一個美人，就是貴妃也無權動用私刑。

許清玫臉色一僵。「妳少在這兒故意曲解我的意思，妳的丫鬟打碎了陛下賜給我的玉簪，難道不該以死謝罪？」

「為了一支玉簪就要人賠命，美人未免太視人命如兒戲。再退一步，真要謝罪，也該是美人自己，讓我的丫鬟頂罪?休想！」洛婉兮冷笑一聲。「事情怎麼回事，自有皇后定奪，還輪不到美人做主。」

「妳！」許清玫指著洛婉兮正要喝罵，就見路口走來一行人，領頭的人身穿五鳳朝服，正是皇后。隨著她的出現，樹林、假山後又走出幾人見禮，顯然這些人早早就站在那兒了。

許清玫當下一個激靈，臉色都變了。

「怎麼回事？」陸靜怡走近後淡聲問，在她身後還跟了不少人。

許清玫臉色煞白，失去的理智在這一刻全部回籠。

「因著陳年舊事，臣妾與許美人有些不睦，臣妾不欲與美人在今天這樣普天同慶的日子裡起爭執，便想離開。奈何許美人不許臣妾走，還想上手。臣妾的奴婢桃露護主心切，攔了一把，不過馬上就鬆開了。許美人不慎趔趄，頭上的紅玉簪摔至地上，竟是要以毀壞御賜之物的罪名令人將桃露拖下去亂棍打死。」洛婉兮低聲把來龍去脈說了一遍。

許清玫剛想反駁，就有一位剛從假山後走出來的誥命夫人輕聲道：「老身走到這兒，就見凌夫人想走，美人卻不肯。凌夫人的丫鬟便伸手攔了下，也不知怎麼的，美人踉蹌了幾步，頭上的紅玉簪就掉在了地上。」這話就差沒直說許清玫故意摔碎紅玉簪誣衊人了。

區區一個美人，還沒幾個外命婦會看在眼裡，哪怕這美人正得寵。

「喲，許美人好大的氣派！」陸靜怡還沒說話，良妃就開口了，她輕嘖了兩聲。「本宮好不容易熬到了妃位，要處置宮人也得稟明了皇后娘娘，由皇后娘娘定奪。美人倒是威風，自己摔碎了紅玉簪就遷怒旁人，一句話便想把人拖下去打死。嘖嘖嘖，到底得陛下寵愛呢，這派頭就是跟咱們不一樣。」

好好的孩子就被錢太后這個毒婦害死了，良妃生吞了錢太后的心都有，連帶將包庇錢太后的皇帝也恨上了。一看皇帝和陸家、凌家對上，良妃額手稱慶，半點猶豫都沒有就去抱了皇后的大腿。

眼下她是心甘情願出來替皇后當馬前卒，更願意賣洛婉兮一個好，只要他們能替她的孩子報仇。

「可不是哩！」接話的是李貴人，纖纖素手一指地上的碎玉簪。「為了支簪子就要打要殺的，往後臣妾可不敢和許美人一道走路，萬一哪天美人不小心再碎個鐲子、玉珮什麼的，還不得命人把我也拖下去亂棍打死？」

許清玫得寵，早就礙了後宮嬪妃的眼，且她還不會做人，她們豈會放過這個踩一腳的機會？

一旁又有人道：「為了這支紅玉簪，許美人就大動肝火，怕是這紅玉簪是許美人的心頭好，要不怎麼會在服喪期內都捨不得摘！」

雖然進了宮不用太講究，可這也太不講究了。

在一眾人意有所指的目光下，許清玫的臉火辣辣地疼起來，整個人都搖搖欲墜，險些站不住腳。

好戲看夠了，陸靜怡才施施然開口，語帶責備。「本宮希望許美人記得，妳既然入了宮，一言一行就代表著皇室。為了一己之私去誣衊當朝一品夫人，成何體統？就為了一支簪子便喊打喊殺的更是貽笑大方，若傳出去，天下百姓還以為咱們皇家都是如此草菅人命。」

許清玫的臉白了又青，青了又紅。

「許美人還不快向凌夫人致歉？」陸靜怡沈聲吩咐。

許清玫咬著唇站在原地，要她在眾目睽睽之下向洛婉兮道歉，還不如殺了她更痛快一些。

陸靜怡輕輕一笑。「看來本宮指揮不了許美人了，那就請陛下來一趟吧！」

許清玫眼皮狂跳。

「娘娘，您看這大喜的日子，還是別驚動陛下了。」昭貴人賠笑道。她是後來才進宮的，家裡把寶押在了皇帝身上，自然是盼著這個皇帝好的，這事要是驚動了前頭，吃虧的還是皇帝。

說著昭貴人對許清玫狂使眼色，見她無動於衷，氣得不輕。這個蠢貨！要耀武揚威，等皇帝手握大權了還怕沒機會？這會兒她不是拆皇帝的台嗎？

陸靜怡沈下臉。「本宮也不想驚動陛下，可許美人不肯給凌夫人一個交代，本宮別無他法。凌閣老乃國之重臣，為朝廷、為陛下鞠躬盡瘁，立下汗馬功勞，他的妻子卻在後宮被人如此折辱，本宮若是不給凌夫人一個交代，豈不是寒了凌夫人以及在場所有誥命夫人的心？」

洛婉兮也配合地露出黯然難堪之色。

這話一出，在場內命婦的臉色都好看了不少，在她們看來，這已經不是洛婉兮和許清玫二人之間的事，而是後宮嬪妃與內命婦之爭。區區一個美人便想折辱一品夫人，若是不給她一個教訓，旁的嬪妃是不是也要有樣學樣？此風不可長，必須防微杜漸。

這下子，許清玫真的要慌了，也顧不得面子，咬了咬牙，朝洛婉兮屈膝道：「凌夫人見諒，我太喜歡那支簪子了，見它不小心碎了，一時傷心難過，才會誤以為是夫人的奴婢打碎的。」

「許美人這誤會可真有些大，我的奴婢拉了美人胳膊一把，美人就誤會她摔碎妳頭上的玉簪，還要把人打死。」許清玫做了初一，她自然要做十五。沒有誤會，只有蓄意誣衊。

許清玫倏爾握緊了拳頭，恨恨地瞪著洛婉兮。

「許美人這是在威脅我嗎？」洛婉兮唇角一挑，她倒是巴不得把事情鬧大，讓大夥兒都看看「寵妃」的嘴臉。以後要對這麼個人俯首稱臣，你們受得了嗎？

陸靜怡一副十分生氣的模樣，冷聲道：「本宮是管不得許美人了。來人啊，去請陛下！」

前殿歌舞昇平，舞池中豔麗的舞女翩然起舞，舉手投足間引人無限遐想。

筵席之上觥籌交錯，酒酣耳熱，氣氛和諧。

皇帝望一眼下首的晉王，這一次晉王的座位難得靠前，在宗室裡只排在祁王之後。見皇帝看過來，晉王面露恭敬之色。

「堂兄此次監軍有功，又代朕巡視邊關，慰問將士，實乃大功一件。」皇帝笑了起來。「朕思來想去，都不知道該如何賞賜堂兄，高官厚祿、金銀珠寶，堂兄都不缺。後來終於讓朕想到了一樁，堂兄還缺一位王妃。」

他和錢太后商量了一回，決定將晉王的姨表妹楊氏女賜給晉王為妃，楊家門第雖然略差了些，但那是晉王嫡親姨母家，親上加親本就是時下最常見的婚姻方式。

若是晉王有野心，如此便能斷了他透過聯姻拉攏高門大戶的手段；若是晉王無野心，娶個家世一般的王妃對他也無甚影響，日後他會彌補晉王。

皇帝正要說出那個人選，就見晉王從案几後走了出來。他一撩衣襬，單膝點地。「多謝陛下美意，然微臣已有婚約在身。」

皇帝心頭咯噔一響。「哪家賢媛？」

他以為自己聲音很鎮定，殊不知語氣中的緊繃早已洩漏出他的真實情緒。

「韋將軍幼女。」晉王道。

皇帝腦子裡嗡了一下。「飛龍將軍家的千金？」

「正是。」

皇帝的笑容再也維持不住了，忍不住去看左下首的凌淵，只見他面色平靜，像是早知道似的。

凌淵轉而支持晉王了嗎？就這麼迫不及待，連小皇子都不肯等了？這一瞬間，皇帝覺得如墜冰窖，寒意從骨頭縫裡冒了出來。

第九十八章

恰在此時，一個小黃門飛速跑進來。「陛下，皇后娘娘有請。」

「何事？」皇帝想也不想就問，語氣硬邦邦的。這當口他滿腦子都是晉王和韋家聯姻的事，韋家是凌洺妻族，凌淵是不是轉投晉王了？

小黃門猶豫了下，覷著皇帝難看的臉色，一五一十道：「許美人御賜的紅玉簪不慎碎了，她道是凌夫人的丫鬟打碎的，要將凌夫人的丫鬟拖下去打死。隨後皇后娘娘趕到，制止了美人的行為，查明這紅玉簪是美人自己摔碎的，皇后娘娘命美人向凌夫人致歉，美人不肯，娘娘沒辦法，便命人來請陛下。」

皇帝的臉已經陰沈得能滴下水來了。

席間響起隱隱約約的議論之聲，不知怎麼的，不少人想起了錢太后。賊喊捉賊，倒打一耙，兩者還真有異曲同工之妙。

眼下才區區一個美人就對一品誥命夫人下手，這氣焰未免太囂張。

這時凌淵站了起來，對皇帝抬手一拱。「陛下，臣妻年輕性怯，眼下怕是驚魂未定，臣想先帶她回府壓驚。」

年輕性怯？虧他說得出來！

被架在火山烤的皇帝，嘴角顫了顫，乾巴巴道：「這其中怕是有什麼誤會。」這話連他自己都不信，許清玫對洛婉兮的怨恨他心知肚明。

「那玉簪必然是許美人心愛之物，所以許美人才會失態。」凌淵說得十分善解人意，可眸光清冷。

皇帝臉皮忍不住顫了顫，太傅最疼愛他這位夫人，眼下雲淡風輕，內裡怕是怒不可遏，否則不會提出中途退場。他忍不住看了看旁邊的晉王，目光又移到挺立的凌淵身上。

這兩人真的聯手了嗎？

皇帝嘴裡發苦，同意了凌淵提早告退的請求，不過他本人並沒有去後宮，而是傳話讓皇后自己處理。

凌淵走後，慶功宴也很快就結束了，一來時辰差不多了，二來先是晉王與韋家的婚事，再是出了許清玫和洛婉兮的事，誰還有心思。

凌淵在路口接到了洛婉兮，看她神情鬆快，便也輕輕笑了。「不生氣了？」

洛婉兮抿唇一樂。「氣消了。」許清玫鄭重道歉，她場子找回來了，為什麼還要為這種人繼續生氣？

凌淵便也沒說什麼，直到出了宮，上了馬車，才問她怎麼回事。

洛婉兮便說了一遍，還有點加油添醋的意思，末了輕哼一聲。「才是個美人，尾巴就翹上天了，等她再升位分，下次她要拖下去打死的就該是我了。」

「沒有那一天的。」凌淵摸了摸她的臉，語氣篤定。

洛婉兮也覺得沒有這個可能，皇帝自身難保，也就許清玫覺得自己上的這條船是沈不了的巨輪，殊不知已經千瘡百孔，要不她也不會這麼寸步不讓。
「聽說晉王和韋家姑娘訂親了？」
話音剛落，車外就傳來篤篤篤的聲音，有人來了。
說曹操，曹操到。
來的正是晉王，他坐在馬背上，嘴角含笑，令人如沐春風。光這身氣度便勝了皇帝一籌，怪不得有人把寶押在他身上。
凌淵拱手。「王爺。」
晉王抬手還禮，笑吟吟道：「此番前往邊關巧遇凌將軍，閒談之間凌將軍頗為遺憾，不能親自喝到凌閣老的喜酒和滿月酒。」
他又道：「本王回京時，凌將軍還托本王帶了一些邊關土儀送給凌閣老和凌夫人，明日就讓人送到府上，還望二位不要嫌棄。」語氣間與凌洛十分熟悉的模樣。
凌淵面不改色。「有勞王爺了。」
「舉手之勞罷了！」晉王隨意一笑，像是才注意到一旁的洛婉兮，臉色微微一正。「今日夫人受委屈了，區區一美人竟敢以下犯上，實在是……」
晉王輕嘆了一聲，沒有說下去，像是顧忌那是皇帝寵妃。
洛婉兮笑了笑。「皇后娘娘已經為我主持了公道。」
晉王眸光微微一閃，他想拉攏凌淵，但凌淵顯然是陸家那一邊的。陸家不滿意這皇帝，卻也不會支持他，於他們而言，自然是擁立小皇子利益最大。

晉王又客套了兩句才離開。

凌淵放下窗簾，低頭就見洛婉兮臉色端凝，撫了撫她的眉眼。「不用擔心。」

洛婉兮抬眸朝他笑了笑，笑意卻不達眼底。

她怎麼能不擔心呢？晉王來勢洶洶，可小皇子的影還沒見到呢！萬一叫晉王捷足先登了，於他們而言，那就是前門拒虎，後門引狼。所以最一勞永逸的還是皇后生一個皇子，再退一步就是嬪妃生皇子也是好的，陸靜怡身為嫡母，抱過來養名正言順。

可最快也要一年的時間，加上小孩容易夭折，怎麼著也要兩、三年，到時誰知道晉王能走到哪一步，眼下晉王已經與韋家聯姻了。

「凌洛和晉王……」洛婉兮咬了咬唇，看著凌淵，萬一凌洛也投靠了晉王的話……

見凌淵目光幽幽的看著她，洛婉兮忙道：「我知道你不會支持晉王的，我就是擔心到時候你夾在中間難做。」她擔心的是凌洛，凌淵打小就疼這個胞弟。

「老九精著呢！」凌淵彎了彎嘴角。韋家想更上一層樓，可對凌洛而言，岳家還能比從小將他帶大的親兄長更可靠？

看著他成竹在胸的神情，洛婉兮便放了心。他既然這麼說，她自然是信的。

此時，上書房內，皇帝和祁王也在說晉王的事，若說之前皇帝對晉王有二心的說法是將信將疑，那麼這會兒就是深信不疑了。

皇帝頓時如臨大敵，不由自主就想起了先帝和景泰帝之間的恩怨，他絕不想重蹈先帝的覆轍。可眼下錢太后不在宮裡，皇帝發現自己竟連個商量的人都沒有。

唯一能想起的也就只有德高望重的祁王了，當下就命人把走到宮門口的祁王又請了回來。

等皇帝支支吾吾透露出他懷疑晉王有不臣之心後，祁王沈沈一嘆。「方才老臣問過，晉王怎麼會和韋家結親。」

還能為什麼，自然是為了兵權。皇帝心道。

祁王瞥一眼皇帝。「事關女兒家閨譽，還請陛下莫要聲張。」

皇帝被吊起了好奇心。

「韋將軍家的幼女巾幗不讓鬚眉，女扮男裝隨父出征，晉王惜他少年英雄，頗為親近，哪想他是女兒身。一日去找她時，不慎撞上人家姑娘在沐浴，如此一來，晉王自然要娶韋姑娘的。」

皇帝呆呆地張了張嘴，怎麼也想不到是這麼一回事。可晉王與手握重兵的武將家聯姻是事實，還拐了一道彎連上了凌淵。凌淵對他肯定不滿了，尤其還出了今天這樣的事。

祁王看著皇帝。「陛下，用人不疑，疑人不用啊！」

「可、可……」

祁王忽然一撩衣襬，跪在皇帝面前，將皇帝驚了一大跳，連忙去扶他。

祁王卻是推開皇帝的手，正色道：「陛下，有些話臣今日非講不可。昔年孟子告齊宣王曰：君之視臣如手足，則臣視君如腹心；君之視臣如犬馬，則臣視君如國人；君之視臣如土芥，則臣視君如寇讎。別的不說，就拿陸家來說，陸家的確蠢蠢欲動，然而若非錢家欺人太甚，太后娘娘過分偏袒，陛下和皇后與陸家何至於鬧到這一步？便是出了皇后流產一事，陸大將軍還是交出兵權，就是在向陛下表忠心，可太后……」

祁王痛心疾首的一搖頭。「太后視陸家如草芥，陸家豈不視太后如寇讎？設身處地一想，臣要是陸家，臣也要握著手裡的權勢不放了，眼下還有權勢都被如此對待，若是無權無勢，豈不成了砧板上的魚肉，任人宰割！」

皇帝面色一會兒紅一會兒白，來回變幻不定。就聽祁王繼續痛聲道：「陸家之事，朝廷上下都看在眼裡，可說是人心惶惶，朝臣們都在怕，怕陸家倒了，下一個就輪到他們了。誰知道他們哪天就得罪了錢家，得罪了太后娘娘。」

皇帝心裡發涼，顫著聲道：「不會的。」

「可陛下已經開始懷疑晉王不是嗎？」祁王抬頭看著皇帝。「是太后又與陛下說了什麼吧！」

皇帝的臉忍不住抽搐了兩下。

祁王幾乎要老淚縱橫。「陛下啊，治國不是後宮爭寵，太后一深宮婦人哪裡懂得治國之道？太祖為何定下後宮不得干政的祖訓？就是因為婦人眼界有限，又偏袒娘家，怕她們誤國啊！

「便是陛下要治臣死罪，臣有一句話也不吐不快。要不是太后，陛下豈會幾次三番與朝臣發生衝突，如今朝上更不會一團混亂。陛下真的還要繼續對太后言聽計從？臣怕再這麼下去，後果不堪設想。陛下可聽說過官逼民反，老百姓但凡有活路，哪個願意當反賊，還不都是當官的肆意凌辱，逼得百姓無路可走才不得不舉起反旗。反正橫豎都是一個死，還不如做了反賊痛快些。」

祁王的話好比雷轟電掣，皇帝整個人都呆住了。

上書房內這一番話，原該只有皇帝和祁王知道。可第二天，不少人都知道祁王淚諫皇帝，連內容都知道了七七八八。

在晉王那樁事上，他們保留意見，但是祁王說錢太后的那些話算是說到了他們心坎裡了。

要是皇帝從此以後只把錢太后供著，不再順著她胡鬧，這皇帝還算可以救。可若是祁王都說到這地步，皇帝還要繼續當個言聽計從的大孝子，那這皇帝著實可以放棄了。

轉眼又到了洛三老爺的生忌，這一天洛婉兮帶著洛鄴並一雙兒女前往白馬寺為亡父作法事。凌淵還要上朝，遂他晚些再過來，反正作法事也不是一時半會兒就能結束的。

出了往生殿，洛婉兮摸了摸洛鄴的腦袋。「怎麼了？」小傢伙欲言又止，似乎有心事。

洛鄴抬頭看了看她，訥訥道：「我想祖母了……」

洛婉兮頓了下，沈吟片刻後開口。「明年我再帶你回臨安一趟好不好？眼下壯壯和融融還小。」她也想帶兒女去看看祖母和父母。

洛鄴眼前一亮，不敢置信。「可以嗎？」

了。

「當然可以。」洛婉兮笑起來，就見這孩子如釋重負的笑了，看來他有這個念頭很久了。

洛婉兮牽了他的手，溫聲道：「大概就是明年開春後，那會兒天氣暖和，水路也好走，我們可以在臨安小住一陣，你還能見見你的小伙伴。」

洛鄴頓時眉開眼笑，腳步都有了小小的雀躍。

洛婉兮忍不住掐了他的臉一把。小男孩長成了小少年，臉上的嬰兒肥逐漸褪去，遠沒有當年的手感了，洛婉兮深以為憾，正要說該多吃些多長肉，就聽見一陣喧譁。

一個人從旁邊的樹林裡跑了出來，還沒走近就被護衛們攔住了。

那人渾身血淋淋，腳上連鞋子都沒穿，脫力一般癱在了地上，仰著頭定定的看著前面的洛婉兮，似是認出了她，眼底驟然發光。「凌夫人，救我！」

洛婉兮一愣，細細一看，終於在久遠的記憶裡翻出了一張相似的面龐。

這不是應該還被關在皇陵裡的小福王嗎？

一群侍衛緊隨其後出現，直奔癱在地上狼狽不堪的福王。

不消吩咐，在場的凌家護衛便自動將福王圍在中間。

領頭一濃密髭鬚的侍衛抬手向洛婉兮行禮。「驚擾了夫人，還請夫人見諒，末將這就將人帶走。」說著一揮手，便有兩人上前要拉福王。

「不要，夫人救我！他們會殺了我的！」福王猶如老鼠見了貓，一個勁兒往後躲，語無倫次的尖叫。「太后要殺我，夫人救我，太后要殺我！」

「放肆！」一個面白如粉的太監尖聲道：「福王得了癔症，胡言亂語，還不快將他帶回去治療！」

洛婉兮目光在瘦骨嶙峋、血跡斑斑的福王身上繞了又繞，印象裡福王是個陽光白淨的小少年，這會兒倒像是從哪個煤礦裡跑出來的難民，瘦得一張臉都脫了形，神情徬徨又膽怯，哪有昔年的神采飛揚？

「夫人救我，夫人救我！」福王看著洛婉兮，嘴裡來來回回都是這一句話，眼底的乞求猶如實質。

「慢著！」洛婉兮向凌風使了一個眼色，淡聲道：「福王身受重傷，當務之急還是請人為王爺包紮。若是有個好歹，到底有損陛下和太后娘娘聖名。」

不管是為了小福王這淒慘模樣而生出的憐憫之心，還是衝他說的錢太后要殺他，洛婉兮都不可能把人交出去。皇帝既然把福王放在皇陵想昭示自己寬厚，就得承擔他娘虐待福王的後果。

「事關宗室，還是派人去通知祁王一聲為好。」洛婉兮說完，便有護衛離開，自然會順便通知一下凌淵。

薛公公細長的眉眼一拉。「凌夫人放心，咱家帶福王回去後，定會派御醫給福王包紮。太后娘娘聽說福王犯病跑了出來，十分擔心，眼下還在等著呢。」

洛婉兮掃他一眼。就是因為錢太后，所以她才一定要把人留下，她還準備讓這白馬寺裡所有人都來看看小福王的慘狀呢！

「那公公還不趕緊派人回去向太后報個信，免得太后擔心？」洛婉兮擰眉，不滿地看著薛公公。「眼下小王爺傷成這模樣，自然是以包紮止血為主，不止血反而急著送回皇陵，豈不本末倒置？路上要是出個三長兩短，這結果誰擔當得起？」

說罷不理會臉色難看的薛公公一行，命人抱起福王去找僧侶治傷。

十三歲的少年被輕輕鬆鬆抱了起來，錯眼間洛婉兮瞥見他空蕩蕩的褲腿，心裡有些不是滋味。鄭氏一系固然討厭，可福王到底還只是個半大少年。殺人不過頭點地，這麼虐待一個孩子，委實讓人齒冷。

尤其見福王這模樣，洛婉兮不由思及己身。若是在與皇帝這一場較量中輸了，福王的今日便是他們一家子的明日。

她不禁心下一涼，忍不住握了握拳頭。

「且慢！」薛公公皮笑肉不笑地看著洛婉兮。「夫人放心，咱家會先請人為福王治傷，再送回皇陵。」

「不要，我不要跟他們走！」洛婉兮還沒拒絕，被抱起來的福王已經尖叫出聲，他瑟瑟發抖地縮在護衛懷裡，歇斯底里的叫起來。「他們會殺了我的，太后想殺我！」

薛公公臉皮抽搐了下。「福王病得不輕，整日裡胡言亂語，就不給夫人添麻煩了。」說著打了個手勢，便有侍衛過去帶人。

凌家護衛上前一步，攔在福王面前，手已經按在刀柄上。

「凌夫人！」薛公公臉色驟變，聲音冷下來。「這是什麼意思，咱家可是奉太后娘娘之命行事。」

洛婉兮微微一笑，指了指噤若寒蟬的福王。「小王爺驚成這模樣，我怎麼敢把人交給公公，萬一嚇出個好歹，豈不是罪過？上天有好生之德，何況眼下咱們可是在廟裡，更得積德行善。薛公公也不用著急，你帶福王去療傷和我帶福王去治傷又有何區別，公公不放心，大可在一旁看著。」

她側過身對凌風道：「還不趕緊送去廂房，再耽擱下去，怕是不好。」

第九十九章

薛公公急了。「凌夫人這是要跟太后作對?!」

「公公的意思是，給福王療傷就是跟太后作對？」洛婉兮臉色一整。「公公莫要忘了，縱使鄭氏有罪，可福王終究是天家血脈。太后身為嫡母，豈會見死不救？公公在這兒百般阻擾，才是給太后娘娘臉上抹黑，讓人以為太后娘娘容不得庶子。」

薛公公大怒。「放肆！」

「放肆！」這一聲是桃露喊的，她粉面生威，冷冷地直視薛公公。「我家夫人貴為正一品夫人，豈是你能呼呼喝喝的?!」

薛公公眯起眼，語帶威脅。「凌夫人，不看僧面看佛面，還請夫人看在太后面上，把人交給咱家吧！」

「我看是你在這兒假冒太后名義行事，」洛婉兮猛然變色。「便是太后在此，也會以福王身體為重，可你卻在這兒阻擾我帶福王去療傷，可見居心不良。莫不是你等暗害福王，怕福王指證你們！」

薛公公臉色大變。「夫人莫要血口噴人！」

「既不是，你又何必阻擋我救人？」洛婉兮一揮衣袖，一臉不想與他廢話的冷漠，沈聲吩咐。「咱們走！」

薛公公瞪大了眼，心急如焚。若是讓福王就這麼走了，等他說出什麼來可如何是好？太后娘娘定然會扒了他的皮！情急之下，薛公公也顧不得太多，悄悄做了個手勢。

他的侍衛便動了起來，看架勢是要搶人。

洛婉兮這邊也早有防備，第一時間先將洛婉兮保護起來，隨後幾個丫鬟就機靈地大喊：「殺人啦！」

福王也十分靈醒，撐著一口氣開始喊：「太后要殺我，他們想殺人滅口！」

這兒的動靜早就引來不少人悄悄圍觀，這幾嗓子喊下去，效果不亞於往沸水裡澆了一瓢冷水。

洛婉兮出行向來前呼後擁，不僅丫鬟、婆子多，侍衛更多，還都是個中高手，一個頂倆。而薛公公出來尋福王，自是不想驚動人，免得把事情鬧大，故人手有限。

兩廂對比，毫無疑問是洛婉兮穩占上風。

薛公公盯著洛婉兮，目光陰冷如毒蛇。「凌夫人這樣，咱家可沒法向太后交代。」

「我也覺得你沒法交代了，我不過是想速速讓人為福王治傷，以防萬一，你卻巴不得福王不治而亡的模樣，還不惜刀劍相向，這行為怎麼看都是想要殺人滅口。」洛婉兮說道。

因男女有別，故她不曾親見福王傷勢，只能聽下人回報，聽聞他渾身沒一塊好肉，燒傷、鞭傷、刀傷……應有盡有，甚至還被施了宮刑。

她眼底湧現不忍和憤怒。錢太后恨鄭氏情有可原，哪怕錢太后殺了福王也能理解，但是如此凌辱一個半大少年，但凡有絲毫憐憫之心的人都做不到無動於衷。

趕來的凌淵一見洛婉兮神情，便知她是被福王的情況刺激得心頭不忍，遂上前握了握她的手安慰。

洛婉兮對他搖了搖頭，示意自己沒事。

「凌閣老，隨我一道進去看看福王。」也趕來的祁王對凌淵道。事情鬧成這樣，已經不僅是宗室內部的糾紛了，明兒必然會在朝上引起軒然大波。

凌淵微一頷首。

「你先進去看看吧！」洛婉兮推了推凌淵。

不一會兒又有人來了，是皇帝跟前的李公公。

李公公尷尬地向洛婉兮等人行了禮，低頭匆匆進了廂房，心裡不停碎碎唸。這叫什麼事啊？太后怎就不能消停一下，都去皇陵了，還要捅樓子，嫌自己名聲太好了不成！

過了好一會兒，凌淵他們才出來。

兩廂辭行，待人一走，洛婉兮便問：「怎麼個說法？」

「祁王先帶福王去見皇帝。」凌淵道。

洛婉兮撇了撇嘴角。「最後肯定又不了了之。」皇帝豈肯讓人把他親娘怎麼著，只是可憐小福王，被人折騰得生不如死。

見她神色鬱鬱，凌淵安慰道：「多行不義必自斃。」

洛婉兮抬眼看他，悶悶道：「我知道，就是心裡不大痛快，你也親見福王情況了。」她頓了下。「太狠了！」

凌淵握了握她冰涼的手，放柔了聲音道：「別多想，不會有那麼一天的。」

洛婉兮眨了眨眼，明白他知道她是聯想到自己。她晃了晃腦袋，甩走胡思亂想，忽而小聲問：「福王能順利跑出來，是不是有人在背後相助？」

福王腿都瘸了，若是無人暗中幫忙，不可能從皇陵跑到白馬寺，還順利跑到她跟前。對方連她都利用上，知道她不會視而不見。雖明知如此，但洛婉兮還真不會放過這個機會。

「晉王。」凌淵緩緩道。

洛婉兮一笑。果然是他，也只能是他了。

翌日朝會上，便有御史為福王之事參錢太后為母不慈，甚至還有人參洛婉兮不敬太后的。

吵嚷一番之後，皇帝推了薛公公出來當替罪羊，宣佈一切都是薛公公因為與福王之母鄭氏有舊怨，所以假借太后名義虐待福王，錢太后對此一無所知。

反正皇帝就是這麼說的，信不信就是大夥兒自己的事了。

而參洛婉兮的御史則被集體忽視了，在福王被虐待的事實面前，再追究敬不敬太后就有些滑稽可笑了。

隨著薛公公遭車裂之刑，事情看似就這麼結束了——如果忽略底下的流言蜚語。

直到七日後，在皇宮內養傷的福王不治身亡，隨即一名老太監在鬧市口攔下祁王的官轎，痛哭流涕地說之前因為福王還要在錢太后和皇帝眼皮子下討生活，故他一直不敢說出真相；可如今福王已經被害死，他拚著一死也要給福王討回一個公道。

原來凌虐福王的人根本不是薛公公，而是錢太后。皇陵裡多得是宮人能證明，福王遭受酷刑時，錢太后親自在旁觀刑。

攔轎喊冤的老太監將好不容易稍稍平息的輿論再一次推向了高潮。

福王之事早已在民間傳得沸沸揚揚，雖然皇帝把薛公公推出來做了代罪羔羊，然而說實話，真沒多少人肯信。

錢太后早已在朝野內外留下了心狠手辣的名聲，一個連親孫子都忍心下手的人，會出手對付有舊怨的庶子，在所有人看來都是理所當然的。再說，錢太后被迫遷居到皇陵，自然是積了一肚子的火，同樣被關在皇陵裡的福王，可不正好被她用來撒氣？

不過他們雖不信，但朝上無人有異議，任由皇帝指鹿為馬，小老百姓還能怎麼辦，只能茶餘飯後議論兩聲罷了。

可眼下這層窗紙終於被捅破了。

祁王臉色凝重，讓人把老太監帶進了皇宮。

皇帝臉色蒼白，六神無主。

這模樣祁王已見慣了，反正出了事，皇帝除了不知所措外，別指望他有什麼其他反應。

祁王語氣硬邦邦的。「陛下，之前為了朝廷的名聲，朝臣們睜一隻眼閉一隻眼，由著福王一事敷衍過去，實在是朝廷和皇室不能再出醜事了。」

皇帝忍不住心虛地低下頭。

「可如今，」祁王壓抑著怒氣。「這事在大庭廣眾之下鬧出來，若是再這麼糊裡糊塗的揭過去，後果恐不堪設想，歷來防民之口甚於防川。」

皇帝小心翼翼道：「不過一太監爾。」

祁王抬眸看了皇帝一眼，接下來他想說那太監是失心瘋還是受人指使？他是沒派人調查過民間輿論吧，眼下外頭的人十有八九已經認定是錢太后殘害福王，皇帝所做的一切都是包庇。

祁王甚至敢打賭，這老太監絕不是第一個跳出來的。皇陵那麼大，錢太后做事時可沒藏著掖著，證人多得是。

只是祁王目前還不能確定這幕後之人是陸皇后一系還是晉王一派，可也不妨礙祁王道一聲高明。

之前任由皇帝顛倒是非，推出薛公公頂罪，讓皇帝成功把天下人當傻子糊弄了一回。等薛公公伏法後再爆出錢太后是真凶，把皇帝包庇錢太后、視國法為兒戲的行徑暴露在天下人面前，百姓的憤怒可想而知。

「陛下真以為朝野內外不知真相如何嗎？」祁王冷聲反問。

皇帝臉色慘白。

「陛下自欺欺人不夠，還要所有臣民與您一起自欺欺人嗎？」

皇帝頭一次見祁王如此疾言厲色，嚇得一個哆嗦，忍不住往龍椅內縮了縮。

祁王望著他，目光有一瞬間變得複雜難辨。

「可朕又能如何，那是朕的母后啊！」片刻後，皇帝痛苦地抱住了腦袋。福王那淒慘的模樣也讓他於心不忍，可錢太后是他親娘，當年太后在鄭氏手下受了多少委屈，他怎麼能為了福王去懲罰太后？何況太后已經遷居皇陵，便是要懲罰他又能怎麼罰，還能打罵自己生母不成？

這時，李公公心急如焚的跑進來。「陛下，諸位宗室王爺和內閣大臣覲見！」

聞言皇帝臉色劇變。來者不善，善者不來。

事實上的確如此，祁王這兒有個老太監，好幾位宗室老王爺那裡也遇到替福王喊冤的太監或宮女。之前他們還能勉強裝聾作啞，可現在有人把遮羞布掀了，宗室們要是再沒反應，從此以後還有誰瞧得起宗室？錢太后再矜貴，那也姓錢；福王有罪，可他姓朱！

朱家人被欺負成這樣，他們要是一聲不吭，日後都沒臉見人了，所以他們來找皇帝要一個交代。

以凌淵為首的內閣聞訊而來則是因茲事體大，宗室考慮的是顏面，內閣考慮的是國家的風氣。錢太后身為一國之母，卻如此虐待庶子，要是天下嫡母都學她，天下還不大亂？

皇帝臉上不斷冒著細汗，無助地看著對面的祁王。「皇叔？」

祁王垂下眼。「一而再、再而三，陛下，您不能再縱容太后下去了。」

皇帝心口發涼。「那朕該怎麼辦？」

若是個聰明的，這會兒就該壯士斷腕，令錢太后剃髮出家，在先帝面前悔過，再收回她所有特權，派人仔細盯著她。畢竟那是太后，百善孝為先，讓錢太后去死也說不過去。

「陛下想怎麼辦？」祁王不答反問。

皇帝支支吾吾說不出話來，他自然是想大事化小，小事化無。

祁王道：「陛下若是不知該如何處理，不如群策群力，召諸位大人和王爺進來商議。」

皇帝臉色一白，他怎麼敢召見他們，他們肯定會逼他懲罰太后的。

「皇叔讓他們先退下，容朕想想……容朕想想。」

祁王無奈地嘆了一聲，出門為皇帝當說客，自然是徒勞無功，宗室大臣們一定要向皇帝討一個說法。

君臣一直膠著至傍晚，上書房內終於傳出了消息，皇帝要親自去皇陵調查一番。這自然是藉口，事情真相早就一清二楚，就連他們都有管道得知真相如何，皇帝還能不知道？

不過只要皇帝不裝死就行，這一天、兩天他們還是可以等的。

宗室大臣們這才離開，皇帝鬆了一口氣，急忙趕往皇陵。

錢太后正想找他呢，她剛剛查到，那些為福王鳴冤的人都是晉王安排的，氣得錢太后七竅生煙。晉王之狼子野心昭然若揭，也就她那傻兒子覺得晉王是忠心的。在這一刻，晉王的威脅甚至超過了陸家，畢竟陸靜怡還沒兒子！

皇帝一進來就發現地上一片狼藉，到處都是碎瓷片。「母后！」

錢太后老淚縱橫。「皇帝，我們都被晉王耍了，那些告狀的太監和宮女都是晉王這個畜生安排的，他就是想敗壞你的名聲。」

皇帝腦子裡嗡了一下，第一反應竟不是憤怒，而是懷疑錢太后所說的是否屬實，他怕這又是錢太后的伎倆。自從晉王立了功，錢太后就覺晉王有不臣之心了。

錢太后被兒子懷疑的表情氣了個倒仰。「你不信？」

「母后可有證據？」

錢太后指著皇帝的手都在哆嗦，她壓了壓火道：「那個宮女已經撞牆自盡了。」死無對證，皇帝不知道自己該擺出何種表情才好。

「可那些告狀的宮人還沒死，」錢太后神色一厲，恨聲道：「你好好去審，好好去查，一定能撬開他們的嘴。只要他們指證晉王，你再宣佈福王是被晉王命人害死的，目的就是為了栽贓哀家。」

她也知道福王一事鬧得太難看了，對她和皇帝的名譽損害極大。自己虐待福王這一茬遮掩不住，但只要把福王的死歸咎於晉王，那落在她身上的流言蜚語就能少很多，還能乘機除去晉王。

皇帝嘴唇哆嗦了下，腦子裡一團漿糊，不知道該不該信錢太后的話。私心來說，若幕後黑手是晉王，對他自然是好的。這麼想著，皇帝心裡忍不住升起愧疚。

這模樣看得錢太后心頭一股火，怒聲道：「你不信哀家！」

皇帝低了頭。「兒臣這就去辦。」

奈何那些太監不約而同的說自己都是自願的，之所以敢出來為福王鳴冤，是因為早年受過鄭氏和福王的恩德。

反倒外界傳出皇帝推出一個薛公公卻壓不住流言蜚語，就想再推晉王出來當替罪羊的消息。此外還有兩個守在皇陵的侍衛，也站出來證明錢太后對福王的暴行，更是坐實了錢太后殘害福王之事。

一時間，街頭巷尾、茶寮酒肆議論紛紛。

在朝臣宗室的壓迫下，皇帝不得不妥協，同意讓宗人府出面看管錢太后，又在一眾人的要求下，點頭絕不會接太后回宮，但是讓錢太后出家什麼的，皇帝是萬萬不肯答應。

這個結果，皇帝不滿意，其實朝廷宗室也不滿意，可若不肯各退一步，這事就僵在那兒成了死局。

最後也只能如此了，在皇帝命人以親王之禮厚葬福王後，算是告一段落。

福王的葬禮十分隆重，不少宗室重臣都送了奠儀過去。

葬禮上的盛況傳到皇帝耳裡，猶如打翻了調味料，令皇帝五味雜陳。還有晉王，他已經不知道該如何面對這個堂兄，更不確定這位堂兄是否有反心？

他眼前一會兒是錢太后聲色俱厲說晉王狼子野心的畫面，一會兒又變成祁王語重心長說的「官逼民反」。

皇帝反覆咀嚼最後四個字，突然覺得有些透不過氣來。

第一百章

更讓皇帝透不過氣來的事接踵而至。福王頭七過後，皇陵開始鬧鬼，準確來說是錢太后看見福王了，但是宮人和侍衛表示一切正常。

落在旁人耳裡自然是她心虛所致，消息傳到祁王那兒，祁王只得派御醫過去。

可錢太后見鬼的症狀越來越嚴重，不消半個月，人就憔悴不堪，神志都有些混亂了。祁王報到皇帝那兒，皇帝悄悄派了高僧和道士去了幾趟，然而依舊毫無成效。

「……怕是福王死後怨氣難消，所以回來報仇了，要不怎麼就太后看得見，咱們一點都沒影響？」

「誰說不是呢，福王實在是太慘了，就連我都瞧著於心不忍。」

「行了，不知道皇陵裡陰氣重？妳們還在這兒說有的沒的，不怕招來什麼不乾淨的東西？」略年長的宮人輕輕呵斥了一聲。「趕緊回房，天要黑了。」

兩個小宮女應了一聲，一吐舌頭就要回房。

一轉身就見眼周發青、眼底布滿血絲的錢太后惡狠狠地瞪著她們，嚇得三人腿一軟就跪在地上，磕頭求饒。「太后饒命、太后饒命！」

錢太后額上青筋暴跳，厲喝：「打死打死，拖下去亂棍打死！」

幾個嬤嬤便上前拖著人，那三個宮女聲淚俱下的求饒。「太后饒命啊！」

錢太后陰沈著一張臉，無動於衷。

眼見求饒不得，其中年紀最小的宮女神色一變，變得猙獰怨毒。「我就是做了鬼也不會放過妳的，妳等著，我會跟福王一塊兒回來找妳的。」

錢太后心臟驟然停了一拍，暴跳如雷。「快點堵住她的嘴！」

很快那三個宮女就被堵著嘴拖了下去，只拿一雙怨毒的眼睛死死盯著錢太后。

錢太后頭皮發麻，四肢發涼。

大宮女玉蘭一看不好，忙道：「快扶娘娘回寢殿。」

錢太后被扶進寢殿，吃了藥之後，精神略有好轉，不一會兒就睡了過去，可沒睡多久，又驚坐起來。「不要過來，哀家是太后，哀家是太后！」

她雙眼大睜，不住往後縮，似乎是看見了極為恐懼的事情。

「太后、太后！」七嘴八舌的議論聲響起來。

錢太后置若罔聞，見有人走近，抄起玉枕就砸過去。「鄭如燕妳這個賤人，妳以為妳做了鬼，哀家就會怕妳嗎！哀家不怕妳，哀家是太后，哀家的兒子是皇帝，是真龍天子！」

宮人面面相覷，想靠近卻又近不了身。

直到錢太后自己累了，神志也似乎恢復過來，她望著滿地狼藉，瞳孔縮了縮。皇陵陰氣重，長此以往，她一定會被鄭氏母子倆害死的。

「皇帝，快讓皇帝來見哀家！」錢太后大聲喊道。紫禁城龍氣重，她兒子還是天子，她就不信鄭氏母子倆還敢來尋她！

耗。

於是皇帝悄無聲息地將錢太后接回了皇宮。

負責看守錢太后的宗人府侍衛阻撓不得，只得放行，然後十萬火急的通知了祁王這個噩

彼時，祁王正與晉王月下小酌，陪坐的還有祁王世子和江樅陽。

晉王淺酌一口，苦笑一聲。「與皇叔這般坐著喝酒的日子，怕是喝一次少一次了。」

「堂兄何出此言？」祁王世子訝異。

晉王幽幽一嘆。「福王之事被告發，太后認定了是我做的。就是陛下，」他仰頭灌下一杯酒，握著酒杯的手上青筋清晰可見。「陛下也疑了我。若那幾個太監和宮女不是交由皇叔審問，而是交給別人，那些人早就被屈打成招，指認是我指使他們的了。陛下……陛下這是想讓我給太后當替罪羊啊！」

「你不要多想，事情已經過去了。」祁王道。

晉王搖頭。「皇叔不必安慰我，陛下已經懷疑我了，何況太后已經認定是我設計她，她是萬萬容不得我了。天下皆知，陛下是個孝子！」

祁王靜默了一瞬，才道：「太后已經被禁足皇陵。」

「可陛下隔三差五就要去探視太后，」晉王扯了扯嘴角，又給自己注滿了酒杯。「說不定什麼時候陛下就把太后接回宮了。」

「若是哪天姪兒遭了難，還請皇叔代為照顧府上家小。」晉王對祁王舉起酒杯，似在拜

託。

祁王板著臉道：「你說什麼喪氣話？」

「福王前車之鑑就在眼前，叫我如何不擔心？說句大不敬的話，太后心胸委實不寬廣，指不定哪天她就出手對付我了。」

祁王道：「你別胡思亂想，大臣和宗室們不會由著陛下胡鬧的。」

話音剛落，就有人急匆匆跑進來。「王爺，皇上將太后娘娘接回宮了！」

祁王臉皮抽了抽，一臉的尷尬。剛說不會由著皇帝胡鬧，皇帝就胡鬧了。

晉王目光一閃，拿著酒杯的手輕輕一晃，不是恐懼而是興奮。這可真是意外之喜。

雖心中大喜，他面上卻浮現悲哀之色。

「皇叔去勸勸陛下吧！」晉王萬般無奈道：「福王之事餘波未消，陛下還剛在朝上信誓旦旦保證絕不會接太后回宮，誰知卻……明天朝野內外還不鬧翻了天。」

祁王垂了垂眼皮。「該說的和不該說的，我都說了。陛下聽不進去，我又能如何？再去說不過是討人嫌罷了，沒得糟了別人的眼。」

晉王望著他難掩失望的面龐，若是願意勸，證明還沒放棄，當連勸都不肯勸時，那是覺得無可救藥，不肯白費口舌了。

這一刻晉王心緒翻湧，祁王在宗室內位高權重，且因為他處事公正，一直以來對皇帝苦口婆心的勸導，而不是一味逢迎，所以在朝臣中口碑和人緣也極佳。若是得了他的支持，於他不亞於如虎添翼。

祁王不著痕跡地掃一眼晉王，到底還年輕，哪怕極力掩飾，還是洩漏了真實情緒。晉王很高興，他也的確有理由高興。皇帝越讓臣民失望，局勢便對他越有利。

就是不知錢太后「見鬼」這事是不是出自晉王手筆？看守錢太后的都是他的人，他一直都查不到蛛絲馬跡，可即便如此，他依然堅信背後有人搗鬼，世上哪有什麼鬼神。

還有那些替福王伸冤的太監和宮女，祁王也堅信背後有人指使。但時至今日，也不能確定是不是晉王安排的，目前唯一能確定的，也就是福王能順利逃出皇陵乃晉王一手主導。

若這些都是他安排的，祁王心神一凝，他就要重新估量一下這個姪子了。

兩人各懷心思，也都沒了繼續飲酒的興致，晉王提出告辭後，祁王便讓長子代他送客。

「錦衣衛那兒你多上點心。」祁王對江樅陽道。

現任錦衣衛指揮使病重，皇帝因為找不到好的人選替代，並沒同意他致仕的摺子，令他在家休養，錦衣衛便順理成章的落到兩位指揮同知手上。

要不是江樅陽年紀、資歷不足，祁王都想使把勁把他拱上指揮使之位，想來皇帝這個面子還是會給他的。

江樅陽抬手一拱。「您放心。」猶豫了下，他看向祁王。「晉王那兒……」

晉王之心，昭然若揭，也就皇帝還糊裡糊塗的。

「且看看吧！」祁王語氣幽幽。「我總是希望太太平平的，可有時天不遂人願。然不管局勢如何變化，咱們家都得有自保之力，你明白嗎？」

江樅陽垂首道：「明白。」

祁王便笑了笑。

前腳皇帝和錢太后剛回到皇宮，後腳消息就傳入勛貴重臣耳中。又不是瞎子，那麼一大群活人，想裝沒看見都難。

礙於皇宮已經下了鑰，大家都只能摩拳擦掌，等著第二日早朝時好好進諫一番。

外臣進不了宮門，宮內人就沒這個顧慮了。陸靜怡聽聞皇帝把錢太后接了回來，立即寫了中宮箋表命人呈給皇帝。大意便是「人無信而不立，勸皇帝三思而後行」。

皇帝命人回傳一句：百善孝為先。

當時坤寧宮裡除了陸靜怡，還有良妃等之前被錢太后坑害過的嬪妃，那一瞬多少人差點撕裂手裡的錦帕，尤其是良妃，一張俏臉瞬間陰沈如水。

次日早朝上，毫不意外的一群御史跳著腳上奏，說皇帝這樣出爾反爾有損帝王威嚴，且失信於天下，讓天下人如何看待他和朝廷。

皇帝知道朝臣們肯定會反對，可錢太后哭鬧著要回宮，自己要是不答應，她就尋死覓活，再看她被嚇得人不人、鬼不鬼的樣子，皇帝哪裡忍心拒絕。

面對義憤填膺的群臣，皇帝嚥了口唾沫，咬著牙不肯鬆口，來回就是兩句話，百善孝為先，再就是保證等錢太后痊癒就送她回皇陵。

可誰會信？之前保證絕不接錢太后回宮的那個人不也是他？

說到後來，一御史指著上首的皇帝，聲色俱厲地歷數皇帝登基以來的荒唐事。一是縱容母族欺凌功臣，過河拆橋，忘恩負義；二是孝期失德，與人淫奔；三是包庇母族，徇私枉法；四是虐殺手足，栽贓嫁禍，不仁不義；五是言而無信，不堪為君！

說罷，這御史一頭撞上金柱，當場血流如注。皇帝嚇得癱在龍椅上說不出話來，還是凌淵命人將這個御史抬下去救治。

凌淵抬眸望一眼九層臺階上三魂六魄似乎只剩下一魂一魄的皇帝，沈聲道：「陛下金口玉言，豈可棄信違義？還請陛下三思。」

「請陛下三思！」朝廷上下異口同聲道。

壓力如排山倒海般襲來，皇帝的臉唰地一下子褪盡了血色。

見皇帝愣在那兒，大臣們再次開口。「請陛下三思！」

第三次後，皇帝竟是落荒而逃，留下一眾大臣們面面相覷，百般滋味在心頭。

且說皇帝一路跑到慈寧宮，錢太后難得睡了半個月以來的第一個好覺，精神大有好轉。果然皇宮禁地，那些牛鬼蛇神都進不來了，她正盤算著找一些高僧收了鄭氏母子倆，讓他們永世不得超生，就見皇帝急赤白臉地跑進來，神色張皇。

「皇帝怎麼了？」

見了她，皇帝就像是見到了救命稻草，把朝上的事一股腦兒說了出來。

錢太后大罵那御史其心可誅，以此為自己博美名，罵完了就開始哭。「他們是想逼死哀家，讓哀家死在皇陵裡啊！」

皇帝嘴唇嗡了嗡，望著老淚縱橫的錢太后，讓錢太后搬回皇陵的話怎麼都說不出來。

倒是錢太后主動說了，她咬牙切齒，語氣是恨不得將滿朝文武都拖下去打死的怨毒。「皇帝，你趕緊召集得道高僧，只要他們把鄭氏那對賤人母子倆收了，哀家就回皇陵，不會讓你為難的。」等她兒子大權在握，她再好好和他們算帳。

「母后，兒子不孝。」皇帝動容道，自己竟連親生母親都護不住。

錢太后淚濕眼眶，母子倆忍不住抱頭痛哭了一場，錢太后抹著淚道：「大臣們能把你逼到這地步，歸根究柢還是你手上可用之人太少了。」

關於這一點，皇帝深有體會。

錢太后建議道：「你可效仿先帝，利用廠衛壓制朝臣。靠著廠衛，不過兩、三年，先帝在朝上就說得上話了。」

母子倆在這頭盤算著用廠衛打壓群臣，朝臣們也在盤算著怎麼打壓皇帝。

這打壓還不是一般的打壓，尤以宗室最活躍，這一回皇帝是把宗室們得罪狠了。錢太后把福王虐待得不成人樣，皇帝的處罰還不痛不癢，可起碼皇帝說了絕不會接錢太后回宮，好歹宗室把面子圓了回來。可才多久，皇帝就把人接回了慈寧宮，一巴掌甩在宗室臉上，又響又脆！

宗室四下周旋，支持的是晉王，凌淵則是他們主要的說服對象。陸家有個皇后的緣故，想拉他們支持晉王不可能，但是凌淵不同，畢竟他和陸家只是姻親，前頭還得加一個「乾」字。

大抵也因為這個「乾」的緣故，不少人往洛婉兮這兒使勁，在他們看來，洛婉兮身為填房，對原配多多少少有那麼點微妙心理。

只是這當口，陸靜怡突然傳出喜訊，這個節骨眼上中宮有孕，對許多人而言絕對是晴天霹靂。但是對另一些人而言，好比久旱逢甘露，又如定海神針，雖然是男是女尚未確定，可到底給了他們一線希望。

晉王得知消息後差點捏碎了手裡的茶杯，很快又平靜下來，就算皇后沒有懷孕，陸家也寧願選擇過繼，而不是支持他。

想著，晉王突然笑起來。他著急，宮裡的錢太后怕是比他更著急。

錢太后那頭急得嘴上起泡，冥思苦想良策，可不等她想出妙計，陸靜怡就打亂了她的計劃。

陸靜怡被診出身孕的第四天，坤寧宮出了大事，她見了紅，徹查後才發現有人偷偷在她的安胎藥裡加了紅花，幸好她喝得不多，否則這個孩子凶多吉少。

為此陸靜怡大為震怒，然而卻查不到蛛絲馬跡。

消息傳到外頭，絕大多數人第一反應就是錢太后做的，誰叫錢太后有前科，她能害了良妃腹中骨肉再陷害皇后，怎麼可能容得下皇后誕下嫡子？

錢太后差點氣了個倒仰，她根本就還沒出手，怎麼可能在這個風口浪尖上動手？在錢太后看來，這十有八九是皇后自導自演的一場好戲，就為了抹黑她。

遂她命人往民間放話，可收效甚微，大多數人依舊認定是她幹的，氣得她砸碎了一堆瓷器。

更火上澆油的是，陸靜怡休息三天好轉後，便提出要去景山行宮休養。

皇帝自然不會答應，她這一走，落在外人眼裡豈不是因受錢太后迫害又無法懲戒，所以不得不避出宮嗎？

「若是陛下當著天下臣民的面保證，如果皇兒有個三長兩短，最後查出來是人為的話，不管凶手是誰、不管她如何尊貴，都會依照國法行事，那臣妾便留在坤寧宮養胎。」陸靜怡一瞬不瞬地盯著皇帝。「陛下敢保證嗎？」

這話意思就是——要是錢太后害她，皇帝不許包庇。

而皇帝沒有矢口否認，反而臉色一僵，張著嘴說不出話來。

陸靜怡心下一哂，這等於承認皇帝也覺錢太后會出手，明知如此，皇帝還想留下她。陸靜怡忍不住輕嘖了一聲，她真有些擔心腹中這孩子，日後要是隨了他父親這一脈，可如何是好？

「陛下連這個承諾都不肯給臣妾，那為何還要強留臣妾在宮中，」陸靜怡蒼涼一笑。「陛下就如此容不下臣妾的孩子了？」

「不是的。」皇帝一怔，想說點什麼又說不出來，心亂如麻，半晌才為難道：「妳這樣離開，讓外人如何想？」

陸靜怡奇怪地看著皇帝，神情似譏含諷。「陛下若是在乎外人如何想，就該把太后送回皇陵，而不是強留臣妾在皇宮，卻連一個保證都不敢給。」

皇帝臉色一白，眼睜睜看著陸靜怡上了軟轎離開。

慈寧宮裡的錢太后聽聞消息，差點氣暈過去，趕忙命人去攔，可已經晚了。

等皇帝過來，錢太后劈頭蓋臉就是一通訓斥。「你怎麼能讓她離開?!」去了景山行宮豈不是鞭長莫及。

皇帝垂首不語。對於陸靜怡，他滿心愧疚，他是真的下不了手。

也許那會是個女孩——他忍不住想。

第一百零一章

長平大長公主看著陸靜怡平坦的腹部，幽幽開口。

「但願這孩子爭氣些！」

皇帝一直在吃避孕的藥物，為了讓陸靜怡懷孕，他們費盡心機才尋來那秘藥，這藥無論是對男女還是對孩子身體都有損害，若非陸靜怡堅持要親生骨肉，以免養不熟，他們更想借腹生子。再不濟，從宗族裡過繼一個也是可以的。

陸靜怡輕輕撫著腹部。「祖母放心吧，這定會是個小皇子。」就算不是，也必須是。

過繼來的孩子，誰知道待他長大後會不會想認祖歸宗，史上又不是未出過先例。一朝權在手，便追封生父生母，把養母撇到一邊。哪怕只有萬分之一的可能，她也不想冒這個險，她不想辛辛苦苦為別人做了嫁衣，日後還得因為不是親母子，就小心翼翼地維持關係，讓娘家也跟著戰戰兢兢。

長平大長公主抬眸，望著她眉宇間的凌厲之色，心頭一澀。

這孩子在這事上也著了相，以目前局勢來看，從宗室裡抱一個無父無母、親緣單薄的幼兒是最穩妥的法子，無奈她堅持己見，而家裡本就對她滿心愧疚，只好隨了她去。

但願這是位小皇子吧！

待到陸靜怡肚子微微凸起時，韋家的送親隊伍也出發了，這一場婚禮因其意味深長而萬眾矚目。

豈料韋氏女半路遇上了悍匪，所幸人無礙，只丟了部分嫁妝。

此事一出，坊間流言滿天飛，大多數人都認為是錢太后和皇帝為了破壞晉王和韋家婚事做的手腳。

事後洛婉兮問過凌淵，這倒真是一場意外，是一群彪悍的山匪見財起意。可哪怕後來當地官府宣佈是山匪所為，信的人卻寥寥無幾，誰讓太后心狠手辣和皇帝徇私包庇的形象已經深植人心了。

種什麼因，得什麼果，再苦也得自己吞下去。

而宮裡的皇帝在聽見外頭的風言風語之後，只剩下滿嘴苦澀。如今已經無人肯信他了，可這能怪誰，是他自己當著天下人的面先食言而肥的。

在漫天的流言蜚語中，新任晉王妃的花轎終於抵達了京城，一路送到晉王府。

晉王府裡高朋滿座，文臣武將濟濟一堂，就是陸家一系的官員也都去喝喜酒了。

皇帝讓人盯著晉王府，傳回來的盛況讓他心驚膽戰，無論是大婚時的熱鬧，還是晉王妃三不五時的宴客，都讓他打從心底裡不安。

這一陣晉王夫妻倆都在不遺餘力地拉攏人心，看情況還拉攏得不錯，大臣們也頗為認同二人，就連凌淵似乎也與陸家生分，反倒與晉王府親近起來的模樣，還有流言說晉王已經和凌淵結了兒女親家。

這天，皇帝剛下了朝，就去看錢太后。

錢太后最近被流言蜚語氣得病倒了，臉色蠟黃，眼窩凹陷，完全下不了床，只能繼續在宮裡住著。

今天早朝上，那些大臣又來參她一本，她已經聽說了，遂忍不住老調重彈，又說起東廠一事。

「當初你要是不把東廠撤了，何至於這樣束手無策，起碼能抓到晉王不法的把柄。」他們都知道晉王要反，可沒有證據，皇帝也不能胡來。

皇帝不禁心浮氣躁，當初廢東廠容易，可再想重新設立卻千難萬難。他才提了一句，內閣連同六部尚書沒一個同意的，眼下又聽錢太后抱怨，皇帝心裡更煩悶。

錢太后兀自道：「陸家就看著晉王在那兒蹦躂，一點都不擔心。」一開始她還以為陸家會和晉王掐起來，可陸家卻無動於衷，一副晉王謀朝篡位也無妨的模樣。

想起陸家，皇帝就百感交集，若是陸家還站在他這邊，晉王何以敢這樣明目張膽？再聽見錢太后的聲音，便不可自抑生出一股躁意，要不是母后咄咄逼人，他怎麼會和陸家鬧得這麼僵？

「母后，朕還有公務要處理，先行告退。」皇帝忍著心煩意亂，對錢太后拱了拱手，轉身離開。

錢太后愣住了，眼前都是方才皇帝不耐煩的模樣。

「皇帝！」

皇帝聽而不聞，頭也不回的離開。

錢太后頓時如墜冰窖。

皇宮裡沒什麼秘密，外頭很快就知道了慈寧宮的事，頗有那麼點大快人心。

暗潮洶湧間，就到了中秋佳節。

宮中設宴，按照舊例，三品以上的大臣們皆可攜眷參加。

洛婉兮今年卻沒去，她已有兩個月的身孕。不比之前，眼下這個不省心得很，妊娠反應頗重。

進宮前，凌淵還特地回來一趟。

嫿姐兒已經稍微會走路了，一見到她爹就撲了上去，露出八顆小牙齒。「爹！」

凌淵一把撈起小女兒舉了舉。

小姑娘便格格格笑起來。「飛飛，飛飛！」

正在羅漢床上爬得歡的烜哥兒抬頭看了過來，便叫：「爹、爹，爹爹——」小眼神頗為羨慕。

洛婉兮摸了摸兒子的胖臉蛋。「誰讓你還不會走路呢！」

嫿姐兒膽大得很，還不會走就想跑，摔了幾回就會走了。這小子卻十足的謹慎，小心翼翼的，要扶著東西才願意慢慢走，要是不讓他扶，一鬆手，他就一屁股坐在地上，死活不肯走，也不知像了誰！

凌淵抱著女兒走過來，用另一隻手抱起兒子，烜哥兒這才心滿意足。

「你坐下來，怪重的！」洛婉兮卻心疼起他了，兩個都是小胖胖。

凌淵依言坐下，柔聲問：「今天感覺怎麼樣？」

「好！」搶答的是嫿姐兒，見父母都看過來，她興奮地在凌淵懷裡跳了跳。

「妳倒是好！」洛婉兮掐了掐她的小鼻子。「把我的貓都嚇瘦了。」

嫿姐兒扭著小身子躲。

與她鬧了兩下，洛婉兮才道：「今兒好多了，雖有點小噁心，不過沒有吐，胃口還不錯。」

聞言，凌淵便放心了，一邊陪著兩個小的玩，一邊和洛婉兮說話，看時辰差不多了才道：「我走了。」

洛婉兮應了一聲，跟著他站起來，一路走到門口。

「別擔心！」看出她的憂慮，凌淵抬手理了理她的鬢髮。

洛婉兮突然踮起腳尖在他臉上親了親。「小心點，我們等你回來過節。」

臉上溫溫軟軟的觸覺，讓他忍不住笑起來。

洛婉兮目送凌淵離開，斜陽將他的身影拉得老長。她忍不住抬手撫了撫眼瞼，壓下心中的擔憂。

一大早，凌淵就和她說今天不要出門，神情鄭重一如去年二月二。

當時她心裡便是咯噔一響，去年先帝駕崩，新皇登基，當時還有人想以蕭氏名義引她出府，意圖利用她威脅凌淵，叫她如何不擔心？再想問，凌淵卻是三緘其口，只讓她放心，她只好不再追問。

金碧輝煌的宮殿內，坐在上首的皇帝不由自主地握緊了酒杯，下意識看向離得最近的祁王。

祁王正與一老王爺說笑，若有所覺的望過來，就見皇帝眉宇間掩不住的緊張。

祁王暗暗嘆息了一回，這皇帝本質上不算是個壞人，只是不適合做皇帝，優柔寡斷、毫無主張，還耳根子軟。

見祁王對他暗暗點了點頭，目光安撫，皇帝紊亂的心稍稍平靜了一些。他忍不住去看晉王，晉王正滿面春風地與人說著什麼。

忽而晉王轉頭，就撞進皇帝眼裡，他舉杯對皇帝遙遙一敬。

皇帝愣了下，嘴角往下一沈。

晉王不以為然，逕自喝完手裡的酒。

皇帝不安地動了動手指，突然覺得手裡的酒杯說不出的沈重。

身後的小太監見晉王酒杯空了，殷勤地上前斟滿。

琥珀色的酒液在月色下泛著柔和的光暈，晉王再度舉起了酒杯。

皇帝呼吸一滯，緊緊地看著他的手。

變故就發生在電光石火之間，晉王毫無預警地一把拉過那小太監按在案几之上，一手掐住他的脖子，另一手將掌中酒灌入他口中。

那小太監驚駭欲絕，劇烈掙扎起來，可晉王瞧起來文文弱弱，一雙手卻猶如鐵鉗一般，文風不動。

眨眼之間，那還在掙扎的太監就抽搐起來。晉王手一鬆，那太監便滾落在地，雙手死死掐著自己的脖子，嘴裡湧出一口又一口的黑血，眼耳鼻處也流出血來。

這場面驚得一眾宮人大聲尖叫。

文臣武將們倒尚算鎮定，可以說他們對類似的情景早有了準備。

坐在晉王對面的凌淵眉峰不動，勾了勾唇角，瞟一眼憤怒的晉王後，再看向上首的皇帝。

皇帝嚇得臉色都變了。

晉王痛心疾首地看著皇帝。「就因為臣此次監軍僥倖立功，殿下便要鴆殺臣，陛下何以如此心胸狹窄！」

皇帝吞了一口唾沫，撐著一股氣道：「晉王結黨營私，意圖謀朝篡位，來人啊，拿下他！」又對一眾朝臣道：「朕只誅首惡！」

找不到把柄將晉王明正典刑，遂他只能出此下策。若是任由晉王這麼結黨下去，待他坐大，自己想除去他就更難了。屆時怕是要主動謀反，與其這樣，不如先發制人。

話音剛落，立在周圍的侍衛便拔出劍，顯然皇帝早就安排好了。這些人不只氣勢洶洶地衝向晉王，還衝向凌淵和陸國公的席位。

凌淵輕輕一笑。將他們和晉王一起剷除，這個想法十分正確，不過皇帝顯然太高估自己和小瞧他們了。

晉王掄起酒壺砸在中央的空地上，指著上首的皇帝厲喝：「君倒行逆施，不堪為帝！在你手上，恐祖宗基業、萬世社稷不保！」說著大喝一聲，一群侍衛竟然倒戈。

皇帝駭然，又聽殿外驟然響起兵戈碰撞與廝殺喊叫之聲，登時嚇得不知所措，不免看向祁王。

皇叔說會幫他的。

此時此刻，景山行宮內也迎來了一群不速之客，還有幾個宮人試圖與對方裡應外合打開宮門，不過沒等他們動手，就被一直監視著他們的人拿下了。

金蘭不免有些擔心，尤其是隱約傳來的慘叫和打鬥聲讓她頭皮發麻，不由得喊了一聲。「娘娘！」

陸靜怡坐在黃花梨木搖椅內，輕輕撫著隆起的腹部，神色如常。「放心吧，家裡早有準備。」

話是這麼說，可劍懸在頭上，哪能不擔心？然而大抵是受她影響，金蘭到底稍微鎮定了一些。

陸靜怡瞥她一眼，沒再說話。

晉王想謀反，她這個懷孕的皇后自然是眼中釘、肉中刺，畢竟皇帝死了，她的孩子才是最名正言順的。

「娘娘，現在宮裡也亂起來了吧？」金蘭小心翼翼地問了一句。

陸靜怡望了望外頭，聞到空氣中若有似無的血腥味，不適地皺了皺眉頭。晉王都派人來對付她了，宮裡豈會太平？

皇帝可千萬別死了，畢竟她的孩子離出生尚且還有幾個月，國不可一日無主，皇帝要是有個三長兩短，也是一樁麻煩事。半死不活的最好，只要有一口氣在，宗室大臣們也不好說什麼。

陸靜怡淡淡地嗯了一聲，半晌後突然道：「該結束了吧！」

皇宮內的混戰才進行到一半，想要先發制人的皇帝卻反被制住，他想趁此良機一舉誅殺晉王和凌、陸兩家，可對方早有準備，亂軍之中亦是毫髮無傷，反倒是他自己被晉王的人砍成了重傷，奄奄一息，倒下前還在看著祁王，滿眼的不解和恐懼。

凌淵迅速派人保護住一息尚存的皇帝，開始認真平亂。

晉王看向一直都沒動手的祁王，祁王亦是心急如焚。

皇帝雖把虎符交給了他，可大隊人馬進宮不是小事，少不得要走漏風聲，所以他只能安排在外頭，此外他還安排江縱陽帶著錦衣衛隨時候命，等待適當的機會便進宮救駕，可左等右等，這些人還是沒到達，祁王不由生出了不安。

這當口，晉王已四面楚歌，就連祁王自己也逐漸被包圍。

與他們的緊張急迫相反的是凌、陸兩派的鎮定。

祁王穩住心神，盯著走近的凌淵。「你想做什麼？連我也一塊兒剷除，好隻手遮天？那你是不是也要把在場的大臣都處置了？」

凌淵淡淡一笑，答非所問。「宮外的援軍，王爺等不到了。」

祁王瞳孔一縮，就聽凌淵道：「宮門已經被封。」

皇城固若金湯，想進來十天半個月都沒個準。

祁王臉皮微微一抽。「凌閣老好手段。」

凌淵笑了笑。

這時晉王已經被拿下，他的玉冠不知何時掉了，頭髮披散，臉上還有血污，狼狽不堪，完全不復平日的儒雅。

晉王對凌淵冷笑一聲。「技不如人，本王甘拜下風！」

他雖然一直在拉攏凌淵，但今天他也做了一併除掉凌、陸兩家的打算。只因這兩家勢力太大，哪個皇帝坐在上頭都會不安。

設身處地一想，凌淵自然也不會放過他。

「晉王爺連身邊人都看不透，就算不輸給我，你也不會贏的。」凌淵頗有深意地看著晉王。

晉王一愣。「你是什麼意思？」倏地心頭一顫，看向不遠處的祁王。

他一直以為祁王是幫他的，難道……

凌淵也看著祁王。「王爺謬讚，比不得你能將陛下和晉王爺玩弄於股掌之間。」

說著，他輕笑了一聲。「兩人對你都深信不疑，以為你是他們的助力，對我可都是恨不能除之而後快。」

晉王心頭一悸，不敢置信地看著臉色越來越難看的祁王。「皇叔，你說你會幫我的。」

「一派胡言！」漸漸不支的祁王對凌淵暴喝一聲，他神情冷峻的看著晉王。「本王一直以來都只忠於陛下，與你虛與委蛇也是為了讓陛下能知己知彼。」

晉王勃然變色，像是受到了巨大的打擊。

片刻後，祁王的人手被漸次除去，沒了護衛的祁王束手無策，只能被擒。

他冷冷地睨著凌淵。「你這是要殺盡朝中忠君之輩，好方便你們獨攬朝政？」

若真是純粹忠君之輩，還真不好就這麼殺了。凌淵好整以暇地望著大義凜然的祁王。「雁過留痕，王爺真以為我沒有證據？」

螳螂捕蟬，黃雀在後，誰都想當那隻笑到最後的黃雀。

祁王在皇帝和晉王之間左右逢源，打的就是想利用晉王剷除皇帝和凌、陸兩家的主意，等三敗俱傷後，他便出來勤王救駕。

屆時以他在宗室和朝野中的威望，把自己孫兒過繼給皇帝，想來不是難事。

雖祁王也動過自立的念頭，可有違倫理綱常，畢竟朝堂上那些士大夫最是講究規矩，且他也沒辦法隻手遮天，遂只能壓下念頭。

從本質上來說，祁王打的主意和凌淵不謀而合，都是想利用晉王殺了皇帝，然後自己「平亂」，誰也不想擔上謀朝篡位的污名。

可惜自己終究不如凌淵這老狐狸把持朝政十幾年，根深柢固。

祁王死死盯著閒庭散步一般的凌淵。他小心謹慎，連自己的女婿江樅陽都不知道他的心思，一直都以為他是替皇帝辦事，凌淵哪來的證據？

凌淵望一眼緊張的祁王，卻沒有再說下去，而是揮手讓人把重傷的皇帝抬走，又命人將祁王連同晉王一同帶下去，隨後讓人去遣退宮門外的將士。

大局已定，那些人只要夠聰明，就不會負隅頑抗。

第一百零二章

過了子時，凌淵方回來。

彼時洛婉兮亦沒有睡，凌府離皇城不過幾里遠，那麼大的動靜豈能毫無所覺？更何況還有人打著謀逆的名義，要進來把凌府一眾人帶走。

凌府女眷嚇得花容失色，最後還是凌老爺子厲喝一聲，才讓驚慌失措的眾人安靜下來。老爺子又把一眾人轉移到慈心堂，然後命長孫凌煜帶著家丁和護衛守護宅院。一切井井有條，看來是早有準備的。

一直到了亥時一刻，府外企圖破門而入的聲響才消失，過了一會兒凌風便回來報了平安。

見到凌風那一刻，洛婉兮方鬆了一大口氣，懸在喉嚨口的心落回肚子裡。不過她回到隔壁後還是睡不著，哄睡了兩個小的，就倚在榻上等凌淵。

「夫人，大人回來了！」桃枝驚喜交加的聲音響起。

在榻上閉目養神的洛婉兮霍然睜開眼，站了起來。

「夫人慢點兒！」桃露趕緊扶住她，深恐她摔一跤。

「小心！」門口的凌淵伸手接住快步而來的洛婉兮，又忙道：「我沒事！」

洛婉兮充耳不聞，只拿一雙眼仔細地打量他，還伸手上下摩挲。

凌淵失笑，捉住她的手親了親，放柔了聲音道：「我真的沒事！」

洛婉兮看著他，突然露出一個如釋重負的微笑。

凌淵也笑了，擁著她回房，轉移她的注意力。「孩子們都睡著了？有沒有嚇到？」

「還好。」洛婉兮緊緊握著他的手，似乎是在害怕著什麼。「一開始哭了兩嗓子，哄了哄就睡著了。」

「大家都沒事？」洛婉兮不放心地問他。

凌淵道：「陸鐸受了點輕傷，其他人都好好的，妳要是還不放心，明天可以去公主府看看。」

洛婉兮猶豫了下搖頭道：「過兩天再去吧！現在那邊肯定忙得很。」她已經從凌風口中得知事情的大概經過。皇帝重傷，陸靜怡身為皇后就該回去主持大局，公主府女眷怕是要進宮。

「真想不到，竟然會是祁王……」洛婉兮唏噓，一直以來她對祁王的印象都不錯。

「利益動人心。」凌淵笑了笑。

洛婉兮問：「去年皇后流產也是祁王做的？」

「那倒不是，是晉王動的手，不過祁王推波助瀾，還乘機用查案的機會幫晉王抹掉了一些證據。」所以錢家怎麼也洗不清自己的嫌疑。

洛婉兮嘆了一聲。「總算都結束了。」

先帝時期，她擔心凌淵被清算，好不容易先帝死了，原以為終於能過安穩日子了，萬不想這皇帝登基沒幾個月就鬧出一大堆事，惹得晉王蠢蠢欲動。

凌淵拿指腹摩著她的臉，低嗯了一聲。

洛婉兮被他看得有點不好意思，側了側臉道：「你累了一天了，趕緊去洗漱一下，明天還有得要忙。」說完拉著凌淵往淨房走，掃尾工作繁瑣又複雜，一不小心也是會鬧出大亂子的。

凌淵被她推進淨房，洗了個熱水澡沖去一身疲乏，睡了一覺養足精神後，天未亮就前往政事堂。

為了避開錢太后層出不窮的么蛾子而離宮的陸靜怡，也浩浩蕩蕩地回到了皇宮主持大局。

第一件事便是處置謀逆的晉王，晉王造反顯而易見，無人有異議。晉王被賜毒酒，看在他龍子鳳孫的分上好歹留了全屍，晉王妃被賜白綾，晉王的女兒則除名。

晉王黨羽中涉事極深的如楊家，男丁被問斬，女眷被沒入教坊司，輕一些的也是流放。而晉王妃的妻族韋家因為戰功免於死罪，只被罷官奪職。韋家在軍中頗有威望，且剛立了功，若是賜死，一來寒人心，二來對方要是狗急跳牆，也是一樁麻煩。

接下來便是祁王。處置祁王比晉王更難，不管是本人的資歷還是姻親故舊的影響力，兩位王爺都不在同一個層面上。所以哪怕有證據證明祁王下達了「若是皇帝沒有死於晉王之手，務必要在混亂中動手除掉皇帝」的命令，也因為祁王手中的虎符，讓不少人以為他是奉皇帝命令行事才會聽從調遣，故而處罰也僅限於祁王府及其妻族。

祁王夫婦下場和晉王夫妻一般無二，成年兒孫被賜死，未成年者宗室除名，女眷則發還娘家。其中便有楊炳義剛剛嫁進祁王府的孫女。這是為了安穩人心，引起不必要的麻煩。

福慧郡主朱玲玉也因父之過，被褫奪了封號，不過罪不及出嫁女，於她也無別的懲罰，可家破人亡對她而言生不如死。尤其是兩位母家表姊被夫家休棄後憤而自盡，朱玲玉日漸沈默，在父母頭七當日懸樑，幸好被及時救下。

「聽說南寧侯辭了官，帶著福慧郡……」洛婉妤半道改了口。「帶著他夫人回臨安了。」

正在逗兒子的洛婉兮微微一愣，複又道：「京城對她而言就是傷心地，離開了也好。」

洛婉妤接道：「可不是，這世道像南寧侯這樣有情有義的男人少之又少！」她輕輕一撇嘴。「這一陣多少人家休妻，厚道一點的也就是和離，再好的也會把媳婦送到家廟裡去。」說是罪不及出嫁女，可婚姻乃結兩姓之好，女子失了娘家這個靠山，可不就成了夫家砧板上的魚肉。

像江樅陽這般對妻子不離不棄的簡直是鳳毛麟角，她還聽凌煜說過，祁王謀反之事江樅陽毫不知情，上頭也不打算追究，畢竟他只是女婿。

想起這一陣聽到的幾樁慘事，洛婉兮沈默了一瞬。「如此也不枉江夫人這些年對南寧侯的一片癡心了。」

「所以說啊，還是江夫人眼光好，看人看得準，要是挑到那些狼心狗肺的，現在哪有活路？」洛婉妤感慨，身為女人總是對重情重義的男人格外有好感。

洛婉兮揶揄。「妳眼光也很好！」

洛婉妤嗔她一眼，反擊。「哪有六嬸眼光好？」

洛婉兮笑了笑，閒話了一會兒，看時辰差不多了，洛婉妤便離開。

洛婉兮就坐在榻上看著她的胖兒子蹣跚學步，嫿姐兒已經走得很溜了，搖搖晃晃走在邊上，小眉頭皺得緊緊的，似乎是在嫌棄弟弟居然還不會走路。

看了會兒，嫿姐兒覺得無聊，跑到洛婉兮身邊摸著她平坦的腹部喚：「弟弟、弟弟！」

「弟弟在那兒呢！」洛婉兮故意曲解她的意思，指了指扶著長凳慢慢走的烜哥兒。

嫿姐兒跺腳，抓著洛婉兮的衣服生氣地大叫：「弟弟！」

她一邊叫一邊指著洛婉兮的肚子，逗得洛婉兮樂不可支。

凌淵一踏進門就看到這一幕，含笑問道：「什麼事這麼開心？」

「爹爹！」一見到寶貝爹爹，嫿姐兒頓時不要母親了，張開手衝過去，兩個丫鬟趕緊一左一右護著。

凌淵蹲下身接住小砲彈似的女兒，嫿姐兒一頭栽進父親懷裡，在他脖子上蹭來蹭去。

正認真學走路的烜哥兒被他姊姊這一嗓子叫得轉頭，見姊姊窩在父親懷裡撒嬌，他含著手指歪了歪頭。

洛婉兮見兒子這小模樣，饒有興致地看著他。

烜哥兒「啊」了一聲，突然收回扶著凳子的手。洛婉兮眨了眨眼，聚精會神地看著穩穩當當立在那兒的小傢伙。

一旁的桃露趕緊張開雙臂，準備隨時接住他。

烜哥兒看了看她，小胖腿一抬就跌跌撞撞衝向凌淵。

凌淵輕輕一挑眉，做好了迎接小兒子的準備，哪想小東西才走出五、六步就失去了平衡。

幸好桃露眼疾手快，一把撈住了小主子。

落入安全的懷抱，烜哥兒沒有喜悅，反倒癟了癟嘴，哼哼唧唧起來。

洛婉兮一看就知道是怎麼回事，酸溜溜道：「還不趕緊抱抱你兒子，這是吃醋了！」明明是她從早到晚陪他們，兩個小的卻都更喜歡他們的爹，果然是遠香近臭。

凌淵失笑，抱著女兒上前，用另一隻手抱住兒子，果然小傢伙頓時由陰轉晴。

洛婉兮戳了戳他的胖臉蛋。「你的骨氣呢？頭幾個月你不是不喜歡你爹？」

被戳臉的烜哥兒茫然地看著母親，一雙大眼睛又圓又亮，看得洛婉兮也沒了脾氣。

忽然她皺了皺眉，看向凌淵。「哪來的藥味？」瞬間反應過來。「你去看望陛下了？」

凌淵略一點頭。

洛婉兮心裡一動。「陛下身體如何了？」

「拿藥吊著。」

「還是沒清醒？」

「沒有。」

「那御醫怎麼說？」

凌淵笑了笑。「盡人事，聽天命。」

洛婉兮心裡暗暗祈求皇帝能熬到陸靜怡生下兒子。再三個月，陸靜怡即將臨盆。

皇帝昏迷不醒，其實並沒有給朝廷造成太大的麻煩，說白了這個皇帝大多數時候都只負責蓋玉璽。然而朝廷上的氣氛依舊有些古怪，因為金鑾殿上空懸的龍椅。

皇帝神志不清，無法上朝，而陸靜怡還沒誕下小皇子，據太醫院傳來的消息，有九成把握這一胎是皇子，所以宗室想要過繼的念頭也站不住腳。若皇帝無子，過繼乃天經地義，可皇帝有子啊，只是還沒生出來。況且皇帝雖然成了個活死人，可到底沒死，故而「國不可一日無君」這個藉口也做不出文章。

宗室眾人只能望龍椅興嘆，扼腕不已。讓他們造反他們沒這勇氣，撿漏卻是誰都想撿一下的。多少人悄悄求神拜佛，祈禱皇后這一胎是個公主，這一陣諸天神佛也夠忙的了。

可惜讓他們失望了，年底，在一眾人的見證下，皇后誕下嫡長子，這孩子生得有些羸弱，讓不少人揪著心。

出生當日，小皇子便被立為太子。

彼時，乾清宮裡的皇帝還昏迷不醒，這幾個月他偶爾睜開眼過，然而神志模糊。

如今太子已立，昭示著一個新時代的來臨，朝廷上下的目光都聚焦在這位新出生的小太子身上，乾清宮裡的皇帝便顯得不那麼重要了。

隆昌二年三月，在病床上躺了半年的皇帝駕崩，不足百日的太子登基，成為有史以來最年幼的帝王。因小皇帝過於年幼，便在殿上設一紗屏，由陸靜怡抱著上朝，民間戲稱「娃娃皇帝」。

每一次上朝，文武百官都能聽見哇哇大哭聲從上頭傳來，場面頗為滑稽。

新皇登基，錢太后也被晉為太皇太后，這是孝道。陸靜怡不會為了意氣之爭而授人以柄，她甚至沒有把錢太后送回皇陵，而是繼續讓她住在慈寧宮。一些事先帝能做的，他們母子卻是不方便做，免得落下欺凌寡婦的名聲。

「娘娘，御醫說太皇太后快要不行了。」

陸靜怡頭也不抬地應了一聲，將兒子哄睡了才站起來，淡聲道：「去看看吧！」

慈寧宮依舊金碧輝煌，可再也沒了先帝時期的輕鬆愜意，一朝天子一朝臣，這裡的宮人身上都透著消沈頹喪。

宮人見到陸靜怡紛紛下拜。「太后！」

才走到門口，陸靜怡就聞到了濃郁的藥味，嘴角微不可見地彎了彎。

寢殿內，昔日盛氣凌人的錢太后已是骨瘦如柴，在皇帝被晉王重傷後，錢太后身子就垮了，可至少還有一線希望，然而等皇帝駕崩的喪鐘響起，錢太后當場就吐了一大口血，眼下不過是在熬日子罷了。

陸靜怡進來時她正撕心裂肺的咳嗽著，似乎要把五臟六腑都咳出來。

玉蘭正在替她順背，好一會兒才算止住了。

咳得眼前發黑的太皇太后看著帕子上的血，扯了扯嘴角慘然一笑，就聽見宮人的請安聲。

太皇太后如遭雷擊，霍然抬頭，就見緩緩走來的陸靜怡，雍容華貴，氣勢凌人。

「啊──」太皇太后尖叫一聲，就像看見滅門仇人般撲了過去，全無之前的虛弱。

想當然，她是碰不著陸靜怡的。

陸靜怡冷眼看著在宮人懷裡扭打掙扎、醜態畢露的太皇太后，她嘴裡還在語無倫次地罵著。「妳這個賤人，殺人償命，妳還我兒子……妳謀朝篡位，謀殺親夫……」

陸靜怡突然笑起來，她揮了揮手讓閒雜人等離開，只留下幾個心腹。

一群人如蒙大赦，看也不看歇斯底里的太皇太后，飛快退下。

一旁的玉蘭猶豫了下，不知道該不該走。

陸靜怡輕笑。「玉蘭，這兩年辛苦妳了，以後妳不必再照顧太皇太后，哀家已經替妳安排好去處。」

玉蘭大喜，忙道都是奴婢分內之事，又謝了恩。

太皇太后腦中嗡地一下，瞪大了雙眼，不敢置信的看著玉蘭。

玉蘭心虛地低下頭，小步快跑離開。

「她、她……」太皇太后指著陸靜怡。「她被妳收買了?!」

陸靜怡輕輕一笑，在旁邊的黃花梨木圈椅上落坐，才慢條斯理道：「良禽擇木而棲，誰讓母后倒行逆施，讓身邊人都覺得跟著您落不到個好下場，所以不得不另謀他路。」

「賤人！賤人！」太皇太后嘶聲痛罵，也不知是在罵玉蘭還是陸靜怡。

陸靜怡眉梢都不多動一下，輕輕撥弄著指套，慢慢道：「這宮女倒是個人才，用鄭氏母子嚇您，攛掇您回宮這主意，可是她想出來的。」

太皇太后簡直不敢相信自己的耳朵，眼珠子都快瞪出來了。

「您要是不回宮，先帝也不會失信於天下，讓滿朝文武對他失望透頂。也許這會兒，先帝還活著呢！」

太皇太后耳畔轟然作響，整個人如同秋風中的落葉瑟瑟發抖。

陸靜怡垂眸盯著她布滿血絲的雙眼，一字一頓道：「妳和先帝落到這地步，都是妳咎由自取。」

「不是我，是妳，都怪你們這群欺君罔上的亂臣賊子！」太皇太后抖著手指著陸靜怡，聲嘶力竭地控訴。「是你們……是你們害死了皇帝，是你們！」

陸靜怡漠然地看著癲狂的太皇太后，語氣平靜。「若不是妳自作聰明，如今妳還是金尊玉貴的太后娘娘，先帝也還安安穩穩的坐在龍椅上，說不定妳都有好幾個孫子孫女承歡膝下，能盡享天倫之樂。」

突然，她語氣一變。「可這一切都被妳給毀了，妳知道嗎？我們陸家的確想要榮華富貴、位高權重，可難道這不是我們該得的嗎？若非陸家，你們母子早就被廢了。可我們陸家從來都沒想過獨攬大權，凌駕在皇權之上。

「是妳，是妳以小人之心度君子之腹，容不得功臣，給先帝灌了滿腦子歪理，偏先帝又是個耳根子軟的，對妳言聽計從，以至於做了一件又一件的荒唐事，寒了天下臣民的心，否則晉王和祁王哪裡會起篡位之心？先帝也就不會眾叛親離，落得個枉死的下場了。再退一步，就算他們反了，若是陸家依舊支持先帝，先帝哪裡會毫無抵抗之力？可妳容不得陸家，我們憑什麼要幫先帝？所以妳說，先帝是不是妳害死的，妳是不是自作自受？」

「不是的……」太皇太后瞳孔縮了又縮，連連搖頭，喃喃道：「是你們害死了皇帝……」

陸靜怡輕嗤。「妳就繼續自欺欺人吧。」她慢悠悠站了起來，理了理袖襬。「母后放心，您薨逝後，哀家定然會將您風光大葬。」

太皇太后毫無所覺，猶在喃喃自語。「不是我……是你們害死了皇帝，是妳害死了皇帝……」

早知今日，何必當初？

陸靜怡嘴角一扯，旋身離開。

第一百零三章

六日後，太皇太后薨，喪訊傳到宮外，剛為先帝哭過的眾人再一次準備進宮哭靈。

這一次洛婉兮依舊告了病假，她懷著九個多月的身孕，哪裡敢亂走，尤其是龍鳳胎的前車之鑑就擺在眼前。因此滿七個月後，她是哪兒都不敢去了，就怕磕磕碰碰動了胎氣導致早產。烜哥兒的體弱多病是她一直以來的隱痛。

即便外人要說她恃寵生嬌，她也顧不得了，名聲哪裡及得上孩子重要？遂她安安分分地待在家裡，等待瓜熟蒂落。

如此這般到了四月中旬，洛婉兮正看著兒女在羅漢床上互相打鬧，突覺肚子一陣抽疼。時刻關注著她的桃露一驚，再一看羊水破了，趕忙扶住她，馬上命人去通知凌淵和產婆。

桃枝也立刻把兩位小主子連哄帶騙地抱走。

小孩子敏感，一看這架勢就嚎啕大哭起來，在丫鬟懷裡扭成了麻花。「娘、娘！」

洛婉兮聽得心都揪了起來。

兩個孩子一走，洛婉兮再也繃不住鎮定之色，雖然生過一次了，可她還是怕啊！

「夫人別擔心，」桃露一邊指揮下人將洛婉兮抬進早就準備好的產房，一邊安慰。「御醫都說了，小公子胎位正，您這又是足月的。」

豆大的汗珠順著洛婉兮的面頰往下淌，她勉勉強強回應了桃露一聲。

凌大夫人和洛婉妤聞訊趕來，見院子裡井井有條，並不需要她們指揮，便放了心，趕緊進了產房。

「通知妳家公爺了嗎？」凌大夫人問。

「已經派人去報信了。」

凌大夫人心下又是一定，女人生產猶如在鬼門關轉圈，要是洛婉兮有個好歹，她們可沒法向凌淵交代。

此時凌淵正在上書房與一干大臣議事，陸靜怡坐在屏風後頭。因為不是在金鑾殿這樣鄭重的場合，所以只有象徵意義的小皇帝並不在場。

上書房外的太監猶豫了下，一時倒不好決定要不要通報，想了想還是硬著頭皮進去了。凌閣老十分愛重他的夫人，若有個差池，他可擔待不起。

待太監傳了話，不等凌淵開口，簾子後就傳出一道溫潤的聲音。「女子生產不易，凌閣老趕緊回去陪伴洛姑姑吧，剩下的交給其他大人處理即可。」

凌淵抬手一拱。「多謝太后體恤。」

這時有人笑道：「咱們就先在這兒恭喜凌閣老了。」

凌淵笑了笑，笑意不達眼底。

諸人知道他擔心家中生產的妻子，便也不多言，畢竟女人生產真不是什麼容易的事，就是他們這些大男人都知道其中凶險，何況凌夫人之前就經歷過一次難產。

凌淵對他們略一頷首，便抬腳離開。

玉蘭鸚鵡鎏金立屏後，陸靜怡垂眸看著手上繁複的指套，上次那樣凶險都平安生下來了，這次想來也會順利的。若是再添個兒子，他應該會很高興吧！

凌淵趕到時，洛婉兮還沒生，不過無論是母親還是孩子，情況都不錯。

凌淵單膝跪在腳踏上，俯身親了親她汗沁沁的鬢髮。「沒事的，別怕。」

恍惚間對上他的眼，洛婉兮其實很想把這句話還給他，不過她實在是沒力氣開口了，感覺自己一開口就要尖叫起來。

這簡直疼死人，她想她以後再也不要生了。完全忘了生龍鳳胎時，她就咬牙切齒說過這話。

未時半，一道嘹亮的啼哭聲從產房裡傳出來。

「是位小少爺！」

「母子均安！」

「二少爺白白胖胖，可真標緻！」

隱隱約約的聲音傳來，讓守在外頭的一干人等喜形於色。

洛婉兮撐著最後一絲力氣，看了看折磨了她兩個多時辰的小東西，明顯比他兄姊剛生出來時壯實不少，心裡一鬆，眼睛一閉就昏了過去。

凌淵悚然一驚。

「夫人這是累暈了！」經驗豐富的產婆趕緊道：「睡一覺就好。」

凌淵繃緊的神經這才放鬆下來，憐惜地撫了撫她蒼白的面頰。

兩個兒子足夠了，他再也不想受這種煎熬了。

不一會兒，洛婉兮再添一大胖小子的喜訊就傳到了慈心堂，凌老夫人雙手合十，唸了一句阿彌陀佛。

「老六家的果然爭氣。」因烜哥兒一直以來的體弱，凌老夫人一直都有些擔心，這下總算徹底放心了。

「把那把如意金鎖取來。」這是她在小佛堂供了七七四十九天的。

取來金鎖，凌老夫人就興致勃勃地站起來。「走，瞧小娃娃去！」

於是，剛出生的凌二少爺就這麼被人圍觀了好幾場，哪怕他吐個奶泡泡都能引得人大驚小怪一番。

宮裡頭的陸靜怡也得到了消息，她低頭看了看搖籃裡的兒子，小傢伙剛剛因為吃藥哭了一場，現在臉色都還有些發青。

她低頭親了親兒子溫涼的臉蛋。「徹兒，你可得爭氣些！」

小皇帝嘴角輕輕動了下，似乎是在回應母親。

陸靜怡便笑了，轉頭吩咐。「金蘭，妳去挑些適合的禮物送去衛國公府，替哀家恭喜凌閣老和洛姑姑。」

金蘭頓了下後屈膝一福。「是，娘娘。」

洛婉兮這一睡就是兩個時辰，直到戌時才悠悠醒轉，一睜開眼就對上凌淵的雙眼。

「有沒有哪裡不舒服？」凌淵柔聲詢問。

洛婉兮忍著渾身的痠麻搖了搖頭。

「孩子呢？」她一張嘴就被自己嘶啞的聲音嚇了一跳。

凌淵扶著她的頭，將一盞蜜水遞過去。「先喝口水，」又道：「煉兒還在睡。」這名兒是早就想好的。

就著他的手，洛婉兮把一杯水喝得乾乾淨淨。

待她喝完，孩子也被抱來了。一見到孩子，洛婉兮臉上便露出笑容，頓時連疼都感覺不到了。

凌淵把孩子放在床頭。「孩子很健康。」

洛婉兮輕輕點了點頭，這孩子一看就健康得很。她低頭親了親他白嫩的臉蛋，一股子奶香味，甜膩膩的。

「壯壯和融融怎麼樣了？」洛婉兮想起了被她嚇得哇哇大哭的兒女。

「在用膳，等他們吃完便會過來了。」凌淵含笑道：「剛才姊弟倆還圍著煉兒轉，嘴裡嘰哩咕嚕了一通，也不知在說什麼。」

話音剛落，洛婉兮就聽見了嬗姐兒的小奶腔。「娘！」

她抬頭，就見桃枝抱著嬗姐兒，桃露抱著烜哥兒，一前一後進了屋。

嫿姐兒探著小身子雙手大張，凌淵起身抱過她放在床邊。

小丫頭扭來扭去想上床，凌淵抱著她不鬆手，怕她碰疼了洛婉兮。

嫿姐兒不滿地瞪著父親，那表情活脫脫就是「你好討厭」。

洛婉兮忍俊不禁，連忙轉移閨女的注意力。「融融和壯壯晚膳吃了什麼呀？」說著又摸了摸剛剛過來的烜哥兒的臉。

烜哥兒滿臉好奇地盯著弟弟，不由自主的伸手抓住了襁褓中的弟弟的手，恰在此時煉兒也不知是餓了還是尿了，咧開嘴哇地一聲哭了起來。

烜哥兒被驚得瞪圓了眼睛，趕緊甩開他的手，還下意識往後退了幾步，愣愣地看著大哭的弟弟，一副受驚過度的模樣。

嫿姐兒眨了眨眼，伸出肉乎乎的手，有模有樣的拍了拍弟弟。「不哭。」

在小兒子震天響的哭聲中，洛婉兮不厚道的笑出聲來。

另一頭，金蘭正在向陸靜怡彙報方才去衛國公府的情況。

「奴婢去時，凌夫人還在昏睡，不甚方便，遂奴婢傳達了娘娘的慰問後，並沒有進去探望凌夫人，凌閣老代凌夫人謝了恩。」金蘭畢恭畢敬地道。

陸靜怡有一下沒一下地把玩著手上的撥浪鼓，漫不經心的詢問。「看到了那凌二少爺了嗎？」

金蘭回道：「看到了，奴婢代娘娘看望了一眼。」

「情況如何？長得像誰？」陸靜怡饒有興致地問。

金蘭頓了下，斟酌著用詞。「恕奴婢眼拙，瞧不出凌二少爺更像誰一些，身體瞧著倒還可以。」

陸靜怡搖了搖撥浪鼓，叮咚之聲不絕於耳，半晌後才道：「身體好就好。」

她沒見過凌淵和洛婉兮的長子，不過根據祖母嘴裡的隻言片語，是個羸弱的。如今這個次子足月出身又是順產，想想也該健康壯實。

金蘭悄悄抬起眼皮看一眼陸靜怡，她知道主子一直以來對凌夫人有心結，眼下這麼聽著倒是替凌夫人高興，然她總覺得哪裡怪怪的，可又說不上來。

正當時，宮人來報小皇帝醒了，陸靜怡便收斂思緒起身看兒子。

「瞧咱們小陛下多俊俏，簡直跟娘娘一個模子印出來的。」金蘭笑著奉承。

許是知道金蘭在誇讚他，小皇帝咧嘴一笑，笑得心軟得一塌糊塗。

「娘娘您看，陛下笑了呢！」

陸靜怡眉結紓解，也輕輕笑起來。她低頭碰了碰兒子的臉，在心裡默默祈求兒子要平平安安。

陪兒子玩了一會兒，一直到他睡了，陸靜怡才起身，臨走前叮囑宮人仔細照顧，有事即刻回報。

出了大殿，外頭天都已經黑了，朦朧的月光灑在庭院裡的草木上，更顯幽深靜謐。

金蘭覷著她的臉建議道：「今兒月色這麼好，娘娘要不要散散步？您這一陣都沒怎麼好好休息過。」看得她這個做奴婢的都心疼了。
無論是朝事還是皇帝的身體，都壓得她喘不過氣來，哪有空閒休息。不過如今倒是好些了，前者她逐漸熟悉，不至於坐在簾子後一點都聽不懂。後者也在往好的方向發展，陸靜怡也覺得自己可以稍微鬆一口氣了。
「那就走走吧。」陸靜怡淡聲道。
一群人便簇擁著她往御花園裡去。
初夏時節，院子裡十分熱鬧，夜風送來一陣陣的花香，沁人心脾。走在這樣的環境裡，陸靜怡的心情都好了不少。
隱約她聽見了一陣說笑聲，定睛一看便見遠處站著一群人。
對方也看見她了，趕忙過來請安，打頭的是良妃，如今是良太妃了。
「太后娘娘！」一行人屈膝行禮。
陸靜怡抬了抬手示意她們起來，含笑道：「妳們倒是熱鬧！」
良太妃道：「左右無事，姊妹們便聚在一塊兒遊遊園。娘娘也是來散心的？」
陸靜怡輕輕一點頭，目光梭巡了一圈後道：「妳們慢慢逛，哀家先走了。」
眾人立即道：「恭送太后娘娘。」
待陸靜怡走遠了，留在原地的一群人才敢動。
「妳們有沒有覺得太后娘娘越發威嚴了？」李太嬪小心翼翼道。
垂簾聽政、代皇帝行權的女人，氣度自然不一樣。良太妃睃她一眼。「妳都說是太后娘娘了，那氣度自然跟咱們不一樣。」說著甩了甩帕子。「好了，咱們繼續逛花園吧！」

如今的皇宮是陸靜怡說了算，背後議論她，那是老壽星吃砒霜，活得不耐煩了。反正陸靜怡又沒苛待她們這群一早就站在她這邊的人，讓良太妃來說，眼下這日子可比先帝那會兒快活多了，嬪妃之間因為沒了皇帝這個男人，也不需要暗中較勁了。

李太嬪悻悻地一摸鼻子，她也就是隨口一唸叨，又暗暗摸了下肚子，怎麼就這麼不爭氣呢，不敢求有個兒子，有個女兒也好。她不由想起已經死去的太皇太后，要不是那個老妖婆，也許她就有孩子了。這般一想，她便有些理解良太妃了，怪不得太皇太后一薨，她會喜極而泣了。

不知不覺間，陸靜怡就走到了冷宮，這裡住的都是一些不受寵的嬪妃，有先帝的，也有前頭天順帝和景泰帝留下的，一大群人就擠在這幾個殿裡。

眼見環境蕭瑟淒涼，陸靜怡還在繼續往前走，金蘭瞧她似乎在想什麼，根本沒留意腳下的路，便道：「娘娘，時辰不早了，咱們該回去了，明兒還要上朝呢！」

陸靜怡回過神來，才留意到周圍的環境已經變了。「這是哪兒？」

「迦泉宮。」金蘭回道。

陸靜怡放眼梭巡，怪不得如此蕭條。若是最後她輸了，怕是也在其中了，也或許自己都沒機會住進來。

她輕輕一笑。「回去吧！」

「放我出去、放我出去！」

陸靜怡眉心微皺，立時就有機靈的宮女循聲過去打聽。

那邊反而更激動了。「太后娘娘，您饒了我吧，您放了我吧！」

很快求饒聲便消失了，跑去查探情況的宮女也回來了，低著頭回報。「是先帝的許氏，企圖從迦泉宮裡跑出來。」

陸靜怡眉梢輕輕一挑，不知是想到了什麼，腳尖一拐走向迦泉宮。

金蘭一頭霧水地跟上。

兩個膀大腰圓的嬤嬤正拖著許清玫往裡走，忽聞太后駕到，連忙跪下迎接。

許清玫眼睛一亮，猶如溺水之人看見救命稻草，趁著這空檔，使勁把嘴裡的棉帕吐了出來，衝著陸靜怡語無倫次的嘶喊。「太后饒命，放了我吧，太后您放我出去吧！」

她痛哭流涕的磕頭求饒，彷彿將陸靜怡當成絕境中唯一的救贖。

兩個嬤嬤嚇得變了色，趕忙要再堵她的嘴。

陸靜怡卻擺了擺手，定定地看著她。

淚眼矇矓中，許清玫也看見了她的動作，心底不可自抑的湧出希望，一下一下用力磕著頭。「太后，您放我出去，讓我去哪兒都好，只要不讓我待在這兒……我不想待在這兒了！」

再待下去她會死的，這裡的女人沒了指望，一個一個都變得扭曲恐怖，就連這裡的宮女和太監也不是人，動不動就打罵凌辱她們。似乎是想到了什麼極為恐怖的經歷，許清玫一個哆嗦，頭磕得更用力了，簡直像要磕死在這兒。

陸靜怡居高臨下地看著她，神情淡漠。大半年的冷宮生涯讓許清玫蒼老了十歲不止，哪有昔年盛寵時的意氣風發，差一點都要認不出她來了。

許清玫更用力的求饒，一顆心撲通撲通狂跳，她不敢死，也不想死，她還這麼年輕。

良久，陸靜怡才動了，卻是旋身離開。

聽得動靜的許清玫抬頭，看著她的背影愣住了，不敢置信地撲過去試圖拉住她。「太后！」

她立刻就被按到地上，臉被冰冷的地面磕得生疼，可她像是什麼都感覺不到，腦子裡只有一個念頭。

「太后——唔！」

一塊髒兮兮的帕子堵住了許清玫刺耳的尖叫，那嬤嬤還狠狠在她腰上掐了一把。「叫春啊叫！還好太后沒怪罪，否則看我怎麼收拾妳！」想起自己剛才的心驚膽戰，那嬤嬤抹了一把虛汗，又恨恨地在許清玫身上掐了好幾把。

金蘭看了看若有所思的陸靜怡，隱隱覺得她心情似乎好了些。

因為國孝，小兒子的洗三宴一切從簡，雙胞胎那回因為難產所以略過了洗三宴，這一回又不能大辦，洛婉兮有些遺憾。又想起滿月酒也不能熱熱鬧鬧地置辦，她就更遺憾了，這時間也是趕巧了。

看出她的鬱鬱，凌淵溫聲安慰。「周歲可以好好辦一場。」

洛婉兮不好意思地笑了笑。「一家人開開心心在一塊兒就好了，辦不辦也不打緊。」

凌淵握著她的手移到唇邊親了親，話雖如此，可他一點都不想委屈了他們。

轉眼就到了滿月，洛婉兮也出了月子。

這一天雖然不能擺酒，不過一些走得近的親朋好友還是特意上門來看望。

長平大長公主也親自過來了，陸家其他女眷略坐了下後就走了，臨走時還把兩個小的也一併哄走。

房內便只剩下洛婉兮和大長公主。

瞧這架勢，洛婉兮便直接問了。「您有話要與我說？」

長平大長公主微微一點頭。

洛婉兮便朝桃露使了個眼色，桃露欠身一福，帶著眾人悄聲退下，就是煉兒也抱走了。

大長公主便開了口。「凌淵可有和妳提過皇上和嫿姐兒的婚事？」

洛婉兮吃了一驚。

見她這模樣，大長公主自然明白，笑了笑。「原來妳還不知情。」

洛婉兮定了定神，心念一轉。凌淵該是沒答應，也覺得沒必要，所以沒和她提。

大長公主溫和地看著她。「現在妳也知道了，妳是個什麼想法？一時半會兒要是不能決定，妳就先和凌淵商量一下，過幾日再給我答覆也可。」

當初凌淵拒絕了，不過今時不同往日，皇帝身體好轉，終於不再是一副隨時都能夭折的模樣。

洛婉兮斟酌了下，輕聲道：「我知道您是一番好意，不過三歲看老，嬧姐兒性子跳脫又霸道，怕是不適合皇宮生活。」

大長公主提起聯姻，是把皇后之位以及未來的太子當作酬勞給凌家，也是為了安凌淵一派的心。凌、陸兩家雖然休戚相關，但終歸是兩派。

大長公主看了看洛婉兮，其實她拒絕也在她的意料之中。她自己就是個霸道的性子，當年嫁給凌淵之前就說好了不許他納妾，就連通房也不能有。如今換了個身分，性子溫和了許多，可端看這幾年凌淵身邊也沒個旁人，就知道她這一點還是沒改。

她自己是這樣子過來的，自然不想女兒進宮與人爭寵。

第一百零四章

稍晚時候，洛婉兮便玩笑一般將大長公主的話和凌淵說了，末了問道：「你也婉拒了吧？」

凌淵淡淡地嗯了一聲。「皇宮不是好地方。」

哪有這樣說皇宮的？洛婉兮卻忍不住笑起來，親暱地挽著他的胳膊。「融融這性子啊，還是適合嫁一個門第低一些的女婿好。」這麼點年紀就霸道得很，不過比他們家門第高的也沒幾個了。

「門第高低無妨，她喜歡就好。」凌淵淡聲道。

洛婉兮嗔怪地看著他。「這丫頭的脾氣就是被你慣出來的。」

凌淵俯身親了親她的鬢髮。「不是妳說的女兒家嬌養？」

洛婉兮臉上飛紅，正要反駁，就聽見嫿姐兒奶聲奶氣的聲音。「娘親，娘親！」

她立刻一把推開還要靠近的凌淵。

嫿姐兒手裡抓著一朵粉白色的蓮花跑進來，完全沒有留意到爹娘之間的古怪，獻寶一般地抬高手。「花花送給妳！」

隨後進來的是慢了幾步的烜哥兒，這小子手裡抓著一張大荷葉，把他的人都遮住了，只露出半個腦袋和一雙小腳，一雙眼亮晶晶地看著洛婉兮。「荷葉飯。」

洛婉兮：「……」

這一刻，她由衷覺得女兒果然是貼心的小棉襖。

在一陣又一陣的桂花香中，陸靜怡的生辰如期而至。

由於非整壽，且先帝和太皇太后過世還沒一年，故並不勞師動眾地操辦，只內命婦進宮祝賀一番即可。

一大早洛婉兮就起來梳妝，穿誥命禮服時明顯察覺到腰身那處緊了些，她在穿衣鏡前用手掌比劃了下，不得不承認自己的腰身還沒恢復到生產之前。

凌淵洗漱好出來，就見她垂頭喪氣的站在鏡子前。「怎麼了？」

洛婉兮連比帶劃的告訴凌淵自己胖了的慘烈事實。

凌淵失笑，還以為是什麼大事。他走過去從後面摟著她的腰。「剛剛好。」

「睜眼說瞎話！」洛婉兮沒好氣地白他一眼，又頭疼的看著鏡子。「我覺得我待會兒不能吃太多東西，就連水也不能多喝，要不衣服可能會繃開。」

凌淵掐了掐她的腰。「哪有這麼誇張，實在不行就換一身。」

「都是這個尺寸的。」洛婉兮欲哭無淚，好久沒進宮，以至於都忘了這一茬。

凌淵無奈地搖了搖頭，實在不能理解為了一件衣裳如此大驚小怪，不過他喜歡她這樣活潑熱鬧的模樣。

到了時辰，洛婉兮便隨著凌大夫人等妯娌一塊兒出發前往皇宮，在慈寧宮裡拜見了陸靜怡。

說來洛婉兮也有一年多沒見她了，再見時忍不住愣了下，實在是陸靜怡變化太大了。也許是為了鎮住場面，不讓人覺得她年輕可欺，無論是妝容還是穿戴，似乎都刻意讓自己顯得成熟端莊，看起來比實際年齡大了好幾歲。變化最大的還是她的氣質，凌厲果決，頗有些讓人望而生畏。

賀生後，眾人便移步到御花園賞桂花，漸漸地四散而開，洛婉兮自然也與相熟的夫人敘起舊來。

正說著話，就聽見請安之聲，回頭就見陸靜怡款款而來，一行人連忙見禮。

陸靜怡擺了擺手，和顏悅色道：「諸位夫人請起。」說完往洛婉兮的方向走去。「倒是好久沒見洛姑姑進宮了。」

洛婉兮道：「臣妾因為懷孕身體不適，幸得太后體恤，免了臣妾進宮。」論理，先帝駕崩、新皇登基、陸靜怡晉封太后以及太皇太后薨，這樣的場合她都是該進宮的。

「自然是以孩子為重。」陸靜怡笑了笑，又道：「聽祖母說烜哥兒身體快與常人無異了。」

洛婉兮點頭道：「犬子身體是比出生時好了許多。」

「那就好，哀家倒是想向洛姑姑請教是如何調理的，洛姑姑也知道，陛下先天不足，一直不大康健。」

洛婉兮斟酌了下才道：「小孩子剛出生時總是格外脆弱些，仔細調養著便能越來越好。」

陸靜怡追問。「那洛姑姑是怎麼調養的？」

「其實臣妾也不大懂這些，都是照著御醫教的在做。」對方是皇帝，還是胎裡就帶弱症的皇帝，洛婉兮真不敢亂說。

「洛姑姑不妨說說御醫教了什麼，也好叫哀家參詳參詳。」

「兩個孩子身體情況不同，怕是不合用。」

陸靜怡微微一笑。「洛姑姑但說無妨，回頭哀家會和御醫們商量一下。」

話說到這兒，洛婉兮也不好再推，只能說一些飲食上的注意事項。

聽了一會兒，陸靜怡感慨道：「哀家直到做了母親才知道養孩子的辛苦，尤其是體弱的孩子，簡直操碎了心。說來哀家小時候身體也不怎麼好，多虧了長輩悉心照顧，才日漸好轉。」

陸靜怡小時候是有些體弱，不過也不甚嚴重。想起曾經，洛婉兮眉宇略略舒展了些。

「養兒方知父母恩。」

「正是這個理。」陸靜怡抬眼望著湖面，突然道：「秋天了，荷花都敗了。」

洛婉兮循著她的目光看過去，入眼便是一大片殘荷，不知不覺間她們就走到了未央湖畔。

波光粼粼的湖面下，色彩斑斕的錦鯉愜意遨遊，為殘敗的荷葉平添幾分蕭條。

洛婉兮站在未央湖畔，突然發現心情竟然十分平靜，她垂目望著水面，並沒有那種恐懼之感。

也許她怕的從來都不是水，而是被心愛之人背叛拋棄的絕望吧！

「太后，」一宮女匆匆跑至。「陛下一直哭個不停。」

陸靜怡便對洛婉兮道：「那就麻煩洛姑姑在這兒等哀家一會兒，哀家先去看看皇兒。」

洛婉兮欠身道：「娘娘快去吧，哭久了傷身子。」

陸靜怡看著她笑了笑，隨後旋身離開。

洛婉兮目送她離開，直到她的身影消失在眼簾中才收回目光。

「夫人，咱們去亭子裡坐一會兒？」桃露指著不遠處的八角亭問。

洛婉兮略一頷首，便抬起腳，剛走出幾步就聽見一陣嘈雜聲，循聲望去，就見一群宮人按著一個披頭散髮的女子，那女子還在歇斯底里地咆哮，聲音沙啞。

洛婉兮微微皺了皺眉，打算加快腳步離開。皇宮裡的是非還是少聽少看為妙。

這時領頭一位嬤嬤呵斥：「還不趕緊把人帶走，居然讓她跑出來，還好沒有衝撞到貴人，否則看我怎麼收拾妳們！」

抓著那女子的幾個宮女大抵是嚇了一跳，手上鬆了下，那女子便掙脫了出去。

那女子手腳並用地爬起來衝向洛婉兮，一張臉上沾了不少塵土。

桃露上前一步要攔住她，身旁的兩個宮女動作更快，搶步上前抓住了那女子，又在她膝蓋上踢了一腳。

那女子便撲通一聲跪倒在地。

「凌夫人恕罪！」趕上來的嬤嬤賠著笑向洛婉兮道歉。「這就是個瘋婆子！沒驚擾到您吧？」

洛婉兮搖了搖頭道了一聲無礙，看一眼那女子，只看見一個黑漆漆的頭頂，便挪開目光，抬腳要走。

那跪著的女子不知怎的，猛地掙脫了制著她的宮女，再度撲向洛婉兮。

桃露一驚，向前大跨一步想攔住她，卻與邊上也想來幫忙的宮女撞在一塊兒。

就這一會兒工夫，撲通一聲，洛婉兮連同那女子一起掉進湖裡。

落水那一刻，洛婉兮終於看清那女子的臉。臉色蠟黃、眉骨突出，眼角還有深深的紋路。雖然變化巨大，她還是認了出來。

許清玫，竟然是她！

自從先帝駕崩後，她就再也沒聽過許清玫的消息，也沒有特意去打聽過。於她而言，這個人從頭至尾都是一個無關緊要的人。

萬不想還會再見到她，還是在這樣的場合。

相較於洛婉兮的震驚，許清玫只有暢快。她會落到今天這地步都是洛婉兮害的。要不是她，許家不會日漸沒落，自己的婚事也不會受挫，大哥更不會死，她也就不會被仇恨沖昏了腦，想著進宮博前程，以至於毀了一生。

自己這輩子都叫洛婉兮毀了，可她呢？兒女雙全，丈夫權勢滔天，這不公平！

許清玫死死抱住洛婉兮，臉上浮現扭曲的笑意。一塊兒死了也好，死了就解脫了。

洛婉兮覺得應該要感謝自己豐富的落水經驗，讓她落水那一瞬間下意識屏住了呼吸，沒有因為嗆水而驚慌失措。

許清玫顯然慌了，但是慌亂之下，她也沒有鬆開手，反而抱得更緊。

洛婉兮扯了兩下都沒有拉開她的手，便去摸自己髮上的玉簪，拔下後狠狠在許清玫手臂上扎了一下。

紅色的血瞬間在水裡瀰漫。

許清玫張嘴慘叫，沒有發出聲，反而嗆入了更多水，一張臉都扭曲了。可饒是如此，她還是牢牢地抱著洛婉兮，大有死也要抱著她一塊兒死的決心。

洛婉兮感覺呼吸困難，心下發狠。她許清玫生不如死，臨死還想找個墊背的，可她一點都不想死，她還有三個孩子要照顧，還沒看著他們長大成人、生兒育女，她還有凌淵要陪伴。

洛婉兮拔出玉簪，再一次刺下去，就刺在許清玫的脖頸處。拔出來那一瞬間，鮮紅的血湧出來，眨眼間就染紅這一片水域。

劇痛之下，許清玫終於鬆開了手，她雙眼瞪得極大，彷彿眼珠子隨時都會掉出來。

洛婉兮一把推開她，在水的作用下，許清玫被推出老遠。

洛婉兮浮出水面後用力抹了一把臉，大口大口地呼吸，只覺得喉嚨火辣辣地疼。

感謝父親，當年硬逼她學會了泅水。

這時一個心急如焚的宮女向洛婉兮游了過來。「凌夫人！您沒事真是太好了！」幾乎要喜極而泣的模樣。

洛婉兮卻是厲喝一聲。「不許過來！」

這事從頭到尾都透著蹊蹺。她本是可以避開許清玫的，是有人絆了她一腳才會被許清玫撲進湖裡。在場這群人有一個算一個，除了桃露，她都不相信。

那宮女卻像是沒聽到似的，繼續往洛婉兮這方游來。

洛婉兮攥緊了手裡的玉簪。

這時桃露終於推開那些「幫倒忙」的人。當時她見洛婉兮落水，想也不想地跳了下來，同時還有幾個宮人也跟著下水，誰知其中一個宮女像是突然抽筋了似的，一入水就慌亂起來，一直拉著桃露。

桃露好不容易才擺脫她。

因為多年主僕的默契，在洛婉兮喊出「不許過來」時，桃露就盯住了那宮女，見她還要靠近，立時過去攔住了她。

「凌夫人！」那宮女頓覺莫名其妙。

混亂之間，洛婉兮聽見了雜亂的腳步聲，心頭一緊。

「這是怎麼了？」

「弟妹！」

是凌大夫人的聲音，洛婉兮心神一鬆。

凌大夫人本來在遠處賞景，遠遠的就看見陸靜怡和洛婉兮走在一塊兒說話，她便沒過來。後來見陸靜怡走了，洛婉兮一個人待在那兒，便想過來。

萬不想親眼目睹了洛婉兮落水的經過，嚇了一大跳，過來一看，湖裡泛著濃濃的血色，還漂著一人，而洛婉兮手裡拿著一支玉簪，桃露還和一個宮女對峙著。

這情形讓她眼皮子一跳，生出了不祥的預感。

不過眼下當務之急是先把洛婉兮弄上來，這初秋的水還是挺涼的，她又才剛生過孩子沒幾個月，可別落下病根。

洛婉兮剛被人拉上岸，又有人被這頭的動靜吸引過來，其中就有長平大長公主。

現場情形讓大長公主目光一凝，她關切地看著洛婉兮。「妳怎麼樣？這是怎麼一回事？」

洛婉兮看了看她，幾句話在舌尖轉了轉後，方壓低聲音對大長公主道：「有人要害我。」

大長公主眉心一顫，望著洛婉兮的眼睛，默了一瞬才道：「妳先去收拾一下，這裡交給我。」

洛婉兮應了一聲。

大長公主又命自己的心腹嬤嬤送洛婉兮去附近的宮殿更衣，自己則留下來。她的目光在一眾宮人身上繞了一圈又一圈，久久沒有說話。

「太后，」金蘭對陸靜怡輕聲道：「大長公主過來了。」

陸靜怡笑了笑，輕輕搖著小皇帝的手。「你自己玩一會兒，母后去去就來。」

小皇帝張嘴，輕輕啊了一聲。

陸靜怡便笑了，眼角眉梢都是融融笑意。

長平大長公主見到陸靜怡第一眼，開門見山就是一句——「妳想做什麼？」

陸靜怡定定地看著大長公主。

大長公主也緊緊的看著她，目光壓迫。

陸靜怡在她臉上看到了顯而易見的憤怒。

「祖母，她只是個贗品，您不會真的把她當成了姑姑吧！」比起凌淵，大長公主的舉動更讓陸靜怡百思不得其解。

對凌淵而言，死人自然比不上活色生香、朝夕相處的美人，在日復一日的相處中，尤其是在洛婉兮為他生兒育女之後，凌淵忘了姑姑還能說是人之本性。可祖母為什麼也能對洛婉兮那般疼愛呢！

她將姑姑置於何地？

「祖母，洛婉兮奪走了本該屬於姑姑的感情，您不僅無動於衷，還對她這麼好，您想過九泉之下的姑姑嗎？」陸靜怡執拗地望著大長公主，問出了一直以來困擾著她的疑惑。

當年陸婉清頂著一張和姑姑七分像的臉想嫁給凌淵做填房，大長公主是如此厭惡。她說過的，她不在乎凌淵是否續弦，可她老人家不能容忍別人踩著姑姑上位。

可為什麼輪到洛婉兮就變了？不過是一個想靠相似的容貌，另一個靠的是神韻，本質上不都是利用了她死去的姑姑？

迎著她失望的目光，大長公主心頭一震，定了定心神才道：「就因為這個原因，所以妳要害她？」

陸靜怡垂了垂眼，幽幽道：「若是姑姑泉下有知，見她心愛的男人移情別戀該有多傷心。尤其這個女人還是利用她上位的，祖母不覺得很噁心嗎？」

其實，長平大長公主隱隱有所察覺陸靜怡並不喜歡洛婉兮，思來想去，大長公主覺得大抵是因為陸婉兮的緣故，畢竟姑姪倆都是在她跟前養大的，感情極好。

然而借屍還魂、死而復生這種事，越少人知道就越安全。

況且大長公主一直都相信陸靜怡是有分寸的，不會意氣用事。事實上不也是嗎？一直以來她和洛婉兮雖然不親近，但也沒有鬧出過矛盾。就連讓小皇帝娶嫿姐兒，陸靜怡也沒有半點勉強就答應了。

然此時此刻大長公主幾乎用一種考究的目光看著陸靜怡，萬萬想不到她會對洛婉兮抱著這樣大的敵意，甚至可以說是憎惡了。她居然還隱藏了這麼久。

到了這般地步，也沒有什麼可繼續隱瞞的了，否則這一次洛婉兮僥倖脫險，下一次呢？

「她就是妳姑姑。」長平大長公主如是說。

陸靜怡微微一怔，嘴角輕扯。「祖母您知道您在說什麼嗎？」

大長公主吐出一口氣。「她就是妳姑姑，否則妳以為我為什麼會疼她？我就這麼糊塗，連親疏遠近都分不清了？一個乾女兒值得我這般嗎？」

陸靜怡當即腦子嗡的一響，瞳孔劇烈收縮了下。「荒謬！」

望著不敢置信的陸靜怡，大長公主低低喟嘆一聲。「當初我也不肯相信，這世上怎麼會有這樣光怪陸離之事，可事實擺在眼前，我不得不信。不只我信了，妳祖父還有妳二叔，再是凌淵都是深信不疑。」

陸靜怡臉色忽然變得慘白。

長平大長公主看著搖搖欲墜的陸靜怡，好像一陣風就能吹倒她似的，心下也難受得緊。她上前按著陸靜怡坐在圈椅上，自己坐到了她身邊。「此事說來話長，我慢慢跟妳說。」

陸靜怡茫然失措，一雙眼直直看著大長公主，滿臉匪夷所思。

大長公主嘆了一聲才開口，慢慢將那樁秘辛娓娓道來。末了她說道：「此事我們都親自確認過，這兩年朝夕相處下來更是深信無疑。」

「是凌淵先發現她的！」陸靜怡顫聲道，使勁絞著手上的錦帕。

「妳認為凌淵故意騙我們？可他有這個必要嗎？他想續弦，我們有什麼理由反對？」大長公主目光沈沈。「就算妳不相信凌淵，難道連我都不信了？妳大可以向她親自確認一回，妳們姑姪倆總有一些外人不知道的小秘密。」

第一百零五章

陸靜怡身體陡然一顫，絞在一起的手指開始泛白。她用力地捏著手，疼痛讓她一團亂的腦子不至於徹底空白。

「怎麼會有這種事……」她的臉色難以言喻。

「一開始我也不肯信，妳也知道，我向來是不信這些的。可事實擺在眼前，我不得不相信。其實我十分慶幸世間還有這樣的奇事，能彌補遺憾。」

陸靜怡臉色變了又變，她坐在那兒久久不出聲，大長公主也不催她。

過了好一會兒，陸靜怡如釋重負一笑，喃喃道：「原來如此，這樣就好……」凌淵從來都沒有變過心，他喜歡的一直都是她姑姑，這樣就好。

大長公主定定地看著她。「妳信了？」

陸靜怡願意相信，只有這樣才能解釋凌淵和大長公主所有的反常不是嗎？可信了之後，她不得不面臨一個事實——她差點害了從小到大最疼她的親姑姑。

「我會向洛……」陸靜怡頓了下。「姑姑道歉。」

大長公主臉色稍微好了一些，幸好沒有造成不可挽回的後果。

「如果她不是妳姑姑，妳是不是就不會道歉了？」大長公主突然問。

陸靜怡垂了垂眼，沒有否認也不承認。

這就是默認了。大長公主一陣失望。「妳是不是覺得，她要不是妳姑姑，妳就沒有做錯？」

陸靜怡依舊垂著眼不出聲。

大長公主疲憊地合了合眼。「太皇太后那樣的人，妳我都瞧不上，這天下就沒幾個瞧得起她的，可妳的所作所為，與太皇太后又有什麼區別？」

陸靜怡渾身一顫，啟唇欲辯駁，大長公主卻不給她開口的機會。

「之前妳不動手還粉飾太平，不就是因為外患未除，不想和凌淵撕破臉嗎？這會兒沒了外患，朝內也一派平和，妳就對婉兮動手了，這難道不是恩將仇報？」

陸靜怡的臉唰地就白了，雙唇劇烈哆嗦，似乎要說什麼，可又開不了口。

大長公主難掩失望的看著陸靜怡。「哪怕她不是妳姑姑，妳也沒資格朝她下手。凌淵娶誰、喜歡誰是他自己的事，就憑他的功勞，哪怕妳再不喜歡他的妻子，也得善待她，就算做不到善待也不該為難。如今妳做了太后，就覺得不需要顧忌凌淵，可以為所欲為了是不是？妳自己想想，現在的妳和當年的太皇太后像不像？」

「不是的！」陸靜怡斷然否決。

「分明就是！」大長公主驟然疾言厲色。「妳以為做了太后就能肆無忌憚了，先帝是怎麼倒臺的妳還記得嗎？妳有沒有想過一旦這事傳出去，朝廷大臣和天下百姓會如何想，凌淵又會怎麼想？他費盡心機扶持你們母子，最後妳卻害死了他的妻子。」

大長公主的話彷彿一道驚雷打在陸靜怡頭上，驚得她頭暈目眩……

洛婉兮被送到就近的宮殿內，幸好初秋時節的湖水也不是特別冰冷，她身體又好，換上乾淨的衣裳後便緩過氣來了。

凌大夫人等幾個熟人都趕了過來，七嘴八舌地關心她，洛婉兮泛泛說了幾句感謝的話，別的就不肯多說了。

聽宮人稟報凌淵趕來了，凌大夫人便道：「那我們就先走了。」

諸人一看也順勢告退，出來時還在院子裡遇見了疾步而來的凌淵，看得出來他十分擔心。

凌淵對他們點頭示意，腳步不停，大步往裡走。

不等凌淵開口詢問，洛婉兮就先安慰他。「我沒事，你別擔心。」

看起來的確沒事，凌淵的心稍稍鬆了一些，他上前握住洛婉兮的手，仔仔細細的打量。

他的力氣有點大，洛婉兮便猜他肯定嚇到了，想到這裡，她的心瞬間軟得一塌糊塗，反握住他的手，又一次道：「我真的沒事。」

凌淵突然一把將她攬到懷裡，收緊雙臂緊緊抱住她。

洛婉兮微微一愣，隨後也擁住了他，靠在他胸口聽著他鏗鏘的心跳。

半晌，她才聽見凌淵平靜的聲音。「怎麼回事？」

洛婉兮靜默了一瞬，怎麼會聽不出他平靜之下的怒火？

「本來我應該能避開，不過被人絆了一下，故意還是有意我也無法確定，不過許清玫的事透著蹊蹺。」一個又一個巧合湊在一起，洛婉兮想該是有人要針對她，可為什麼？

不可自抑的，她的心蒙上一層陰影。

凌淵親了親她的髮，眼底翻江倒海，語氣卻十分溫柔。「我先帶妳回家，事情我會查清楚。」

洛婉兮猶豫了下，似是想說什麼，可又不知該如何開口，她心裡有一個十分不好的猜測。

就在此時，桃露的聲音響起。「公爺、夫人，太后和長平大長公主來了。」

洛婉兮垂了垂眼簾，心情有些亂。她抬眼看了看凌淵，對上暗沈的眼，忽然意識到也許他也有所猜測。

這個念頭一冒出來，洛婉兮的臉色就變了。

「別擔心。」凌淵安撫地摸了摸她的臉，接著放開她，自己也坐到了一旁。

隨後陸靜怡和長平大長公主推門而入，凌淵和洛婉兮起身見禮。

「阿淵，你隨我出來。」大長公主對凌淵道。

凌淵看著她沒說話，眸底泛著絲絲涼意。

大長公主心下暗嘆，他果然是懷疑了，能在宮裡鬧出這麼大陣仗的本就沒幾個人。

「你放心，」大長公主語氣鄭重。「會給你和婉兮一個交代的。」

陸靜怡目不轉睛地看著洛婉兮，目光幾經變幻。「我能和妳說說話嗎？」

洛婉兮留意到她用的是「我」，而不是高高在上的「哀家」。

洛婉兮對凌淵微微一點頭。

凌淵這才道：「我就在外面，有事叫我。」

聞言，陸靜怡苦笑。就這麼不相信她嗎？可想起自己做的事，就只剩下滿嘴苦澀了。

凌淵和大長公主都走後，屋裡只剩下洛婉兮和陸靜怡。

誰都沒有先說話，屋裡的氣氛凝滯著，片刻後陸靜怡才開了口。「祖母都跟我說了。」

洛婉兮愣了下，拿眼去看陸靜怡，就見她滿臉的複雜與愧疚。

「我很抱歉。」一旦開了口，接下來的話就容易多了。

片刻後，陸靜怡起身離開。

一直守在外面的凌淵進屋，就撞見洛婉兮長長吐出一口氣。

見到他，洛婉兮忙整了整神色，似乎是想掩飾，可在凌淵洞察的目光下，她不得不放棄。

迎著他幽邃的目光，疲聲道：「我們回家吧！」

凌淵輕輕嗯了一聲，上前牽起她的手，竟是涼得很。

他將她的雙手包在自己的大掌之中。「我們先回家。」

洛婉兮笑了笑，覺得一股暖流順著兩人交握的手傳遞過來，讓她泛涼的五臟六腑都逐漸回暖。

二人一路離開了皇宮，走出宮門那一剎那，洛婉兮突然鬆了一口氣，再次慶幸自己沒有被權勢迷花了眼，答應了嬧姐兒的婚事。

她完全不敢想像嬧姐兒在皇宮裡待了十年、二十年後會變成什麼模樣？當年的陸靜怡何其善良，可如今……絲絲縷縷的涼意順著脊背襲上來。

哪怕陸靜怡的動機是為原來的她不平，可就因為這樣的理由去害人，依舊讓她膽寒，什麼時候她變成那樣一個草菅人命的人了？

可偏偏陸靜怡又是為她不平，似乎自己若是責怪她，好像也顯得涼薄了。

所以最後她還是選擇原諒了陸靜怡，不管是為了凌、陸兩家的交情，還是為了昔年的情分，只是心到底涼了。這一點她們都心知肚明，發生過的事情可以裝作沒有發生過，但留下的痕跡卻無法徹底抹去。

洛婉兮深深地看了皇宮一眼，轉頭上了馬車，凌淵也跟著上去。

這一次，洛婉兮十分主動的偎進他的懷裡，凌淵抬手撫著她柔順細軟的長髮，無聲安慰。

片刻後，她才甕聲甕氣的開口。「你都知道了吧！」

「大長公主已經和我說了。」他萬萬想不到會是陸靜怡。凌淵緩緩收緊雙臂，差一點，他就又要失去她了，奇蹟不可能發生第二次。如是一想，心臟便驟然一緊。

洛婉兮似有所覺，在他胸口蹭了蹭，幽幽一嘆。「太后說她是為以前的我抱不平，她向我道歉了。」說著抿了抿唇。「我也原諒她了，這事你就當沒發生過吧！我不希望你和陸家反目，也不想你替我出氣。」

她不生氣，她只是難過，可那是陸靜怡啊，她打小看著長大的姪女，她又能怎麼辦？

這個結果在凌淵的意料之中，若是旁的人害她，這會兒她肯定氣急敗壞，更不會放過對方。可對於陸靜怡，她終究下不了手，更不想為此與陸家生分。她有多重視陸家，他再清楚不過，也正因為如此，凌淵才會左右為難。

不報仇，他意難平；報仇，她難過。

最終，凌淵撫著她的臉道：「下不為例。」

洛婉兮便笑了，眉眼彎成了月牙，大鬆了一口氣的模樣。

「日後和慈寧宮保持距離。」凌淵又道。

洛婉兮爽快地點頭，就是他不說，她也會對那邊敬而遠之的，難道他以為她還會因為當年的情分湊上去嗎？那裡住著的是當朝太后，不是她記憶裡那個懂事又善良的姪女了。

見她毫不猶豫的答應了，凌淵眉眼舒展開來，籠罩一路的鬱氣終於消散。

洛婉兮一顆懸著的心終於落了回去，其實她還是很怕他沈著臉的模樣。雖然那樣也挺好看，別有一番威嚴。

她抬手扯了扯他的嘴角。「我還是喜歡你這樣，之前那模樣有點嚇人。」

凌淵低頭定定看她兩眼，扯了扯嘴角。

雖然這笑是擠出來的，但是勉強也能入眼，誰教他天生長得好呢！

慈寧宮裡，陸靜怡枯坐在窗前的玫瑰椅上，久久不出聲。

金蘭一顆心七上八下，輕輕喚了一聲。「太后？」

陸靜怡不為所動，整個人如泥塑木雕一般。

金蘭心頭一緊，又喚了一聲，還是沒有答覆。

金蘭的心擰成了一團，方才大長公主和太后在殿內單獨待了許久，大長公主離開時神色凝重。

她一進來就發現陸靜怡眼眶泛紅，顯然是哭過了。

作為陸靜怡的大宮女，金蘭自然知道陸靜怡做了什麼，她不是沒勸過，還把大長公主都抬出來了，可勸不住啊！

望著呆愣的陸靜怡，金蘭心急如焚，靈機一動，立時道：「太后，陛下該醒了，奴婢抱來給您看看？」

果不其然，陸靜怡眼裡驟然恢復了光彩。

金蘭鬆了一口氣，果然對一個母親而言，沒有什麼是比孩子更重要的。

「不用了，讓他自己玩一會兒。」陸靜怡扭頭看著憂心忡忡的金蘭，深深吸了一口氣。「金蘭，妳是不是也覺得我不可理喻？」

金蘭愣住，過了一瞬才道：「太后怎麼會這麼說？」

陸靜怡一扯嘴角。「祖母就是這麼說我的。」

金蘭這下說不出話來了，就像是被掐住脖子的鴨子。

陸靜怡垂下眼，大長公主的話至今還迴盪在耳邊，她也不知道自己這是怎麼了？

見陸靜怡臉上浮現悲色，金蘭登時慌了，忙安慰道：「大長公主那是氣言，太后不要往……」才說了一半就見陸靜怡突然摀住了臉，隨後低低的嗚咽聲從指縫間流瀉出來。

金蘭大驚失色，多少年沒見她哭過了，手忙腳亂要上前安慰，卻是收效甚微。

最後金蘭也不勸了，由著她哭，哭過就好了。

良久，陸靜怡才移開覆在臉上的雙手，露出紅腫的雙眼，站了起來。「傳人，哀家要洗漱。」

金蘭心頭鈍鈍一疼，說不上是什麼滋味，趕緊低了頭出去傳人。

洗漱過後，陸靜怡坐在梳妝檯前，與鏡中雍容端莊的自己對視。她抬手摸上眼角，竟然已經有細細的紋路了，一瞬間，她覺得鏡子裡的人看起來陌生極了。

其實變的那個人，是她自己吧！

她合上眼皮，片刻後再一次睜開，眼中的悲苦和軟弱已經蕩然無存，眉梢眼角帶上絲絲縷縷的凌厲，那是屬於皇太后的威嚴。

祖母說得對，她是太后，她的一舉一動都是天下之表率。她是這天下最尊貴的女人，擁有最大的權力，卻沒有任性妄為的權利。

洛婉兮和凌淵剛剛回到國公府，金蘭就來了。

金蘭帶著重禮而來，恭恭敬敬的對洛婉兮道：「讓夫人在宮裡受了驚嚇，太后娘娘十分過意不去，遂命奴婢特意前來探望，還請夫人見諒。」

洛婉兮笑了笑。「太后娘娘言重了，不過是一場意外罷了。」

金蘭覷一眼神色如常的洛婉兮，不知道最後雙方是怎麼和解的，但瞧她是真的沒往心裡去，那她也就能放心了。

餘光瞥見沈著臉的凌閣老，金蘭不敢細看，留下禮物後便匆匆回宮。

洛婉兮搖了搖凌淵的手，放軟了聲音道：「不是說好了不生氣的？」觸及她央求的眼神，凌淵這才放緩了神色。

恰在此時，門外傳來銀鈴聲。

剎那間，笑意在洛婉兮臉上瀰漫開來，雖然有驚無險，但她到底是後怕的，差一點她就再也看不到自己這幾個小寶貝了。

「娘親！」烜哥兒和嫿姐兒雙雙撲進洛婉兮懷裡。

聞著兒女身上的奶香味和花香，洛婉兮挨個兒親了一遍，親得兩個小傢伙格格直笑，嫿姐兒還主動回親她。

母子三人纏鬧完了，嫿姐兒終於想起了自己的花，低頭一看，花都被壓壞了，頓時癟起嘴，泫然欲泣。

洛婉兮連忙問：「這花真好看，是送給我的嗎？」

嫿姐兒可憐兮兮地點了點頭。「壞了壞了！」

「哪有，這不是挺好的。」洛婉兮十分高興地接過，低頭聞了聞。「真香，謝謝融融，娘很喜歡！」

嫿姐兒終於破涕為笑。

洛婉兮摸了摸她的臉，看向烜哥兒。烜哥兒雙眼亮晶晶的，朝著洛婉兮伸出手，小小的手心裡赫然躺著幾朵桂花——真的是幾朵。

他不像嫿姐兒拿了一枝桂花，而是抓了一把桂花，一路走來就只剩下這麼幾朵。這小傢伙還不覺，殷殷切切地看著自家娘親。

洛婉兮看懂了他的小眼神，忍俊不禁，捏了捏他的臉道：「好吧，待會兒就給你做桂花圓仔湯。」

聞言，烜哥兒笑靨如花開。

洛婉兮無奈搖頭，扭頭對凌淵道：「這小吃貨也不知像了誰？」

凌淵走過來摸著烜哥兒的腦袋，含笑揶揄。「是誰連美人蕉都要嚐一嚐？」

洛婉兮頓時鬧了個大紅臉，唰地扭過頭。

嫿姐兒起了興致，纏著洛婉兮問美人蕉好不好吃？烜哥兒則大眼一閃一閃的。

望著鬧作一團的妻兒，凌淵嘴角的弧度一點一點上揚，眼底溢滿濃濃笑意。

——全書完

番外

早幾年，洛婉兮就和洛鄴提過要返鄉，然而因為各種意外不得不食言。終於，在煉兒三歲時，洛婉兮得以兌現自己的承諾。

出了正月，一行人便出發前往臨安。

烜哥兒和嫿姐兒在船上興奮得不得了，這還是他們第一次出遠門，饒是沈穩的烜哥兒都蹦蹦跳跳個不停，向來活潑的嫿姐兒就更不得了，一會兒趴在欄杆看江水，一會兒跑去船夫那兒研究划船，沒一刻消停。

連帶著煉兒也巴巴想去湊熱鬧，可他才多大，洛婉兮哪裡放心？小傢伙就癟著嘴泫然欲泣地看著她，看得洛婉兮頭疼不已。

好不容易逮住了兩個大的，洛婉兮嚴肅道：「小舅舅在準備童試，你倆不許跑來跑去妨礙小舅舅用功。」

此次回臨安，其中一個重要原因就是洛鄴要參加童試，他的籍貫在臨安。

嫿姐兒連忙捂住嘴，小聲道：「我們吵到小舅舅了？」

洛婉兮努力不讓自己笑出聲來，一本正經道：「可不是？」她翻了翻手邊的書。「臨安文風鼎盛，五、六歲的孩子都會吟詩誦詞，你倆想被人比下去嗎？」

「我不要！」嫿姐兒搖頭如撥浪鼓，這孩子打小就要強。

烜哥兒一臉嚴肅地附和著搖了搖頭。

「那就好好看會兒書，到時候我就等著你倆給我長臉了。」洛婉兮想了想又道：「每天玩半天，再看半天書。」

烜哥兒立時應了，嫿姐兒小臉一皺，最後還是點了點頭。

如此洛婉兮才得了清靜。

「壯壯和融融怎麼突然看起書來了？」凌淵笑問。他討了巡視江南的差事，陪著娘兒幾個一塊兒來了。

洛婉兮便說了，末了道：「消停點也好，到底是船上，不怕一萬，就怕萬一。」

凌淵笑了笑，另起話題。「阿釗在株州，經過那兒時咱們停留幾天。」

洛婉兮眼前一亮。經過幾年歷練，陸釗已經成為知州，年紀輕輕能坐到這個位置，自然有家族的功勞，可與他本人的努力也密不可分。上一回見他還是兩年前，幾年外放生涯，讓他少了幾分稚嫩，多了幾分穩重。

三天後，官船停靠於株州碼頭。

前來迎接的除了陸釗外，還有當地知府等一眾官員。

陸釗抱歉地看著凌淵，之前凌淵吩咐過這次只是私人拜訪，可這一不小心就給漏了風聲，於是變成了這副模樣。

凌淵淡淡掃了他一眼。陸釗很沒出息的低了頭，悻悻一摸鼻子。

最後是凌淵出面勸退了聚在碼頭上的一群人，一行人才落了個清靜。

陸釗與邱氏迎著洛婉兮一行人回到府邸，洛婉兮第一次見到了陸釗的兒子。小傢伙剛六個月大，生得白白胖胖，十分可愛。

抱著沈甸甸的小傢伙，洛婉兮不得不感慨血緣的奇妙，和陸釗小時候簡直一個模子裡刻出來的。

凌淵看了一眼，評價道：「和你小時候挺像！」

正喜孜孜看著小傢伙的洛婉兮想也不想就附和：「尤其是嘴巴和鼻子。」

陸釗心裡咯噔一響，奇怪地看著洛婉兮。

洛婉兮若有所覺，趕緊道：「眉毛像他娘！」

陸釗突然笑了下，為自己之前的大驚小怪。

「我看看，我看看！」嫿姐兒在旁邊上躥下跳。「讓我看看小弟弟！」

聞言，陸釗嘴角不受控制的上揚。

凌淵目光在他臉上掠過，摸著女兒的小辮子道：「這是妳的小姪兒。」

嫿姐兒仰頭看了看眉眼溫和的凌淵，果斷改了口。「我看看小姪兒！」

陸釗剛剛翹起的嘴角就落了下去。

洛婉兮餘光瞥見陸釗這一番神情變化，忍俊不禁。雖然早就能獨當一面，可在凌淵面前，這小子就忍不住露出孩子氣的一面。就像小時候，其實他懂事得頗早，在外人面前向來彬彬有禮，可在家人跟前頓時像是換了個人，愛撒嬌又愛黏人。

一家人在株州停了兩天便啟程離開，陸釗和邱氏倒是希望他們多留兩天，不過凌淵有公務在身，而洛鄴要準備童試，遂不宜久留。

待碼頭上的人影越來越小，直至看不見後，洛婉兮才收回目光，對凌淵道：「這一轉眼，他都做父親了。」這個他自然是指陸釗。

不知怎麼的，洛婉兮就想起在臨安見到他那一天。「在臨安南寧侯府那次，我就覺得他面善得很，可卻一點都認不出來。都說女大十八變，其實男子也不遑多讓。」

凌淵目光微微一動，說來要不是因為陸釗對洛婉兮不同尋常的關注，他也不會那麼早留意到洛婉兮。也許自己會在機緣巧合下留意到她，也有可能自己就這麼錯過了。

若是錯過，現在會是何種局面？瞬間凌淵就想起了臨安那位南寧侯。

他臉部不由得繃緊些，抬手攏攏她的披風，擁著她轉過身。「風大，回房間吧！」

洛婉兮瞅他一眼，夫妻這麼多年，哪裡察覺不到他情緒有異，遂笑著打趣道：「你是捨不得阿釗了？」

不想凌淵乾脆地點頭。

這下輪到洛婉兮呆了下，這一晃神的工夫，她人就被推進船艙了。

官船又在江上行了幾天，終於抵達臨安。

一番擾攘之後，一行人在青雲巷的宅子內入住。青雲巷的宅子自從分給三房之後，洛婉兮姊弟倆就沒在裡面住過一天，可畢竟洛家早已經分家了，所以哪怕祖宅空置，洛大老爺也邀請他們住進祖宅，他們還是婉拒了這番好意。

稍微安頓了下，洛婉兮就帶上厚禮去了三老太爺府上拜訪，同行的還有凌淵、洛鄴和三個孩子。昔年洛婉兮姊弟倆受了三老太爺這一房不少照顧。

三老太爺和三老夫人依舊精神矍鑠，和她當年離開時差不多。

三老夫人愛不釋手地看著烜哥兒姊弟三個，小傢伙也不怕生，一口一個「老祖宗」叫著，哄得老太太笑成了一朵花，一個勁兒地餵他們吃點心。

一邊餵著兩個小的，三老夫人一邊打量凌淵。丰神俊秀，看起來正是男子最春秋鼎盛的年紀，比實際歲數年輕健壯多了，三老夫人暗暗鬆了一口氣。幾個孩子那麼小，洛婉兮娘家背景到底單薄，若是走了，可叫娘兒幾個怎麼辦？眼下看來是她杞人憂天了。

又看凌淵與老頭子說話時，還留意著洛婉兮和幾個孩子，三老夫人更是滿意，百聞終究不如一見來得安心。

凌淵略坐了一會兒就隨著三老太爺離開，留下一干女眷，嫿姐兒姊弟三個也和洛家的孩子們出去玩了。

屋內氣氛登時鬆快起來，三老夫人趕緊問了洛婉兮這幾年近況。

洛婉兮笑道：「叔祖母放心，我過得挺好，這次我陪著鄴兒回來參加童試和探親，夫君還特意討了巡視江南的差事，道是想親自給祖父、祖母還有爹娘他們上一炷香。」

她過得好，有眼睛的都能看出來，只是不問問總不能徹底放心。

三老夫人又語重心長的說了幾句夫妻相處之道，隨後話鋒一轉。「妳祖母泉下有知，也能瞑目了。」

她這老妯娌最放不下三房這對姊弟，眼下洛婉兮家庭美滿，洛鄴也要參加考試了。有那麼一位姊夫教導和護航，仕途只會一帆風順。

洛婉兮心頭暖洋洋的，忙不迭應是。

在三老夫人處用過愉快的晚膳後，洛婉兮等人才在三老夫人的依依不捨中離開。

次日，一家人都換上素服，前去洛家祖墳祭拜先人。

三個小傢伙機靈地不再打打鬧鬧，父母下跪也跟著下跪，父母磕頭也跟著磕頭。

烜哥兒和嫿姐兒已經懂事，隱約明白生與死的意義，故而動作十分誠懇鄭重。煉兒還太小，受凝重的氣氛影響，一直想往洛婉兮懷裡鑽，最後被淩淵抱了過去，扶著跪在了墓碑前，煉兒這才乖覺下來。

跪拜完畢，淩淵一手抱著小兒子，另一手去扶洛婉兮，一低頭就看見她泛紅的眼眶。

洛婉兮低頭一抹眼，有些不好意思。

淩淵朝她安撫一笑。

洛婉兮便也笑了笑。「祖母、父親母親，你們放心，我和鄴兒都很好。鄴兒馬上就要參加童試，有八成的把握能考上秀才，等他再大兩歲，我就給他尋一個好姑娘，讓他成家立業。」

原本鼻子發酸的洛鄴聞言，耳根子都紅了起來。

「小舅舅臉紅了！」嫿姐兒驚訝地看著洛鄴，就見小舅舅臉更紅了。

嫿姐兒還要再說，烜哥兒眼疾手快地從荷包裡掏出一顆飴糖塞到她嘴裡。

嫿姐兒咂巴兩下，頓時忘了要說什麼。

洛婉兮與凌淵對視一眼，突然就笑了起來。

約莫一刻鐘後，香都滅了，一行人才下山。到了山腳下，嫿姐兒頓時又活蹦亂跳起來，路也不肯好好走了，專挑旁邊的小石頭走。

烜哥兒起先還端著，片刻後就被他姊姊拉了過去，煉兒趴在凌淵肩膀上睡了個昏天暗地，故而沒能湊熱鬧。

洛婉兮戳了戳小兒子肥嘟嘟的臉頰。「口水都流出來了，這是夢見什麼好吃的了？」

話音剛落就聽見嫿姐兒的驚叫聲。

洛婉兮霎時一驚，抬頭就見一群人聚在一塊兒，走近看清楚之後，腳步忍不住一頓。

她認出那溫言軟語哄著嫿姐兒的女子，正是當年的福慧郡主，而站在她身旁的自然是江樅陽。

原來方才孩子追逐之間，嫿姐兒只顧著回頭看弟弟有沒有追上來，不防一頭撞進了朱玲玉懷裡。

朱玲玉早就留意到這兩個玉雪可愛的小娃娃，遂被撞了也不惱，反倒有些受寵若驚的興奮。她輕輕扶住嫿姐兒，放柔了聲音詢問：「有沒有撞疼？」

「對不起！」嫿姐兒仰頭看著朱玲玉，見她關心自己，忙綻出一抹大大的笑容，元氣滿滿地道：「我不疼！您疼不疼？」

瞧她如此乖巧伶俐，朱玲玉越看越愛。說來她成婚也有好些年了，卻是至今膝下都荒涼，倒不是身體緣故，而是因為守孝。

祁王府傾覆，她身為女兒自然要守孝，後來是鬱鬱不得志的老南寧侯撒手人寰，又是三年孝，是以她和江樅陽迄今還沒有孩子。

若是能有這麼個女兒，那該有多好！

朱玲玉目光溫柔地看著嬧姐兒，忽見她喊了一聲。「爹、娘！」說著人也風風火火地跑了出去。

「小心——」後面的話堵在朱玲玉喉嚨裡，她定定看著被嬧姐兒抱住腰的洛婉兮，目光在小姑娘和凌淵身上繞了繞。

怪不得覺得小姑娘眼熟，原來是他們的女兒，小時候她還抱過她呢！

嬧姐兒絮絮叨叨地對洛婉兮說著自己撞了人，不過她已經道歉了，而且對方也原諒她了。洛婉兮便揉著她的小腦袋誇道：「咱們融融真是個知禮的好姑娘。」

嬧姐兒頓時挺了挺小胸脯，十分驕傲的模樣。

洛婉兮忍不住捏了下她的臉蛋。

這時江樅陽和朱玲玉已經走過來，見過禮後，洛婉兮歉然地看著朱玲玉。「抱歉，孩子調皮，沒撞疼妳吧？」

朱玲玉客客氣氣道：「我沒事，她這麼小的人也沒多大力氣。」

洛婉兮便笑了笑，比起幾年前，朱玲玉到底變了不少。不過突逢巨變，家破人亡，哪裡還能一成不變，幸好她所托良人。

打完招呼，氣氛有些冷。

洛婉兮想雙方立場到底尷尬，祁王倒臺，凌淵功不可沒，遂她道：「我們還有事，便先走了。」

如此各自告辭，往相反的方向離開，漸行漸遠。

洛婉兮對凌淵道：「看起來小郡主……江夫人過得挺好。」

凌淵看得出來她頗為開心，她一直都挺喜歡朱玲玉，其實朱玲玉有些地方與早年的她十分相像，一樣的率真活潑、熱情大膽。

「南寧侯是個有擔當的。」凌淵沈吟了下道。

洛婉兮無比贊同的點了點頭。

感覺到凌淵眉梢輕輕一挑，洛婉兮莫名其妙地看著他，忽然心裡一動，忍不住噗哧一聲樂了。

越想越樂不可支，洛婉兮笑得停不下來。

「哈哈！」嫿姐兒學著笑了兩聲後湊過去拉著洛婉兮的胳膊搖晃。「娘妳笑什麼？」

「那妳笑什麼？」

嫿姐兒天真無邪地眨了眨眼，理所當然道：「我也不知道啊！」

洛婉兮笑咪咪地摸了摸女兒嫩豆腐似的臉蛋。「傻瓜！」說話時瞥一眼眉峰輕挑的凌淵。

烜哥兒還一本正經的附和。「傻！」

接下來幾日，凌淵陪著洛婉兮拜訪了一些長輩，隨後他便去巡視其他州府，洛婉兮則留下陪著洛鄴準備不久之後的童試。

烜哥兒和嫿姐兒也隨著凌淵一塊兒走了，凌淵說讀萬卷書不如行百里路，他們這年紀正是開闊眼界、增長見識的時候，難得來一趟江南，尤其是嫿姐兒日後未必有機會，遂帶兩個小的去長長見識。

說一千道一萬，洛婉兮覺得這些都是虛的，真正的原因是嫿姐兒一聽凌淵要走，就抱著她爹的大腿乾打雷不下雨了一個時辰，終於成功討來出門玩的機會。

於是父子三人就這麼高高興興地出了門，兩個小的一點都沒有第一次離開母親的不捨，令洛婉兮頗為心塞。

父子三人一走，洛婉兮就空出不少時間，照顧洛鄴之餘，她便帶著煉兒開始走親探友。去最多的還是三老夫人府上，因為洛琳琅回來了。

她就嫁在附近，離臨安不過半天路程，本來她早就到了，臨時有事耽擱了幾天。

多年不見，兩人有不少話要說，尤其是洛琳琅也做了母親，兩個人就著孩子的話題便能說上大半天。

說了不少兩人都認識的人的近況之後，洛琳琅就說到了白奚妍。

「之前我派人去詢問過，她正在祈福，要二十一天才能出禪房。」洛婉兮道。

洛琳琅問：「那還有幾天？」

「再過六天就出來了。」洛婉兮道。

洛琳琅便道：「那咱們到時候去看她？」

洛婉兮笑著點了點頭，心裡卻有些沒底，她留了口信，就是不知白奚妍願不願意見她？若是白奚妍不肯見她，也情有可原。

洛琳琅幽幽一嘆。「上回我去看白表姊還是一年前，雖然表姊沒有剃髮，可我看她那模樣，心如止水一般，我真怕她哪一天就剃度出了家。」

洛婉兮捧著茶杯的動作輕輕一頓，白家最難纏的白老太太已經病逝，而白暮霖仕途平坦，洛家也蒸蒸日上。若是白奚妍想出來輕而易舉，可這麼多年了，她一直留在庵堂內。這麼看來，洛琳琅的擔憂並不是無的放矢。

思及此，洛婉兮便又輕輕一嘆。

在白奚妍出禪房的那天，洛婉兮得到了回訊，白奚妍願意見她。

聞訊的第一時間，洛婉兮就前去庵堂見她。

白奚妍穿著一身灰藍色的道袍，眉眼豁然，眼神平靜，身上的安詳是她從來都沒有見過的。

看著這樣的白奚妍，洛婉兮準備了滿肚子的話都消了音。

白奚妍微微一笑，倒了一杯茶推到洛婉兮面前。「我自己做的茶葉，妳嚐一嚐。」

洛婉兮趕緊端起來喝了。「清香甘甜，很好喝。」

白奚妍笑了笑，溫聲道：「妳來看我，我很高興。」

洛婉兮願意專程來看她，可見已經不再怪她了。洛婉兮也許不知道這意味著什麼，但對白奚妍而言，在聽說洛婉兮派人來尋過她表示要見她那一刻，她清楚的感覺到套在脖子上的枷鎖鬆了些。

洛婉兮看著白奚妍，也道：「妳願意見我，我也很高興。」

說罷兩個人同時笑了起來，曾經的隔閡彷彿冰雪消融了。

「這些年我一直在想，當初如果我能夠更堅持、更勇敢一些，那麼很多事情就不會發生。」

洛婉兮靜默下來。

白奚妍苦笑。「若是我堅持一些，我娘也不敢去騙陳鉉，她就是看出了我最後一定會配合她，那些尋死覓活就是做給我看的，要是真到了那一步，她不會捨得去死的。可我就是看不明白這一點，要是我早明白過來，我就不會嫁給陳鉉，也就……」

白奚妍頓了下，面龐被哀傷籠罩。「柳嬤嬤就不會死，我娘也不會遭陳鉉報復瘋了，最後失足落水。」

洛婉兮道：「這些都過去了！」

白奚妍搖了搖頭。「這些事本來可以避免的，而且有不止一次的機會。但凡我勇敢說出來，事情都不會發展到那地步。」

她輕輕一嘆。「這些也是我這兩年才敢直接面對的，早些年我根本不敢承認。」

洛婉兮微微一怔，望著她平和的眉眼，她能如此平靜地和她說這些，背後的痛苦和難堪非常人能理解。

她心裡一動，突然道：「妳想一直這麼留在庵堂內？」

白奚妍淺淺一笑。「我喜歡留在庵堂裡。嫁人生子是一種活法，吃齋唸佛也是一種活法，後者能讓我心安。」

洛婉兮張了張嘴，竟是不知道該說什麼。她從來都不覺得女兒家一定要嫁人，若是沒有與凌淵相認，她也會選擇孤身一人，區別就是她會選擇住在別莊內享受生活，而白奚妍選擇在寺廟裡。

不管哪一種形式，都是為了讓自己過得更自在安寧。如此一想，她更不知道該說什麼才好。

片刻後，洛婉兮道：「若有什麼事，妳可以派人去青雲巷的宅子，我留了人看家。」

白奚妍輕輕一點頭，鄭重道：「謝謝！」

不知怎麼的，洛婉兮眼角有些發酸，她飛快眨了眨眼，把淚意憋了回去。

洛婉兮又坐了一會兒，兩人互相說了些近況，方才告辭。

白奚妍一直送她到門口，這一別，再見也不知是哪一年，又是何種光景？

目送洛婉兮的馬車漸漸遠去，直到消失不見，白奚妍才旋身返回。

而她的眉目，看起來似乎比之前更平和坦然了。

——全篇完

文創風 589

天定良緣 4 完

國家圖書館出版品預行編目資料

天定良緣 / 水暖著. --
初版. -- 臺北市 : 狗屋, 2017.12
冊 ; 公分. --（文創風）
ISBN 978-986-328-806-0（第4冊 : 平裝）. --

857.7　　106018457

著作者　水暖
編輯　王冠之
校對　黃亭蓁　周貝桂
發行所　狗屋出版社有限公司
地址　台北市104中山區龍江路71巷15號1樓
電話　02-2776-5889～0
發行字號　局版台業字845號
法律顧問　蕭雄淋律師
總經銷　知遠文化事業有限公司
電話　02-2664-8800
初版　2017年12月
國際書碼　ISBN-13　978-986-328-806-0

本著作物由北京晉江原創網絡科技有限公司授權出版

定價250元
狗屋劃撥帳號：19001626
網址：love.doghouse.com.tw　E-mail：love@doghouse.com.tw